王逢振——主编

外国惊悚悬疑小说译丛

FRANKENSTEIN
弗兰肯斯坦

[英] 玛丽·雪莱——著

梁永刚——译

漓江出版社

图书在版编目（CIP）数据

弗兰肯斯坦 /（英）玛丽 · 雪莱著；梁永刚译 .--
桂林：漓江出版社，2021.1
（外国惊悚悬疑小说译丛）
ISBN 978-7-5407-8882-7

Ⅰ . ①弗… Ⅱ . ①玛…②梁… Ⅲ . ①幻想小说 - 英国 - 近代 Ⅳ . ① I561.44

中国版本图书馆 CIP 数据核字 (2020) 第 093456 号

FULANKENSITAN
弗兰肯斯坦
[英] 玛丽 · 雪莱　著
梁永刚　译

出版人：刘迪才
丛书策划：沈东子　辛丽芳
责任编辑：辛丽芳
书籍设计：石绍康　周泽云
责任监印：张璐

漓江出版社有限公司出版发行
广西桂林市南环路 22 号　邮政编码：541002
发行电话：010-65699511　0773-2583322
传真：010-85891290　0773-2582200
邮购热线：0773-2582200
电子信箱：ljcbs@163.com
微信公众号：lijiangpress
印制：北京中科印刷有限公司
[北京市通州区宋庄工业区 1 号楼 101 号　邮政编码：101118]
开本：880 mm × 1230 mm　1/32
印张：10　字数：198 千字
版次：2021 年 1 月第 1 版
印次：2021 年 1 月第 1 次印刷
书号：ISBN 978-7-5407-8882-7
定价：47.00 元

[英] 玛丽 · 雪莱
(Mary Shelley，1797—1851)

目录 Contents

维克托·弗兰肯斯坦回首往昔，罗伯特·沃尔顿笔录整理

恶魔向维克托·弗兰肯斯坦诉说其弃善从恶

译本序

王逢振

众所周知,《弗兰肯斯坦》是公认的第一部科幻小说，它的作者是著名浪漫主义诗人雪莱的妻子玛丽·雪莱，也是著名政治学家和作家威廉·葛德文的女儿。

玛丽·雪莱原名玛丽·沃尔斯通克拉夫特·葛德文，出生于1797年。出生不久便失去了母亲，由威廉·葛德文抚育成人。后来雪莱与葛德文成为朋友，常到葛德文家拜访，交往之中玛丽爱上了雪莱。虽然葛德文主张婚姻自由，但一开始并不赞成女儿与雪莱成婚。于是，二人于1814年私奔，从此二人的命运便联结在一起。1822年，雪莱溺水身亡，他们一起生活的八年对她产生了深刻影响。她接受洛克的哲学思想，相信达尔文和约瑟夫·普里斯特利等人的科学理念，阅读康蒂拉克的《论情感》，构建自己的精神世界，并开始以哥特式的方式写作。20岁之前，她完成了第一本著作《弗兰肯斯坦——现代的普罗米修斯》，1818年3月11日匿名发表。此后她还先后发表了《瓦尔帕加》(1823)、《最后的人》(1826)、《罗道尔》(1835),以及其他一些作品。另外她编纂了雪莱的长诗《生命的凯旋》,出版了《雪莱诗集》(1839)。

读者和评论家一致认为,《弗兰肯斯坦》是玛丽·雪莱杰出的独创性小说。小说的主人公维克托·弗兰肯斯坦是一位从事生命科学研究的学者,他力图用人工方式创造出生命。在他的实验室里,通过无数次的探索,他终于利用新鲜尸体的各个部分合成了一个躯体,然后赋予他生命——一个面目可憎、奇丑无比的怪物。开始时,这个人造的怪物秉性善良,对人充满了善意和感恩之情。但他感到孤独,要求他的创造者和人们给予他人生的种种权利,甚至要求为他创造一个配偶。因此,他的创造者对他非常厌恶,人们也对他充满歧视。他感到非常痛苦。他憎恨一切,想毁灭一切。他杀害了弗兰肯斯坦的弟弟威廉,又谋害弗兰肯斯坦的妻子伊丽莎白。于是,弗兰肯斯坦开始追捕他所创造的怪物。最后,以弗兰肯斯坦的病逝和怪物的自杀为结局。

《弗兰肯斯坦》的叙事从沃尔顿船长写给他姐姐的信开始。沃尔顿驾驶航船去北极探险,在靠近北极的海域被浮冰困住。沃尔顿站在船舷边向远处眺望,四周是一片望不到边的冰雪世界。突然,他看到大约一公里以外,出现了一个驾着雪橇的奇怪的高大身影。第二天早晨,天刚蒙蒙亮,人们发现船边的一块浮冰上停着一驾雪橇,上面坐着一个形容枯槁、奄奄一息的人。船员们七手八脚地把他弄到船上,用酒给他擦了身子,然后给他裹上毯子,安顿在火炉边。过了一段时间,他苏醒过来,缓缓讲述了自己的经历——他叫维克托·弗兰肯斯坦，是伦敦一所大学的生物学教授。

弗兰肯斯坦的叙事构成了小说的主体。另外，怪物讲述了自己的生活，他受的教育，他与人们的格格不入，以及社会对他的拒绝。他还讲述了一个关于不公平的故事，关于德拉西的故事，还有他自己的栖身之处。

小说的特点之一是对知识的狂热追求。不论是弗兰肯斯坦还是沃尔顿，这种追求对他们来说意味着一切。弗兰肯斯坦赞颂探索精神，甚至怪物扼住他的咽喉时也表示继续坚持。小说的另一个特点是故事不是发生在伦敦，而是发生在雄伟险峻的高山之中。怪物的凶悍与巍峨的群山和暴风雪交相辉映，产生出一种独特的效果。

小说的独创性在于对新旧时代的表达。弗兰肯斯坦的实验是一种获得无穷力量的梦幻，属于缺乏信仰的自由思想体系。他之所以能够成功，皆因他抛弃了前科学时代陈旧的参考书，潜心于实验室里的研究和实验。在 1818 年那个循规蹈矩的时代，这种做法令人惊讶，甚至可以说是一次小小的革命，因为它质疑旧的东西，体现了新旧之间的差异：经典不再是寻求帮助的所在，古老的智慧正在被现代的实验取代。

玛丽·雪莱希望向人们表明，必须抛弃那种“对不可能的事情做出许诺但却一事无成”的旧权威，他们已经落伍，与现代社会格格不入。因为在现代社会里，研究者已经创造了奇迹：发现了血液如何循环，找到了空气的本质，能够驾驭雷电……玛丽·雪莱似乎想让我们认识并接受即将出现的新事物。玛丽清楚地表明，她借用科学实验的特征让弗兰肯斯坦创造了生命。

弗兰肯斯坦同意为怪物制造一个女伴，使他不再觉得孤独。但在即将完成时，他停了下来。他想，如果造出来的女怪更加凶恶，万一不喜欢男怪物而离开他，他不是更加孤单，更加恼怒，最后还不是要迁怒于人类吗？如果这两个怪物真的结合了，那么就可能在地球上繁衍一种“魔鬼种族”。于是，他毁掉了自己创造的东西。怪物发现他们的约定遭到破坏，发出赤裸裸的威胁：“在你新婚之夜，我定会前来捧场。”然后就消失不见了。接下来是逃亡和追逐的情节，其中穿插着死亡和惩罚，众人对怪物的厌恶和打击，这在某种意义上体现了玛丽的父亲葛德文的思想：人通过暴力行为成为自己的破坏者。

《弗兰肯斯坦》有一种持久的吸引力，它以隐喻的方式提供了多重含义，读者可以从多方面进行想象和解释。我们没有看见弗兰肯斯坦在实验室的关键操作，小说讲述的只是怪物在他面前的诉说。在追逐过程中，追逐者和被追逐者不断转换位置，而语言的表述似乎有意使我们混淆主要角色。也许作者期望我们相信怪物就是弗兰肯斯坦的幽灵。他们哪一个恢复了生命活力？谁是无辜人们的杀手？是维克托还是怪物？维克托制造了怪物，怪物杀死了无辜的人。也许这正是玛丽刻意展现的写作方法。

从《弗兰肯斯坦》1818 年和 1831 年两个版本的序言里，我们可以捕捉到一些玛丽的创作意图和灵感。玛丽表明，她的故事源自一个梦，她梦见“一个极其丑陋、异常恐怖的男子四仰八叉地躺在地上，随即，在某种强大的机械作用下，只见这具人体半死不活地开始胡乱动弹，竟然有了生命迹象”。这梦引发了她与雪莱、拜伦和医生约翰关于吸血鬼及超自然生命的讨论。他们谈到达尔文及其思想和实验，阅读相关的资料，并在拜伦的建议下，四人各写一篇鬼怪故事。这或许是玛丽写《弗兰肯斯坦》的开始。

确实,《弗兰肯斯坦》是非常个人化的。维克托与他创造的怪物之间的搏斗，本质上是俄狄浦斯式的。怪物问自己:“我是谁？我是什么？我来自何处？”这种质疑反映出玛丽对自己家庭环境的迷惑：童年与她一起生活的都是异父或异母的姐妹。玛丽的经历使她具有一种复杂的个性，也加深了她对雪莱的了解。因此，在某种意义上，维克托和怪物共同体现了雪莱的两面性：甜美光明与阴沉可怕，知识渊博与不负责任。

我们永远无法对《弗兰肯斯坦》做出最后的评论，因为它包含太多相互冲突又相互依存的因素。这里我们不妨提出一些值得思考的重要因素：科学和社会对外在事物的关注与玛丽对内心世界的体现；外部探险和不幸的灾难故事伴随着心理活动；爱、恐惧、父母和爱人的残酷；情感因素通过奇异的外部因素激荡起来；维克托创造的怪物被人类社会抛弃，但他高谈阔论，自视甚高……对这些因素的考虑可能会增进我们对作品深度的理解。

怪物本性的改变使玛丽呈现出两个方面的冲突。第一个方面是人与自身的冲突，由创造的欲望和力量产生，正如弗兰肯斯坦与他的另一个自我的搏斗，他对另一个自我的迷恋和追求只有在抽象的观念中才有意义。第二个方面是人自身力量的消退和造成社会分裂的冲突，自然秩序的破坏导致新的破坏：怪物或“魔鬼”流窜，随意杀人，就像疾病似的蔓延。

毫无疑问，《弗兰肯斯坦》预示了科学发展是一把双刃剑，它既使我们获得发展带来的成就和便利，也使我们对改变原来的事物充满忧虑。这一点今天尤其明显，例如汽车改善了我们的交通，同时也增加了大气污染，损害了环境；人工智能使人们生活更加方便，同时人们又担心被其控制——实际上，手机几乎已经变成了像人体器官一样不可或缺的组成部分。

《弗兰肯斯坦》还是一部由进化论引发创作的小说。在这部小说里，上帝不见了，人们必须自己解决问题。这也许正是小说副标题“现代的普罗米修斯”的意旨。雪莱在长诗《解放了的普罗米修斯》里表明，虽然朱庇特把普罗米修斯锁在岩石上，使其备受折磨，但推翻朱庇特之后，他最终获得了自由。弗兰肯斯坦追求的目标是知识、力量和自我实现。这也是人类发展的必由之路，只有这三者相辅相成地全部实现，人类才能达到自由。

弗兰肯斯坦的困境也是现代人的困境，涉及后卢梭主义的个人与社会的二元对立，科学对社会的侵袭，人类的双重性，以及从猿人继承的好奇心带来的成功和灾难。弗兰肯斯坦过度追求，结果弄巧成拙；他也是个穿行在荒凉世界的受害者，没有希望，没有宽恕，只有对人的误解，对怪物的误解。换言之，科学的发展并不能带来幸福的保证。但无论如何，《弗兰肯斯坦》倾心关注对知识的追求还是令人振奋、发人深思的。

《弗兰肯斯坦》自1818年面世以来，已经被翻译成100多种语言，根据它改编的舞台剧和电影多达几十个版本。但直到1931年环球影片公司的《科学怪人》问世，这个被创造出来的怪物才真正开始了他的银幕生涯：从那以后，实验室的仪表从未停止——怪物孵化出儿子、女儿、鬼魂和凶宅；他抢占新娘，制造女人，与吸血鬼和狼人混住，享受罪恶、恐怖和复仇……然而，所有这些关于"弗兰肯斯坦"的影片都过于简单化，只抓住了表面的东西，完全忽视了小说对社会构建的作用，忽视了玛丽把社会批评和新的科学观念结合起来的独创性。

当然，电影在普及《弗兰肯斯坦》方面发挥了巨大作用。它的怪物的形象在西方家喻户晓。美国心理学家普林斯顿大学高特博士从接受理论的角度出发，对文学作品的受众进行了研究性的调查，收集了大量的数据，以此为基础确定了世界文学和传说中最重要的100个虚构人物。按照她的统计结果，第一名是哈姆雷特，第三十三名是弗兰肯斯坦。

作为第一部科幻小说和经典作品，《弗兰肯斯坦》在今天仍有非常重要的积极意义。特别在高科技快速发展的今天，它仍然可以为我们提供许多思想意识方面的借鉴。教育部已经推荐将这部作品纳入中学生必读书目。虽然现在有多种版本，但漓江出版社这个新译的版本确实有它的特色。当然，对翻译作品总是仁者见仁、智者见智，希望读者在欣赏的同时，对其不足之处提出建议和批评。

二〇一八年仲夏

作者导言

规范小说的出版商们在将《弗兰肯斯坦》一书收录在他们的系列丛书时，希望我能向他们提供这个故事的来龙去脉。我很愿意满足他们的要求，因为我可以借此机会简要地回答一个经常被人问及的话题——你那时年纪尚小，又是个姑娘家，怎么会构思出一件如此惊悚恐怖的事情，而且将它描写得如此淋漓尽致？诚然，我一向不愿将自己的见解观点付梓，不过这一次，我的解答只是作为先前那部作品的导言发表，而且我要谈的内容也仅限于那些与我创作这个故事有关的话题，因此，也就谈不上什么将自己的观点强加于别人。

我的父母双亲在文坛享有盛誉，作为他们的女儿，我自幼便萌发了写作的念头，这不足为奇。早在孩提时代，我就开始写写画画了。在父母准许我玩耍的时间里，我特别喜欢的消遣方式便是编写故事。不过，最让我感到快乐的还是臆造空中楼阁——沉溺于白日梦中，追随纷至沓来的思绪，将它们形成一连串虚构的事件，这便是我所想象的内容。与编写故事相比，我的想象更为离奇，也更令人惬意。就写故事而言，我总是依葫芦画瓢，竭力模仿别人的作品，而不是根据自己的想法去写。编写故事，多多少少是给别人看的——我童年的伙伴和朋友；而我那些浮想梦境则完全属于我自己，从不曾向任何人谈及。当我郁闷烦恼时，如梦般的遐想便给我以慰藉；而当我无忧无虑时，它们又给我以无穷快乐。

我的童年主要是在乡村度过的，我在苏格兰生活了相当长的一段时间。虽然在此期间我偶尔也游历一些风景如画的地方，但大部分时间我依然住在邓迪附近的泰河北岸，那个地方萧索荒凉，枯燥单调。如今我回首往事，把那地方称为沉寂荒凉的不毛之地，可在当时我并不这么认为。那时它是自由乐土，因为在那儿，不受约束的我可以与我想象中的生灵进行交流。那时我已经开始写作，只不过写作风格极为稀松平常。然而，兴许是在我家的庭前树下，抑或是在附近草木不生的荒山坡上，我的想象力像插上了翅膀在天空中自由翱翔，我真正的创作便这样起步、成长了。我没有把自己写成故事里的女主人公，因为生活对于我来说实在是太过于平淡无奇了。我根本无法想象，那些罗曼蒂克的哀怨情仇，那些令人称奇的世事经历会发生在我身上。不过，我并没有把自己局限于个人的小圈子里，因为我可以想象出许许多多的人物形象借以打发时间，而且，我笔下人物的经历远比我儿时生活中的感受精彩得多。

可自此之后，我的生活变得忙碌起来，我总是忙于应付现实问题从而无暇顾及文学创作。我丈夫从一开始便有些急于求成，热切希望我能跻身名人之列，不负名门后代之名。他总是激励我要在文坛取得一席之地。虽然我后来对名利极为淡泊，但在当时连我本人也对此颇为在意。在此期间，丈夫希望我写点东西出来，他倒不是想看我能否写出什么为世人所瞩目的佳作，而是要看我是否有发展潜力，今后能否写出更好的作品。然而，我还是只字未动，四处游历和家庭琐务占据了我很多时间；此外，还有学习，通过阅读文学作品，或与丈夫交流来学习。我的丈夫思想比我更为成熟、更为深邃，与他交流可以让自己的思想得以升华。这种学习便是我当时所做的唯一与文学有关的活动。

一八一六年夏天，我们去了瑞士，并与拜伦勋爵成为邻居。起初，我们三人或泛舟湖上，或漫步湖畔，度过了不少快乐的时光。当时拜伦正在创作《恰尔德·哈罗尔德游记》的第三章，他是我们三人中唯一一个将思想付诸笔端的人。他把所写的诗篇陆陆续续拿给我们看，在我们看来，大凡诗歌中的火花灵光，韵律的和谐悦耳无不见之于他这些诗篇之中。他的诗篇似乎表明，天国与人间的荣光是非凡而神圣的，而我们和诗人无不被这种荣光所感化。

那年夏天的确潮湿难熬，连绵阴雨时常将我们困在屋内达数日之久。我们手边有几本从德文译成法文的书，书里讲的都是些鬼故事，其中一本是《负心郎的恋爱史》。书中那位男子正欲与自己方才海誓山盟要永结同心的新娘十指相扣时，不料却发现自己落入一个面色惨白的女鬼怀中——原来，这个女鬼正是曾遭他抛弃的旧日恋人。还有一本书，讲的是一个罪孽深重的家族缔造者，此人命运十分悲惨——他的家族已注定灭亡，他不得不在几个年幼的儿子长到充满希望的年龄时，将死亡之吻赐予他们。午夜时分，他那巨大的影子出现了。只见他全副甲胄，除面罩朝上掀开外，活像《哈姆雷特》中的鬼影。在朦胧恍惚的月光下，他沿着昏暗的大街缓缓前行，最后消失在他宅院围墙下的阴影里。俄顷，宅院大门洞开，随即传来脚步声，卧房的门也开了。他走到孩子们的床前，见自己青春年少的孩子们睡得正酣。带着无尽的哀愁，他弯下腰亲吻了他们的额头，孩子们霎时就像被摘下的花朵般凋零消亡了。自那以后，我再没看过这些书，然而我对书中的情节却仍然记忆犹新，仿佛昨天刚刚读过一样。

“我们每个人都来写个鬼故事吧。”拜伦勋爵提议道。他这个提议得到大家的一致赞同。我们共有四个人，这位声名显赫的大诗人开始写了一个故事，后来还将这个故事的片段附印在了他的长诗《默泽珀》的末尾。雪莱比较善于以鲜明生动、光彩照人的各种形象以及装点我们语言的最为韵律优美的诗歌来表达他的思想和情感，不太擅长构思故事的人物和情节。于是，他根据自己童年时的一段经历动笔写了一个故事。可怜的波利多里想出了一个非常恐怖的故事：一个骷髅头女人透过锁孔偷看——偷看什么我忘了，但肯定是什么惊悚恐怖、见不得人的事情——可是当波利多里将骷髅头女人的下场写得比大名鼎鼎的考文垂的汤姆[1]还要凄惨时，他一时

① 相传中世纪有一贵妇，人称戈黛娃夫人，因不忍其丈夫麦西亚伯爵利奥夫里克对其统治的考文垂市民强加重税，反复劝说未果，后伯爵怒言，只要她全裸骑马绕城一圈，他就减免税收。

戈黛娃夫人果真宣告全城，然后褪去华服，全裸地骑上白马，走上大街。全城百姓约定闭门不出，紧拉窗帘，唯有一裁缝汤姆在窗上凿了一孔企图偷看，却被雷电击瞎双眼。——译注

不知如何写下去，便不得已将那女人打发到卡普莱特家的墓穴[1]中去了，这是唯一适合她去的地方。两位蜚声文坛的诗人也终因深感写故事单调乏味，便很快半途搁笔，不再去写那不大合他们胃口的故事了。

我苦苦寻思，试图想出一个故事来——这个故事须与前人所写的、又激发着我们的欲望去写的故事同样精彩，它须迎合人性中那份莫可名状的恐惧，要能引发人们的惊悚恐惧；这个故事要让读者不敢侧目旁顾，要让读者血流凝滞，要让读者心跳加速。倘若我的故事达不到这些要求，那它就名不符实，不配叫鬼故事了。我绞尽脑汁，冥思苦想，却一无所获。众人热切地盼望着故事的出现，可等来的只是“没有”这个索然无味的字眼。每当这时，我就感到自己才疏笔拙，平庸至极——作家的悲哀莫过于此。“有没有想出故事来？”每天早晨大家都这样问我，而我每次都不得不忍气吞声，回答说没有。

桑切曾说过，万事皆有始；而事情的开端又必然与它前面的事情有所关联。印度人曾给世人带来一头大象以助其一臂之力，可他们却让大象站在一只乌龟上。我们须得谦逊地承认，发明创造是在纷繁杂乱中诞生的，而绝不会在虚妄空想中产生。发明者必须首先具备各种素材，因为这些素材可以使混沌无形的东西固定成形，但他依然不能无中生有。任何发明创造，包括那些仅存在于想象中的发明创造，都时时提醒我们须牢记哥伦布和鸡蛋的故事。发明创造

---

① 即《罗密欧与朱丽叶》中，朱丽叶假死于此的墓穴。——译注

的先决条件在于一个人能否对某事物的各种性能予以准确把握，能否对与该事物有关的设想塑造成形并逐渐完善。

拜伦勋爵与雪莱多次倾心长谈，他们交谈时，我只是在一旁虔诚聆听，极少抒发己见。有一次，他们在谈论各种学说观点时，提及生命起源的本质，以及能否发现这一本质从而创造生命。他们讨论了达尔文博士的实验（我并不是说达尔文博士真的做了这些实验，我以前也没有这么说过，我只是说，当时人们曾传言他做过这些实验。我这么说也许更能表达我的意思）。他将一段细面条置于一个玻璃器皿之中，然后以某种超乎寻常的方法让它开始自发运动起来。然而，即便如此也不能意味着能够创造生命。也许可以让一具尸体起死回生，流电学已有迹象表明这类事情并非不可能；也许可以先将一个生命体的各个组成部分制造出来，然后将它们拼接在一起，再赋予其生命体温。

两人侃侃而谈，浑然不觉夜色已深，等我们休息时夜已过半。头挨在枕上，却怎么也无法入睡，也不能说自己是在思考，突如其来的想象力将我牢牢占据，指引着我，让我的脑海里涌现出接二连三的、生动鲜明的形象，远非寻常思维所能及。我双眼紧闭，脑海里浮现出清晰醒豁的形象。我看到一个面色苍白、一门心思研究旁门左道的学生跪在一具已组合好的人体旁边；看到一个极其丑陋、异常恐怖的男子四仰八叉地躺在地上，随即，在某种强大的机械作用下，只见这具人体半死不活地开始胡乱动弹，竟然有了生命迹象。见此情景你一定会吓得心惊肉跳，因为任何嘲弄造物主高超造物机理的企图，其结果都是异常恐怖的。这一成功将这个专攻旁门左道的学生吓得魂飞魄散，他扔下自己一手制造的丑陋不堪的怪物，仓皇而逃。他希望自己亲手注入那怪物体内的一丝生气会因其遭到遗弃而自行灭绝，而那尚且半死不活的怪物也会因此而一命呜呼。这样一来，他便可以高枕无忧了。他曾将这具丑陋的躯体视作生命的摇篮，可他现在却一心想着让墓穴中死一般的沉寂永远地为他短暂的生命画上句号。他睡着了，却又从睡梦中惊醒。他睁开双眼，看见那可怕的怪物就站在自己床前，只见他撩开床幔，睁大水汪汪的黄眼珠好奇地注视着自己。

惊恐之下，我睁开双眼，刚才的情景在我脑海中挥之不去，一阵强烈的恐惧在我周身蔓延开来。我真希望眼前这些真真切切的事物能够驱走我想象中那恐怖骇人的身影。身边的一切依然历历在目：这房间，这深色的拼花地板，那紧闭的百叶窗，以及从窗缝透进来的朦胧月光；我也分明能感觉到不远处就是那明镜般的湖水和白雪皑皑、高耸入云的阿尔卑斯山，然而，我却很难摆脱眼前这个恐怖的幻影。他在我的心头萦绕，挥之不去。我必须得想点什么别的才行，于是我又想起了自己要写的鬼故事——这个令人生厌、不太顺利的鬼故事！噢！要是我能写出个令读者像我今晚一样心惊肉跳的故事，那该有多好啊！

突然，一个令人振奋的念头犹如闪电般从我脑海中掠过。“有了！它既然能让我心惊胆战，也一定能让别人魂飞魄散，我只需将那个夜半时分在我梦中挥之不去的恶魔诉诸笔端不就成了？”翌日清晨，我随即向众人宣布，我已经构想出了一个故事。我当天便动笔开写了，开篇第一句是“那是十一月的一个阴沉的夜晚”。我只是原原本本地将我半梦半醒中的那些阴森恐怖的情景描绘记录了下来。

起初，我只写了寥寥数页，充其量只是个小故事而已，可雪莱一个劲儿鼓励我拓宽思路，增加篇幅。虽然，我丈夫并未就故事中的任何情节提出什么建议，也很少谈过他自己的感想和见解，但是，如若没有他当时的鼓励，我的故事便绝无可能以现在这种形式呈现在世人面前。我这么说并不包括小说的原序，据我回忆，该序完全为他一人所作。

现在，我就再次让我这丑陋可怕的孩子走到读者中去，愿它能广为传播。我非常爱它，因为它是那些快乐时光的结晶；那时，死亡与悲愁只是些虚幻之词，并未在我心中引起任何真正的共鸣。此书以数页篇幅记录了我们许许多多散步、驱车以及谈心的情景。那时的我有丈夫陪伴，并不感到孤独，可现如今在这个世上，我已永远不能和他见面了。当然，这只是我个人的心情文字，与读者无干。

有关书中的一些变动，我想再提一笔。我主要是对小说的语言风格做了一些润色，而并未改动小说的情节，也未增添任何新的想法与场景。我修改了其中一些枯燥的语句，以免影响故事的趣味性。这些改动几乎都出现在第一卷的开头部分，并自始至终都限制在小说的附带部分，未曾涉及小说的主要情节及主体内容。

一八三一年十月十五日于伦敦

原 序

构成这部小说的事件在达尔文博士及德国的一些在生理学方面著书立说的人看来，并非完全不可思议。但人们不能据此认定我会对这种虚构之事信以为真——我压根儿就不相信。虽然我承认这个故事是凭空想象的，但是我并不认为自己纯粹是在编造一些鬼怪灵异的恐怖情节。这篇故事中那些引人入胜的主要情节摆脱了一般鬼怪或魔法故事的诸多通病，为人称道之处在于其渐次展开的新奇场面，尽管这些在现实生活中不可能出现，但它为人类的想象力提供了一个新的视角，这比现有故事的平铺直叙能更为全面、更为深刻地描绘人类的情感。

有鉴于此，我一方面大胆创新，将人性的基本特征有机结合，另一方面则尽量确保这种结合不失人类本性的真谛。希腊悲剧史诗《伊利亚特》、莎士比亚的《暴风雨》和《仲夏夜之梦》，尤其是弥尔顿的《失乐园》，均遵循这一原则；即便是最不起眼的小说家，只要他想让自己的作品有趣或者让读者感到有趣，他都会不假思索地将一种奔放不羁的手法，或者更准确地说，一个基本准则运用到小说创作中来。正是由于引入了这样一种不拘一格的准则，人们才得以将各种情感巧妙地糅在一起，成就了不少诗歌中的名篇佳作。

我这篇故事的素材源于一次闲谈。之所以开始这个话题一半是为了助兴，一半也是想看看还有没有什么未尽才智。除此以外，在小说的创作过程中，又融入了其他一些想法。这部小说中的人物及其情感所表现出的道德倾向，会以何种方式影响读者，我自然不会等闲视之。然而，我更关注的是：如何避免现今小说感染力的日渐削弱，如何表现家人间的温馨情愫，以及人世间美德的高尚可贵。小说中主人公的个性与境遇自然会引发人们的纷纷议论，但这些意见断不可被认定是我个人向来所持有的信念，也不应该从本小说的内容推出什么合乎情理但却对任何哲学理论有失偏颇的论断。

这部小说还有一层缘由让我意兴盎然——故事的主要场景取自我开始构思这部小说时所处的恢宏景致，而且当年与我同行的几位都是令我终生难忘的好友。我在日内瓦的郊外度过了一八一六年的夏天。那年的夏天，天气清冷，阴雨连绵；每至傍晚，我们便围坐在熊熊燃烧的篝火旁，偶尔以手头上几本日耳曼的鬼怪志异消遣自娱。这些鬼怪故事引得众人一时兴起，想依葫芦画瓢，写出几个恐怖故事来。我的两位好友（若是有故事能出自他们中的任何一位的笔下，其受公众认可程度必将远超我所能创作出的任何东西）和我约定，每人根据某件鬼怪灵异的事情写一篇故事。

然而，天气突然放晴，我那两位好友抛下我，开始了他们的阿尔卑斯山游玩之旅。置身于雄伟壮丽的景色之中，他们将脑海中的鬼怪幻象通通抛到了九霄云外。下面这个故事是唯一完稿的一篇。

一八一七年九月于马洛

罗伯特·沃尔顿致姐姐——英格兰的萨维尔夫人的前三封信

第一封信

对于我此次外出探险，你曾担心会凶多吉少，但出发至今，我并未遭遇任何麻烦。听到这个消息，想必你会颇感欣慰。昨天我抵达这里之后，要做的头件事情就是给我亲爱的姐姐写信，告诉她我一切安好，好让她对我此次探险定会圆满成功更有信心。

此刻我在远离伦敦的北方，漫步在圣彼得堡的街头，寒冷的北风迎面吹来，让人精神抖擞，满心欢喜。我此时此刻的心情你能理解吗？这凛冽寒风正是发源于我即将前往的那个地方，它让我预先领略了一下那一带天寒地冻的滋味。它是希冀之风，给人以灵感，让我脑海中的胡思乱想变得愈发强烈，愈发明晰。我试图听信人言：北极一带寒冰彻骨，一片荒芜。但无济于事，因为我脑海中所浮现的北极永远是风景秀美，欢乐祥和。玛格丽特，那里太阳终日可见，它那硕大的轮盘拱卫着地平线，闪耀着永恒的壮丽光辉。在那儿——我的姐姐，因为你不在身边，请允许我对先前的航海家们抱有几分信赖——在那儿，冰雪和霜冻已不见踪迹；

在风平浪静的海上扬帆远航，说不定还会随风漂至一仙境胜地，其神奇隽秀、瑰丽夺目是迄今为止人类所栖息的地球上所发现的任何地方都无法相媲美的。在这块仙境胜地上，物产奇特，地貌瑰异，世所罕有；正如在那些人类尚无法探索的天体上可能存在着奇观异象一样，在这个日辉恒久之地，还有什么不会出现呢？兴许我会在那儿发现吸引铁针的神奇力量，还有可能理顺数以千计的天文奇观——只需此次远航，便能一劳永逸地将这些看似光怪陆离的天文奇观梳理得井井有条，而我那强烈的好奇心也将会因为我目睹这荒无人烟的地方、亲自踏上这人迹罕至的地方而得以满足。这一切都让我心醉神迷，足以克服我对任何危险和死亡的恐惧，激励我踏上这艰苦卓绝的航程。我就像个孩子，满心欢喜地与其他度假的小伙伴登上一叶扁舟，沿着家乡的河流去远航历险。退一步说，即便所有这些猜测都不成立，我也将在北极附近探明一条通往那些国家的航线，而目前前往那些国家需耗时数月之久。兴许我还会发现磁场的奥秘，倘若真有可能揭开这一奥秘，那像我这样的远航就势在必行。总之，我将让世世代代受益无穷，这一点是毋庸置疑的。

想到这些，我写信之初的紧张不安便一扫而光，心中洋溢着一股热情，让我感觉好似腾云驾雾，直冲云霄。目标的坚定最能让人情绪镇定，这是任何力量都无法与之比拟的，因为人的灵魂会将其智慧之眼凝聚到目标之上。此次探险活动是我年少时梦寐以求的事情。我曾如饥似渴地阅读了有关航海家们经北极附近的海域进入北太平洋的各种航行记录。你兴许还记得吧，我们的好叔叔托马斯的图书室里，全是些记载各种海上探险的书籍。那时我对学业略有懈怠疏忽，但我对阅读这些书籍却是情有独钟。我夜以继日一卷卷地读，而且读得越多，我心中那份由来已久的遗憾便愈发强烈——那时我还是个小孩子，当我听说父亲临终前留下遗言，不允许叔叔让我去海上闯荡时，心中这份遗憾之情便已油然而生了。

后来，当我开始接触一些诗人的作品时，我的这些梦幻便开始褪色，因为诗人们那奔涌宣泄的激情让我如痴如醉，让我的灵魂升至九霄云外。我后来也成了一名诗人，整整一年，我都生活在自己开创的天国乐园里。我幻想着有朝一日自己也能在那座供奉着荷马与莎士比亚的殿堂中占有一席之地。你也十分清楚，在未能如愿后，灰心失望便重重地压在我的心头。恰恰就在此时，我继承了堂兄的遗产，于是，我的想法又重新回到了原先的轨道。

自我下定决心要做此番探险已经过去了六个年头。时至今日我还依然记得自己立志献身于这一伟大事业的那个时刻。我首先得磨炼筋骨，让自己的身体能够适应艰苦的环境。我曾多次随捕鲸船远赴北海捕鲸，欣然接受饥寒交迫、口渴难忍以及睡眠不足的折磨。白天，我比其他水手干活还要卖力；到了晚上，我便全神贯注地学习数学、医学理论以及自然科学中那些对于航海探险家们最为实用的分门别类的学科。事实上，我曾两度在一艘格陵兰的捕鲸船上担任了二副这一职务，并且由于表现出色，受到了众人的赞扬。船长又让我在他手下干大副，还非常诚恳地挽留我与他一起干。我必须得承认，船长对我的能力如此赏识，我当时的确有点自鸣得意。

时至今日，亲爱的玛格丽特，难道我不应该去成就一番伟业吗？我这一生本可以在轻松安逸和极度奢华中度过，但我更在意荣耀，而对财富在我人生道路上所设置的种种诱惑无动于衷。唉，要是有人能用赞许的口气鼓励我，那该多好啊！我意志坚定，无所畏惧，但我心中对成功的渴望却时强时弱，因而我的情绪也忽高忽低。我很快就要踏上一段艰苦而漫长的航程，途中肯定会险象环生，这就要求我必须坚忍刚毅。我不仅要鼓舞士气，而且还要在他们情绪低落时，让自己始终斗志昂扬。

眼下正是游览俄罗斯再合适不过的季节，游客们纷纷乘坐雪橇在雪地上疾驰而过。那飞速滑行的感觉真是让人倍感惬意，在我看来，这比在英国坐公共马车感觉舒服多了。如果把自己裹在皮大衣里，这儿的严寒还是能扛得住的——这种皮大衣我也穿上了，因为先前可以在甲板上来回走动，而现在得在雪橇上一连好几个钟头纹丝不动，情况大为不同；寒气几乎可以将血管中的血液冻住，也没有办法靠运动来活动筋骨。我可不想逞能，把命给搭在这圣彼得堡与阿克安吉尔之间的驿路上。

再过两三个星期，我就动身前往阿克安吉尔，打算在那儿租一条船——这事儿不难办到，只要替船主支付一笔保险金就行了；我还想再从那些熟悉捕鲸作业的人员中招募充裕的水手，以应工作之需。我打算于明年六月起航，至于我何时返航，哦，亲爱的姐姐，我该如何回答这个问题呢？如果我此行成功，那得过好几个月，乃至好几年我们才能再见面；如果我此行失败，你要么很快便会再见到我，要么就永远也见不到我了。

再见了，我亲爱的、卓尔不凡的玛格丽特，愿上苍赐福于你，同时也保佑我，好让我能有机会时不时地对你给予我的关心与呵护心存感念。

你亲爱的弟弟

罗·沃尔顿

一七 ×× 年十二月十一日于圣彼得堡

第二封信

我深陷这冰天雪地之中，时间过得好慢啊！尽管如此，我依然在自己的探险征程上迈出了第二步：我已经租到了一条船，正忙着挑选水手，而那些已经招募到的水手都是可以倚重的，毫无疑问，他们个个铁骨铮铮，无所畏惧。

然而，我内心还有一个渴求，时至今日依然无法得到满足；若不能如愿以偿，那将是我人生最大的憾事——我没有朋友。玛格丽特，当我事业有成，激情满怀之时，没有人能与我分享胜利的喜悦；倘若我遭受重创，灰心失望之际，同样没有人会尽心竭力帮我从失望沮丧中振作起来。当然，我可以把我的心绪诉诸文字，但对于情感交流来说，这种方式的确是不尽如人意。我渴望能有一个兄弟手足般的知己朋友，能与我心意相通，志趣相投。亲爱的姐姐，也许你会觉得我太过于浪漫了，但是我太渴望能有个知己好友了。在我身边找不到一个能与我志同道合、能与我共商大计的朋友—— 一个温文尔雅而又有胆有识、心胸开阔而又颇有涵养的知己。你可怜的弟弟多么渴望能有这样一位朋友来帮他修正瑕疵、完善自我啊！我办事急于求成，遇到困难又沉不住气，更为糟糕的是我全凭自学成才，无人点拨。在十四岁以前，我整日信马由缰，胡乱游逛，除了托马斯叔叔那些有关航海的书籍外，我什么书也没有读过。十四岁那年，我读了国内一些著名诗人的作品；后来我又意识到，除了本国语言，还有必要掌握一些其他语言，可惜那时我已是心余力绌，无法从这一信念中受益良多了。如今我已有二十八岁了，可实际上我所知道的东西还不及许多十五六岁的学童那么多。不错，我比他们想法更多，我那些异想天开比他们更为宏伟壮丽，但是，按照画家的行话来说，我这些想法需要“协调”。我急需这样一位朋友，他通情达理，不会因为我好高骛远、不切实际而对我满眼鄙夷，他会对我热情满怀，用心竭力地帮助我理顺思路。

唉，再怎么抱怨也都无济于事，将来到了那一望无际的大海上，我根本无法觅得知己；即便在这阿尔汉格尔城，我也无法在这些商人和水手中找到什么朋友。不过话又说回来，在他们那粗犷豪放的胸襟中，也同样涌动着某些人性之中细腻温柔的情感。就拿我的副手来说吧，他胆识过人、进取心强，对荣耀极度渴求，说得更为地道些，他渴望能够在这个行当里出人头地、步步高升。他是个英国人，虽然对某些民族和职业心存偏见，而且这些偏见并未因他所受的良好教养而有所改观，但他身上依然保留了人类某些最高尚的情操。我起初是在一艘捕鲸船上认识他的，当时我了解到他在本市尚未找到工作，不费吹灰之力便将他招至麾下，以便在事业上助我一臂之力。

这位昔日的船长品行极佳，举止温文尔雅，对船员宽恕体恤，因而在这条船上颇有威望。除了待人谦和，他的胆识过人、为人正直也是有口皆碑的。当初我正是看中了他这些品德才诚心诚意请他来船上工作的。我的青春岁月原本是在孤单寂寥中度过的，我最美好的岁月是在你女性温柔的呵护陪伴中度过的。那段岁月造就了我的性格，让我从骨子里便性情温良，因而对于船上司空见惯的粗暴野蛮深恶痛绝，难以容忍，一向觉得这种行径毫无必要。当时，我听说有这么一位远近闻名的好船长赋闲在家，他为人心地善良，船员对他也敬重有加，对他言听计从，我就想，如能将他招至麾下为我所用，那实在是再幸运不过的事了。我第一次听人说起他时，觉得他还有点儿浪漫主义情怀。一位女士对我说，多亏了这位老船长，她才得以幸福一生。这件事情简要说来是这样的：多年前，他曾热恋过俄罗斯一位小户人家的姑娘。当他攒够了一笔可观的捕鱼赏金后，姑娘的父亲便欣然应允了这桩婚事。在他俩预定的婚期之前，他同他那心爱的姑娘见了一面，可当时那姑娘简直就哭成了个泪人，扑通一声跪倒在他面前，恳求他高抬贵手，同时向他坦陈，她已心有所属，只是因为那人家境贫寒，她父亲断然不会同意他俩的婚事。我这位宽宏大量的朋友叫那姑娘放心，并在得知姑娘心上人的名字后，随即放弃了这门亲事。他原本已用积攒下来的钱购置了一座农场，并打算在那儿安度自己的后半生，可他却将整座农场拱手送予了自己的情敌，还用剩下来的赏金为他添购牲口，用来帮他们做活儿。然后，他又亲自出面，恳求姑娘的父亲同意姑娘与她的意中人结婚。不料却遭到这位老人的断然拒绝，因为老人觉得自己必须对我的朋友信守诺言。我这位朋友发现那姑娘的父亲执意不允，便索性离开故土，直到后来听说他曾经心仪过的姑娘得偿所愿，与意中人终成眷属，他才返回家园。你一定会赞叹道："他真是高风亮节！"他的确如此，可他却完全没有接受过教育，寡言少语，举手投足间还透着一股蒙昧无知、大大咧咧的劲儿，这反倒让他的高贵人品愈发地出人意料，要不然的话，他本应该博得人们更多的关切与同情。

但是，切莫因为我抱怨了几句，或者因为我在为无法预知的艰难困苦寻求安慰，你就认为我决心动摇了。我的决心有如命中注定般不可逆转。我只是暂时推迟行期，一旦天气允许，我便立刻起航。这里的冬天严寒彻骨，气候恶劣，但是，大家都预计接下来的春天将会来得特别早，这是个好兆头。所以我的起程日期可能会比原先预计的要早一些。不过，我决不会贸然行事；你对我了如指掌，相信我不管什么时候，只要身上还肩负着他人的性命安危，就一定会慎之又慎，思考周全的。

我即将开启我的探险之旅，此时此刻的心情无以言表。准备出发时那种令人战栗不已、喜忧参半的心情真是难以形容。我即将前往的是一个无人涉足的地方，一个"霜雪霁霭"之地，但我决不会捕杀信天翁，因此，你不必担心挂念我的性命安危，也不必忧心忡忡地以为我再次回到你身边时会像"老水手"那样衣衫褴褛、神情落寞。你准会笑话我这么引经据典，不过我想对你吐露我心中的一个秘密。我之所以对凶险莫测的大海情有独钟，对它热情满怀，我时常认为，完全是因为受那些最富想象力的现代派诗人的影响。在我的心灵深处有一股力量在涌动，而我对它却全然不解。我实际上向来都刻苦勤奋（或者说任劳任怨），就像一个坚韧不拔、不辞辛劳的工匠。不仅如此，我对那些奇幻惊异的事情非常痴迷，非常笃信；这种痴迷与笃信交织融会于我的全部事务之中，促使我不愿因循常人的生活轨迹，从而另辟蹊径，以至于要到波涛汹涌的大海上，到我即将前往的无人涉足的地方去。

还是让我言归正传，说些更为关切的话吧。待我横越汪洋大海，从非洲或美洲最南端的海峡归来之时，你我再相见如何？此行能否成功，我不敢奢望；会不会事与愿违，我也不敢去想。所以，请你现在就抓紧一切机会继续给我写信，兴许在我最需要精神鼓舞的时候就会收到你的来信。我深深地爱你，万一我自此音信全无，请将我铭记于心。

你亲爱的弟弟

罗伯特·沃尔顿

一七××年三月二十八日于阿尔汉格尔

第三封信

亲爱的姐姐：

我匆忙之中写上寥寥数语，告知你我一切安好，而我们的行程也一帆风顺。此信将由一艘英国商船捎回国内，这艘船已驶离阿克安吉尔，眼下正在返回英格兰的途中。它可要比我幸运，因为我再次见到故土恐怕是时隔多年以后的事了。不过，我目前的精神状态还不错，船上的水手个个威猛彪悍，看得出来他们都意志坚定。海上的片片浮冰接连不断地从我们船边掠过，预示着我们正要驶往的那个地带危机四伏，可即便如此，他们仍显得毫不畏惧。我们已行至一个纬度很高的地区，不过眼下正值盛夏，我们乘着阵阵南风，向着我望眼欲穿的大洋彼岸扬帆疾进。和英国的南风相比，这儿的南风虽不那么温暖和煦，可也透出融融暖意，让人神清气爽，这倒是出乎我的意料。

迄今为止，我们尚未遇到任何值得在信中书写记录一番的意外事件。偶尔海上狂风骤起，或是有时船身出现裂缝，这些情况对于经验丰富的航海家们来说，都是司空见惯的事情，无须记录在案。只要我们航行途中不发生更为糟糕的情况，我也就心满意足了。

再见了，亲爱的玛格丽特。你尽管放宽心，为了你，同时也为了我自己，我决不会鲁莽行事、乱冒风险。我一定会保持头脑冷静、百折不挠，同时我也会审时度势、小心谨慎。

努力辛劳终将换来成功荣耀。为什么不会呢？我已航行如此之远，正在未曾开拓过的茫茫海域探索一条安全可靠的通道。天上的群星将目睹我的成功，见证我的凯旋。为什么不在这虽尚未驯服但却并不狂野的大自然面前继续高歌猛进呢？又有什么能够阻挡人类坚不可摧的决心和不屈不挠的意志呢？

我不禁豪情万丈、激情澎湃，但我必须就此搁笔。愿上苍保佑我亲爱的姐姐！

罗·沃

一七 ×× 年七月七日

罗伯特·沃尔顿起锚扬帆，绝境奇遇维克托·弗兰肯斯坦

第四封信

我们遇上了一桩颇为蹊跷的事儿，尽管很有可能在这些信件送抵你手中之前你我早就重逢了，但我还是忍不住将它记录了下来。

上周星期一（七月三十一日），我们几乎被海上浮冰给困住。冰块从四面八方将我们团团围住，几乎没给我们的船留下容身之处。我们当时的处境的确有些不妙，更为糟糕的是，我们当时还被一场浓雾所笼罩。于是，我们只好将船停泊在原地，企盼着天气和海面上的状况会有所好转。

约莫两点钟的时候，浓雾散尽了。放眼望去，只见四周海面全被一望无际、绵延起伏的浮冰所覆盖，俨然成了一片冰海。见此情形，一些船员开始唉声叹气，我也因心情焦虑而变得愈发警觉。正在此时，一幕奇怪的景象引起了我们的注意，让我们暂时忘却了自己身处险境。只见半英里开外的地方，几只狗拉着一辆雪橇朝北驶去，雪橇上装有一个低矮车厢。一个相貌酷似人类、身材却异常高大的家伙坐在雪橇上，赶着那几只狗。我们透过望远镜注视着这个海上过客驾车疾驰，直至他的身影消失在连绵起伏的冰山之中。

这个怪物的出现让我们惊讶不已。我们原以为自己距陆地有数百英里之遥，但这个离奇景象的出现，似乎表明我们离陆地的距离并不像我们原先估计的那么远。尽管我们刚才密切注视着那怪物的行驶路线，无奈我们被冰块所围困，根本无法尾随追踪。

这怪事过后约莫两个钟头，我们听到了海啸声。夜幕降临前，冰层破裂了，我们的船也可以起锚航行了。不过我们还是将船泊在了原处，直到第二天早上才起航，生怕夜间航行会撞上碎裂之后四处漂移的大块浮冰。我趁着这段时间，好好休息了一阵子。

第二天早上，天刚刚放亮，我便登上甲板，发现所有的船员都聚集在船的一侧，显然他们是在与海上的什么人交谈。原来，昨天夜里一大块浮冰载着一辆雪橇漂到了我们这里；那雪橇酷似我们先前见过的那辆，拉雪橇的狗只剩下一条还活着，雪橇里竟然还有个大活人，船员们纷纷劝他上船来。这人和我们昨天见到的那个海上过客不同，昨天见到的那个人像是个居住在某个不为人知的孤岛上的野人，而这个人却是个欧洲人。我的副手见我走上甲板，便说道：“这是我们头儿，他是不会眼睁睁地看着你葬身这茫茫大海的。”

陌生人见到我之后，便用英语——尽管略带些外国口音——对我说道：“在我上贵船之前，可否先告知我你们将驶向何方？”

一个处于生死边缘的人竟然向我提出这样一个要求，你可以想象我当时有多么震惊。我本以为，我们的船只对他来说无异于救命稻草，就是用世所罕有的奇珍异宝和他去交换上这艘船的机会，他也未必答应。不过我还是回答了他，告诉他我们是要驶往北极进行探险。

听我这么说，他才流露出心满意足的神情，总算同意上船了。天哪！玛格丽特，如果见到有人会这般以船只的航向定自身的安危，你定会惊愕不已。他的四肢几乎都冻僵了，身子也因为吃尽苦头而困顿虚弱。我还从未见过有谁的景象会像他这般惨不忍睹。我们试着将他抬进船舱，可他一呼吸不到新鲜空气，便立刻晕了过去。于是我们又将他抬回到甲板上，用白兰地给他擦拭身子，又硬是给他灌了几口，他这才缓过劲来。他刚一有些苏醒过来的迹象，大伙便赶紧用毯子裹住他，将他抬到厨房炉子的烟囱旁边。他渐渐缓过神儿，喝了点汤，身子好了许多。

就这样一连过了两天，他才张口说话。我一直担心，他遭受如此磨难，恐怕早已心智全无。待他的身体又有了些起色后，我便将他转至我的舱室，只要我工作允许，我就尽量多照料他。我从未见过如此有趣之人。他的双眸时常流露出一种凶狠，甚至发狂的神色；但有的时候，如果谁对他略表关心，或者为他做了件最微不足道的事情，他顿时会神采奕奕，那慈眉善目、亲切可人的神色，在我看来，无人能及。可惜，在大多时候他总是一副郁郁寡欢、悲观绝望的样子，有时甚至还咬牙切齿，仿佛再也无法承受压在自己心头的忧愁痛苦了。

待我的客人身体有所好转后，船员们便都凑了过来，想问这问那，他们提出的问题多如牛毛，我费尽周折才将他们挡了回去，因为他目前身心俱疲，显然唯有静养才能康复，因此，我不忍船员们用无聊的好奇心去折磨他。然而有一次，我的副手向他提出了一个问题：为什么他要乘坐这样一辆古怪的雪橇车，大老远地跑到这儿来？

他立刻显得神情黯淡、极度忧郁。他回答道："我要追踪一个从我身边逃走的家伙。"

"你要追赶的那个人也驾这种雪橇车吗？"

"是的。"

"如果是这样的话，我想我们见过那个人。在救起你的前一天，我们曾看见有几只狗拉了辆雪橇从冰上经过，雪橇里还坐着一个人。"

这番话引起了这位陌生人的注意，他对那个魔鬼——他就是这么称呼来着——的行踪去向一连提了好多问题。过了一会儿，当只剩下他和我两个人时，他说道："我一定让你和你那些好心的船员感到非常好奇吧，不过，你还是非常善解人意，没有对我问这问那。"

"当然啦，如果我为了满足自己的好奇心而追着你刨根问底的话，那我就实在是太过无礼，太不近人情了。"

"可是你把我从一个陌生而危险的境地中解救了出来，你的仁慈与善良救了我的性命。"

紧接着，他又问我有没有可能冰层破裂时把另外那驾雪橇也给毁掉了。我说这个我说不准，因为冰层破裂时已接近夜半时分，而那个海上过客兴许会在破冰之前早已赶到某个安全地带；不过，对此我也无法肯定。

打这以后，这位陌生人憔悴虚弱的身体内便滋生出一股新的生命活力。他急不可耐地想到甲板上去，守候那驾曾经出现过的雪橇。不过我还是说服他留在了船舱内，因为他毕竟太过虚弱，根本抵御不了外面恶劣的天气。与此同时，我向他保证，我会派人替他守候，一旦发现什么新的目标，便即刻告知他。

以上就是迄今为止我的航海日志中有关这桩怪事的所有记录。那位陌生人已渐渐康复，但他终日沉默寡言，而且，除了我之外，其他任何人走进他的舱室，他都会显得紧张不安。然而，他举止温文尔雅，待人彬彬有礼，船员们虽然与他交流不多，但都对他十分关心。至于我自己，我已开始视他为兄弟手足，对他关爱有加。他终日愁眉紧锁，痛苦万分，不禁让我心生怜悯，同情不已。我想，志得意满时，他一定是个志趣高洁的人，即便现如今落魄到这般境地，他依然是那样富有魅力，和蔼可亲。

亲爱的玛格丽特，我在以前写给你的一封信中曾经说过，我根本不可能在这汪洋大海之上觅得知己，然而，我还是遇上了这样一位，要不是他已经被苦难厄运折磨得痛苦不堪的话，我早就想向他表示，我非常乐意将他视作情同手足的知心好友。

有关这位陌生人的情况，如果以后还有什么新的事情发生的话，我会时不时地记入我的航海日志中。

一七 ×× 年八月五日

我对这位客人的感情与日俱增。他激起了我的钦佩之情，同时也触动了我的怜悯之心，而我对他的这两种感情短时间内都达到了令人惊讶的地步。眼睁睁地看着这位志趣高洁之士被艰难困苦给压垮，怎不叫人肝肠寸断，心如刀绞？他是那样温文尔雅、睿智聪颖，他的思想又是那样深邃练达。尽管他说话时字斟句酌，但仍能口若悬河，雄辩之才，无人能及。

他现在病体已大有好转，因而时常待在甲板上，显然是在守候他当时所追踪的那辆雪橇。虽然他依然闷闷不乐，但也没有完全沉湎于自己的痛苦不幸之中。他常常兴致勃勃地讨论别人的计划，也常与我谈论我的探险事宜。我毫无保留地将我的计划和盘托出，阐述我对最终获得胜利抱有必胜信心的诸多理由，详尽说明我为获得这一胜利所做的详细安排部署。他总会饶有兴致地听我讲完，与我言谈甚欢，对我推心置腹。这种思想上的共鸣很快就感染了我，我自然便对他敞开心扉，倾吐心中炽热的情怀。我心潮澎湃，激动不已地向他表示：为了能推进我的探险事业，我将不惜牺牲我的财产、我的性命，乃至一切梦想。为了换取我孜孜以求的知识，为了征服自然这一人类的顽敌，为了让子孙万代成为大自然的主宰，我个人的生死安危无足轻重。正在我滔滔不绝、慷慨陈词的时候，我发现他霎时间面色阴郁，愁云密布。起初我发现他在竭力抑制自己的情绪，随即又看见他用双手捂住眼睛，泪水从他的指缝滑落，胸口不停地起伏，与此同时发出一声哀号——这时，我的声音不禁颤抖起来，只觉得喉头一阵哽咽，话也说不出来了……过了许久，他终于断断续续开口说道："不幸的人啊，难不成你也和我一样发疯了？难不成你也喝了那让人鬼迷心窍的迷魂药？听我说——待我把我的遭遇讲完，你就会把你嘴边那只药杯砸个粉碎！"

你可以想象，他这番话激起了我强烈的好奇心。然而，方才这突如其来的悲痛让这位陌生人心力交瘁，虚弱不堪，他必须得好好休息上一阵子，再通过跟人心平气和地交谈才能恢复心头的平静。

他终于强抑住了自己心头的狂乱，对于自己方才的失态似乎显得有些尴尬。他强忍着残酷折磨他的绝望情绪，重新将话题引到我身上。他问起了我早些年的一些经历——这个话题没费多大工夫便谈完了，不过它却唤起了我一连串的思绪。我谈及自己渴望寻找一知己—— 一位比我以前遇到的任何人都更为亲密无间、更为志同道合的知心好友；我还谈到自己坚信：一个人要是没有这样的福气的话，就别自诩有多么幸福美满。

"我同意你的看法，"陌生人回答道，"我们这些人都是未经雕琢的半成品，如果没有一位比我们更为聪明睿智、更为出类拔萃、更为可亲可爱的挚友——这样一位朋友就应该如此——来助我们一臂之力，我们就不可能修正自己的缺点和不足，无法完善自我。我曾经有过一位朋友，一位世间最高尚的人，因此我有资格谈论友谊。你还大有可为，整个世界就在你眼前，没有任何理由悲观沉沦。但是我——我已经失去一切，已经不可能再开启新的生活。"

他说这番话时，平静的外表下难掩深深的悲哀，那神情深深地触动了我的心弦。此后他沉默不语，没过多久便回自己的舱室去了。

尽管他内心伤痕累累，可没有谁比他更能深刻地领悟大自然的壮美。那繁星闪烁的夜空、那烟波浩渺的大海，以及这片神奇地域所展示的各种景致，似乎仍能让他精神升华，远离尘世。像他这样的人生存方式具有两面性：一方面他遭受痛苦磨难，会心灰意冷；然而当他离群独处时，便有如天神，头顶光环，任何悲伤或愚昧都不敢越入这光环半步。

你会不会笑话我对这个气度非凡的漂泊者所表现出的热切景仰？你如果亲眼见到他，你就不会笑话我了。你饱读诗书，深受熏陶，又一向不问世事，所以难免会对别人有些苛刻挑剔，但这反倒让你更能赏识这位俊杰卓尔不群、超凡脱俗的气度。我有时也极力想弄清，他究竟具有什么样的品质从而让他在我所认识的人中显得如此鹤立鸡群、出类拔萃。在我看来，他那种气质是源自直觉的判断力，是一种敏锐而又准确无误的判断力，一种对事物成因无比清晰、无比精确的洞察力；除此之外，还有他那优雅得体、极具魅力的谈吐和那抑扬顿挫、妙如音乐的动人嗓音。

一七 ×× 年八月十三日

昨天，那位陌生人对我说道：“沃尔顿船长，兴许你不难看出我曾遭受过人世间最大的不幸。我曾一度铁定主意，要让自己记忆中的那些痛苦往事随我的逝去一同石沉大海；然而，你已俘获了我的心灵，让我改变了初衷。你就像我过去那样，对知识如饥似渴，对智慧孜孜以求，但我由衷地希望：待你如愿以偿时，不要重蹈我的覆辙，不要反被毒蛇所伤——我不知道发生在我身上的悲剧能否对你提供借鉴，但是，一想到你正步我后尘，正面临我沦落至今这般田地的相同危险境遇，我就觉得，你兴许会从我的遭遇中汲取经验教训。如果你事业有成，那么这些经验教训可以为你指明继续前进的方向；万一你功败垂成，你也可以从中得到一丝慰藉。请你思想上做好准备，你将听到的故事在常人看来的确是匪夷所思。如果这一带的自然环境不那么险恶，我还担心会遭到你的怀疑，甚至耻笑；但是，这一带荒无人烟、神秘莫测，什么事情都有可能发生，对那些尚未领教大自然变幻无穷、威力无边的人来说，这种事情自然会令他们捧腹大笑。但我毫不怀疑，我的故事将随着逐渐展开的一系列事件而显示出其真实可信的一面。”

也许你不难想象，他要主动向我讲述他的遭遇，我自然是大喜过望，可万一他提及往事时再次陷入悲痛之中，那我又于心何忍呢？我之所以迫不及待地想聆听他答应要讲的故事，一方面是出于好奇心的驱使，另一方面也是出于自己试图改变他命运的强烈愿望——如果我力所能及的话。在回答他时，我把这些想法告诉了他。

“对于你的同情怜悯，我心存感激，”他回答道，“但这无济于事。我差不多气数已尽，只等办完一件未了之事，我便可以安然西去了。你的心情我非常理解。”他发现我试图打断他的话头，便又接着说道：“你错了，我的朋友——如果你允许我这么称呼你的话——没有什么能够改变我的宿命，等你听完我的遭遇，你就会发现，一切都已在冥冥之中安排就绪，无可挽回了。”

他接着对我说，要是我第二天有空的话，他就可以开始讲述他的亲身经历了。他的承诺让我心头暖意融融，感激不已，我已打定主意，除非职责所在，不得已有急事要办，每天晚上我都要尽可能照他的原话将他白天所讲述的内容如实记录下来；即便是事务再忙，我至少也要做些笔记。这份手稿无疑会给你带来极大的乐趣，至于我，本来就对他有所了解，又是听他亲口诉说，将来有朝一日重读这份手稿，一定会意兴盎然、感慨万千！即便是现在，我刚刚开始进行这项工作，他那圆润洪亮的嗓音已在我耳畔萦绕，他那炯炯有神的双眸向我投来哀婉而又慈祥的目光。我看见他神情激动地扬起一只纤瘦干瘪的手，脸庞闪现着心灵深处的熠熠光辉。

他的故事一定曲折离奇，催人泪下，有如一场令人心惊胆战的海上风暴，将正在航行的巨轮卷起并击个粉碎——的确如此！

一七 ×× 年八月十九日

维克托·弗兰肯斯坦回首往昔，罗伯特·沃尔顿笔录整理

第一章

我出生于日内瓦，在那个共和国，我的家族可谓声名显赫。祖上世世代代担任议会议员和政府官员。我的父亲担任过好几个官职，备受赞誉。他为人诚实正直，处理公务孜孜不倦，因而大凡认识他的人都十分敬重他。年轻时他总是忙于政务，出于各种缘由，竟延误了自己的婚姻大事，直到人近中年，才娶妻生子。

由于父亲结婚的前因后果很能反映他的品行为人，因此我觉得有必要在这里交代一下。他的知己挚交中有一位是商人，由于屡遭不幸，家道日渐衰落。此人名叫波弗特，生性孤傲，不甘人下，以前他家世显赫，风光体面，家业衰败后一贫如洗，家徒四壁。他不堪忍受仍居住在当地，便以最为体面的方式还清了所有债务，然后带着女儿隐居到卢塞恩城，过着不为人知、穷困潦倒的日子。我父亲很珍视与波弗特的真情挚谊，见波弗特命运多舛，退隐避世，伤感不已，同时对波弗特因过于要强自尊而置两人的情谊于不顾的做法非常痛心。父亲立即设法四处探寻波弗特的下落，希望能说服他，以我父亲的信誉和资助，可以帮他东山再起。

波弗特销声匿迹的办法还真奏效，父亲花了十个月的时间才打听到他的住处。得知他的下落令父亲大喜过望，他立刻起身赶往波弗特的住所。那是位于罗伊斯河畔一条破陋不堪的小街上的一所房子。父亲走进屋子，然而迎接他的只有凄凉与绝望。原来，波弗特破产后所剩财产已寥寥无几，不过这点钱倒也够他开销几个月的了。于是他希望能在当地一家商行里找份体面的差事，而在找着活儿之前的这段闲暇间隙里，他一直无所事事。闲下来时他常常反省自责，这反而加剧了他的悲伤懊恼，让他痛心疾首。三个月以后，他终因悲伤过度而一病不起，什么活儿也干不成了。

他女儿无微不至地照料他，可眼见他们那点钱如流水般快要花完，又指望不上什么别的经济来源，她心中满是沮丧。然而，卡罗琳娜·波弗特拥有超乎常人的顽强意志，艰难困境反而激发了她自谋生计的勇气。她找了份手工活，帮人编草帽，千方百计挣点钱，贴补家用。

就这样过了几个月，她父亲的病情愈发严重，她便用几乎所有的时间来照料父亲。她手头上的钱也所剩无几。到了第十个月时，父亲便在她的怀里撒手人寰，留下她在这个世上孤苦伶仃，一贫如洗。父亲的离世让她承受了巨大的打击，她跪在父亲的灵柩旁，悲恸欲绝、泣不成声。就在此时，我父亲走进屋来。他的到来对这个可怜的姑娘来说有如保护神从天而降，姑娘也就将自己托付给了他。在安葬了他的朋友之后，父亲将这位姑娘接回日内瓦，并委托一位亲戚照料她。两年后，卡罗琳娜便成了父亲的妻子。

我父母年龄相差悬殊，这似乎反倒让他们更为亲密无间、恩爱有加。父亲为人正直，富于正义感，因为性格的缘故让他觉得必须对自己心仪的人倾注浓烈的爱情。也许是他早些年曾错爱过一个不值得他爱的人，有所察觉后让他备受打击，因而他对历经考验的爱情倍加珍惜。在他对母亲的绵绵柔情之中，还流露出感激敬慕之意。这绝非是一个垂暮老者对自己年轻妻子的溺爱，而是出于对她美德的敬重。父亲希望他的爱能够在某种程度上弥合她往昔的不幸，出于这种情感，他难免会对母亲表现出一种难于言表的关爱。父亲处处为母亲着想，事事顺着母亲的心思。他就像园丁呵护着一朵娇媚的奇葩，尽力保护着母亲，不让她受到任何狂风的侵袭。他在母亲的身边用心安排，一切能够激发起母亲那温柔善良的心田里的快乐欢愉的事情，他都尽心竭力去做。母亲由于先前历经磨难，身体受到很大摧残，甚至她一贯安详平和的心灵也失去了往昔的宁静。在我父母结婚前的两年里，父亲相继辞去了所有公职；两人婚后便立刻动身前往意大利旅行，领略那块神奇土地上宜人的气候和秀丽的风景。父亲希望变变环境，换换心情，借此机会让母亲虚弱的身体得以康复。

离开意大利之后，他们又相继去了德国和法国游玩。我作为他们的第一个孩子当年就出生在那不勒斯，因此，我还在襁褓之中便已随父母四处游历。有好多年，我是他们唯一的孩子，就像他们彼此相亲相爱那样，他们似乎也从爱的矿藏中汲取了源源不断的爱心倾注到我的身上。我最初的记忆便是母亲温柔的抚摸和父亲端详我时脸上荡漾着的慈祥笑容。我是他们的开心果，又是他们的宝贝儿，更为重要的是——我是他们的孩子，是上天赐给他们的天真无邪、嗷嗷待哺的小生命。他们将把我抚养成人，而我将来的命运是幸福还是悲惨则完全掌握在他们手中，要看他们如何履行对我的义务了。我父母深深地意识到他们赋予了我生命，因而必须履行应尽的义务，加之他俩思维活跃、性情温和，不难想象，在我的婴幼时代，我每时每刻都受到忍耐、仁爱和自律等品格的熏陶。我就是这样被一根柔韧的丝带牵引着向前，一切都似乎那么快乐、那么美好。

有好长一段时间，他们只有我这么一个孩子。母亲很想再生个女儿，可我依然是他们唯一的孩子。在我大约五岁那年，全家去意大利的边境一带远足，在科莫湖畔度过了一星期。他们生性乐善好施，因而常常走访当地的贫苦人家。对我母亲来说，这不仅是一种义务，更是一种需要，一种热切的愿望。每每想起她自己所遭受的苦难以及后来如何脱离苦海，她便也要充当起贫苦人的守护神。有一次，他们外出散步，途中山坳里一座破败不堪、凄凉异常的茅舍引起了他们的注意。茅舍四周聚集了一群孩子，个个衣衫褴褛，赤贫景象无以复加。一天，父亲只身一人去了米兰，母亲便由我陪着去拜访那茅舍的主人。她看到一位农夫和他的妻子，正在将少得可怜的一点食物分给他们五个饥肠辘辘的孩子。由于农活繁重加之长年操劳，夫妇俩腰都给累弯了。在五个孩子中，有一个母亲尤为关注。这小姑娘似乎与其他四个孩子血统不同，那四个孩子都是黑眼睛，长得粗壮敦实，像是游民的后代，而这个小女孩却肤色白皙，身体瘦弱单薄。尽管她穿得破旧，可那一头闪亮的金发却有如给她戴了一顶皇冠，让她显得与众不同。她的双眉清秀浓密，双眼清澈湛蓝，双唇和脸颊无不显示出她的多情善感与清纯甜美。大凡见过她的人都会把她看作是超凡脱俗、仙界下凡的天使，容貌中还带着天国的印记。

那农夫的妻子觉察到我母亲眼睛老是紧紧地盯着、惊羡地打量着这个可爱的小姑娘，便很热心地将她的身世娓娓道来。这姑娘并非她亲生，而是米兰一个贵族的女儿。小女孩的母亲是德国人，生下她后便去世了。于是婴儿便被托付给了他们两位纯朴善良的人来抚养，而当时他俩日子也还算过得去。那时他们结婚不久，他们的第一个孩子也才刚刚出生。他们俩领养的这个女孩的父亲是一个意大利人，非常缅怀意大利的光荣历史——属于那些主张“奴隶要造反”的人中的一员。他不遗余力地为祖国的自由而抗争，可最终成了祖国弱小无能的牺牲品。他究竟是死了，还是仍被羁押在奥地利的监牢里，谁也不得而知。他的财产被没收，小女孩变得孤苦伶仃，身无分文。就这样，小女孩一直和养父养母生活在一起，在他们这寒门陋室里出落得楚楚动人，连那荆棘丛中的玫瑰也自叹弗如。

父亲从米兰回来时，发现我和一个孩子在别墅的大厅里玩耍。这孩子生得比画中的天使还要漂亮，脸蛋儿似乎透着光亮。她体态轻盈，动作敏捷，胜过山间的羚羊。母亲很快就向父亲说明了这个小精灵的身世原委。在征得父亲的同意之后，她便去说服这孩子在乡下的两位监护人，让他们将孩子交由她抚养。他们很疼爱这个乖巧伶俐却没了爹娘的小女孩，在这对夫妇看来，这孩子的存在似乎是上天的恩赐。但话又说回来，既然现在上天眷顾这孩子给了她强大的保护，如果再要她吃苦受累，那对她就太不公平了。于是他们就去咨询了村里的牧师，结果呢，美丽大方而又惹人爱怜的伊丽莎白·拉凡瑟便成了我们家的一员——她不单是我的妹妹，还成了我的好伙伴，陪我做每一件事情，分享我所有的快乐。

所有人都很喜欢伊丽莎白，大家对她怀有热烈而近乎崇拜的感情——我也不例外——这让我感到自豪欣慰。在她被带到我们家来的前一天晚上，母亲开玩笑地对我说："我给我的维克托带了一份漂亮的礼物，明天他就可以拥有这份礼物了。"第二天，她把允诺给我的礼物——伊丽莎白带到我的面前。这时，我以一种孩子特有的认真劲儿从字面上去理解母亲的话，真的把伊丽莎白当成了我的人——将由我保护、由我爱慕和由我珍重的人。人们对她的一切赞美，在我看来通通是对我个人这件私有之物的颂扬。我俩关系十分亲昵，彼此以表兄表妹相称。世上没有任何语言可以用来形容我俩的关系——她对我来说不只是表妹，因为只要她在这个世上，她就只属于我一个人。

第二章

我俩在一起长大，年龄相差还不到一岁。两人很少有口角争执或者面红耳赤的时候，这是自不必言的了。彼此间的和睦融洽是我们俩友谊的灵魂。虽然我俩性格有些不同，甚至截然相反，这反倒让我们彼此吸引，更为亲昵。伊丽莎白性格比较文静、专注，而我则满腔热情，并善于将自己这份热情充分利用，因而有着极为强烈的求知欲。伊丽莎白喜欢徜徉在诗人笔下的那些景物之中，并醉心于我们瑞士住地周围那雄伟壮丽的风光。那里层峦叠嶂，巍峨挺拔，四季分明，气候多变，时而狂风骤雨，时而安详静谧；冬季一片静寂肃穆，而夏季阿尔卑斯山区则生机勃勃，欢腾喧嚣。所有这一切都让伊丽莎白赏心悦目，赞叹不已。当我的同伴心满意足而又神情专注地观察世间万物华彩壮丽的外表时，我却醉心痴迷于探索这些事物的成因。大千世界对我来说有如一个谜，而我渴望揭开其奥秘。那时，我充满好奇，热切探究大自然尚不为人知的规律所在，而一旦揭示出这些规律，便欣喜若狂——这些就是我记忆中最初让我怦然心动的感觉。

当父母生了他们的第二个孩子——小我七岁的弟弟之后，他们便不再四处游历，而在自己的国度安顿下来。我们在日内瓦有一幢住宅，在日内瓦湖的东岸，离城约三英里的贝尔里韦湖畔还拥有一幢乡间别墅。我们大部分时间都住在那幢别墅里，而我父母基本上过着深居简出的生活。我生性不爱在人堆里凑热闹，只与为数不多的几个朋友感情甚笃。因此，我与同窗学友大多关系一般，却与其中的一位结下了最为深厚的情谊。他名叫亨利·克莱瓦尔，是日内瓦一个商人的儿子。克莱瓦尔才华出众，想象丰富，热衷冒险，不畏艰难，甚至喜欢单纯为了冒险而去做危险的事。他潜心研读过许多有关骑士传奇的小说，自己也写过一些英雄诗歌，目前又着手编写一些有关魔法巫师和骑士历险的传说故事。他鼓动我们参演戏剧，参加化装舞会，其中的角色则有隆塞斯瓦耶斯之役①中的英雄、亚瑟王手下的圆桌骑士，以及为夺回圣墓而与异教徒浴血奋战的骑士团。

没有谁的童年能比我的更为幸福了。父母双亲宽厚仁慈，在我们的心目中，他们绝非反复无常、任意主宰我们命运的暴君，而是我们所享受到的种种快乐幸福的创造者。在我与其他家庭的交往中，我深感自己无比幸运。对父母的心存感激也让我对他们更为孝敬爱戴。

① 即于公元778年查理曼统治时期发生的隆塞斯瓦耶斯隘口战役。隆塞斯瓦耶斯（Roncesvalles）位于比利牛斯深山的高山隘口，在如今法国与西班牙的边界。——译注

我有时性情暴躁，容易情绪激动，但由于性格中的某些禀性，我没有受这种强烈情绪的指引去做一些荒唐幼稚的事情，而是将其转化成了如饥似渴的求知欲望，但不是那种不加鉴别、样样都学的盲目冲动。我得承认，我感兴趣的并不是什么语言结构，什么政府法规，也不是各国政治状况，我渴望探求的是天地之奥妙。我要弄清楚究竟是什么力量在支配着我，是构成事物的外部物质，还是自然界的内在意志和人类的神秘灵魂。我要探究的还有这个世界上那一种超自然的奥秘，归根结底，我所要探寻的就是世间万物存在的物质秘密。

与此同时，克莱瓦尔可以说是在全身心地探讨各种事物之间在精神层面上的相互关系。他的研究既涉及了繁忙的人生舞台、英雄的高尚品德，也涉及人们的行为活动。他渴望甚至是梦想着自己能成为浑身是胆、见义勇为的侠义之士，从而能与那些英雄豪杰一样名垂史册。伊丽莎白那圣洁的心灵宛若一盏供奉在神龛前的明灯，把我们宁静祥和的家照得满堂生辉。她与我们心心相印，她那一笑一颦，她那柔声细语，还有她那天使般的双眸中闪烁着的甜美目光无时无刻不在为我们祝福，给家里带来生机活力。她是爱的化身，让人温顺，令人倾慕。由于我生性容易冲动，学习时经常会闷闷不乐，心浮气躁，然而有了她在那儿，我的坏习性便会得以收敛，变得像她那样温文尔雅。再说说克莱瓦尔——他那高尚的心灵是否被邪恶的东西侵扰过？要不是伊丽莎白向他展示了仁慈善举的可贵之处，并让他确立了以行善助人为自己雄心壮志的终极目标，在他慷慨大度时就不可能如此仁爱高尚，细心周到；在他豪情万丈、冒险探索时也就不会如此满怀友善，满怀温情。

沉浸在儿时的回忆之中给我以无尽的欢乐美好。而自此之后，厄运便侵蚀了我的心灵，童年时代所憧憬的光明前途、大有作为变成了现如今的顾影自怜、穷途末路。在描绘我童年时代的画卷时，我还要记述一下那些之后在不知不觉中步步将我引向痛苦深渊的事情，因为当我要向自己交代一下那股日后主宰我命运的狂热究竟缘何产生时，我便发现这股狂热犹如一条山间溪流，虽然发源于某个不起眼的、几近被人遗忘的地方，可在汩汩流淌中却不断水涨流急，最后形成一道奔腾激流，将我所有的梦想与快乐冲得无影无踪。

自然科学有如神灵主宰着我的命运，因此，我想在这篇故事中交代一下导致我对自然科学情有独钟的几件事情。在我十三岁那年，我们全家曾兴高采烈地去托农附近的温泉浴场游玩。不料天公不作美，我们不得不在旅店中待了一整天。就在这家旅店，偶然之中我发现了一本科尼利厄斯·阿格里帕的著作。百无聊赖中，我随手翻开这本书，作者试图证明的理论以及他所阐述的种种奇妙的事实，让我顿时态度转变，对它产生了浓厚的兴趣。我脑海中似乎灵光一现，欣喜若狂，立即将这一发现告知了父亲。可父亲却漫不经心地瞥了一眼书的扉页，说道：“啊！科尼利厄斯·阿格里帕！我亲爱的维克托，别在这上面浪费时间了，这全都是些无稽之谈，糟糕透了。”

如果父亲当初不是那么轻描淡写，而是耐心地对我解释一番，告诉我阿格里帕的这套理论早已被全盘否定，现代科学体系已经确立，它比远古的理论体系更具威力。因为远古的那套理论，其威力仅存在于人们的空谈幻想之中，而现代科学的威力才是名符其实、切实有效的——倘若他这般解释，我肯定会将阿格里帕的书扔在一边，以更大的热情投入到我原先的研究之中，从而满足我那有增无减的奇思妙想，甚至在我的思绪中就根本不可能出现后来的那股导致我毁灭的致命冲动。然而父亲当时只是匆匆瞥了一眼那本书，让我觉得他根本不了解书中的内容，于是，我自然满怀热切地读了下去。

回家之后，我操心的头件事情就是要把阿格里帕的全套著作弄到手，以后再设法搞到帕拉塞尔瑟斯和阿尔伯图斯·马格努斯的著作。我兴致勃勃地阅读了这些书籍，欣喜若狂地研究了这些作家在著作中所阐述的狂放不羁、异想天开的理论。对我来说，这些作家的奇思妙想是除我之外鲜为人知的稀世珍宝。前面我曾提及，我心中总是怀揣着一个强烈的愿望：想参透自然界的所有奥秘。尽管当今的科学家们已经付出了艰辛劳动而且已经发现了自然界的诸多奇迹，然而在我的研究过程中，我总觉得常留有遗憾，难尽如人意。据说艾萨克·牛顿爵士曾坦言，在尚未探索的真理的浩瀚海洋面前，他觉得自己只是个在岸边拾贝的孩童。至于那些我们所耳熟能详的、在自然科学各领域继承牛顿衣钵的科学家，即便在我这个孩童看来，也只是一群在相同研究领域中初露锋芒的新手而已。

目不识丁的农夫通过观察周围的事物，对其实际用途了如指掌；在这方面，知识渊博的科学家也未必比农夫知道得更多。科学家只是揭开了大自然面纱的一角，而大自然那永恒不朽的风貌却依然是那样玄奥莫测，让人叹为观止。科学家也许能对大自然进行解剖、分析，并对其各个部分予以命名，然而，对于自然界的成因，别说是最根本的原因，即便是浅层的或者更表层的原因也一无所知。我曾经密切关注过那些将人类阻挡在大自然这座城堡之外的壁垒屏障，终究因为一无所获而心急火燎，抑郁烦闷。

然而我现在有了这些书籍，有了这些洞察更为深邃、知识更为丰富的先知贤达。我对他们的一切论断笃信不疑，甚至成了他们的忠实信徒。这种事情会发生在十八世纪似乎有些匪夷所思。不过，我在日内瓦的学校里接受常规教育的同时，对于我所喜欢的那些学科，在很大程度上我要靠自学掌握。我父亲对自然科学知之甚少，因此，我只好凭着小孩子的那种瞎闹，再加上学生对知识的那种渴望，独自摸索。在这几位新导师的指引下，我孜孜不倦，刻苦钻研，寻求点石成金之术和长生不老之药。不过很快我便将全部精力都投入到长生不老药的研究中去了。如果我能为人类驱除病魔，让人类能抵御除暴死之外的任何灾祸，那我的发现将会是何等的荣耀！相形之下，如果是为了发财致富，那就实在是不值一提了。

我的雄心壮志还远不止于此。降妖驱魔的本事是我所喜爱的这几位著书立说者众口一词、慷慨承诺过的，这是我最渴望学到的本事。假如我的符咒屡试不灵，我宁愿把失败的原因归结为自己经验不足，或是出了差错，也不愿去怪罪我的导师们技艺不精，或是对他们的信仰有所动摇。因此，有段时间里，我满脑子都是些不成体系的理论，还生搬硬套地将千头万绪、自相矛盾的理论糅合起来，胡乱推理，在一堆七拼八凑的知识的泥潭里拼命挣扎，直至后来的一起偶发事件，才扭转了我的思想倾向。

大约在我十五岁那年，我们全家搬回了贝尔里韦湖畔的寓所。就在那一年，我们目睹了一场异常猛烈、异常恐怖的暴风雨。这场暴风雨从侏罗山脉背后向前推进，顷刻之间，四面八方雷声大作，震耳欲聋，令人胆战心惊。雨一直在下，我又惊又喜地注视着这场暴风雨的进程。突然，我发现在约二十码处的一棵秀颀的古橡树上蹿出一道火光。等那耀眼的火光一闪而过之后，古橡树已化为乌有，只剩下一截被雷电击枯了的树桩。第二天清早我们前去观看时，发现这棵古树被雷电击毁的样子古怪异常。它不是被雷电劈成了碎木片，而是被劈成了木屑丝。我还从未见过什么东西会被如此彻底地摧毁。

在此之前，我对这个非常浅显的电学原理并非一无所知。这件事情发生时，一位对自然科学颇有研究的学者正好和我们在一起。这场自然灾害引起了他极大的兴趣，于是，他开始向我们阐述自己已经形成的一套有关电学和流电学的理论。他的理论顿时让我感到新鲜好奇。他所阐述的一切让科尼利厄斯·阿格里帕、阿尔伯图斯·马格努斯和帕拉塞尔瑟斯等这些主宰我思想的先贤相形见绌，黯然失色。真是造化弄人，这些先贤轰然倒地，让我再也无心继续先前的研究。我似乎觉得，世间万物永不可知，而我长久以来潜心钻研的那些东西也突然显得那么鄙陋浅薄。出于喜新厌旧的反复无常——这也许是我们刚刚跨入青年时代的通病——我立即放弃了先前的研究，将自然科学史及其一切研究成果看作是一个畸形的、发育不全的怪胎，对这门甚至不配跨入真正知识殿堂大门的所谓的科学嗤之以鼻。正是怀着这样的心情我开始研究数学及其相关学科，在我看来数学是建立在牢固的根基之上的，因而值得我去钻研一番。

人类灵魂的构造就是如此妙不可言，一些细微的纽带竟决定着我们个人的荣辱成败。回首往昔，我觉得当时自己在兴趣和意志两方面所发生的不可思议的变化，似乎是我生命的守护女神向我暗示的结果——即便那时，星空中已在酝酿着一场风暴，随时准备将我吞噬，而我的守护女神做出了最后的努力，让我避免了那场灾祸。当我摒弃了先前的研究（后来却因旧业重拾而备受折磨），感到异乎寻常的宁静欢愉——这标志着我的守护女神的胜利。后来我才懂得：继续从事那些研究，必定会招致不幸，而适时放弃，一定会得到幸福。

善良的守护女神虽然百般努力，却依然无济于事。命运之神太强大了，它那不可抗拒的法令早已注定我将在诚惶诚恐中走向彻头彻尾的毁灭。

第三章

我十七岁那年，父母决定让我去因格尔施塔特大学读书。我以前一直就读于日内瓦的一些学校，为了让我接受全面的教育，父亲认为我有必要了解国外的风俗习惯，而不仅仅是熟悉本国的风土人情。因此，父母很早就确定了我的行期。然而我尚未动身，生平第一次不幸便悄然而至。这似乎是我后来不幸命运的一个不祥之兆。

伊丽莎白不幸染上了猩红热，而且病情严重，性命危在旦夕。在她患病期间，我们三番五次劝阻母亲无须事必躬亲地去照料伊丽莎白。起初，母亲勉强答应了我们的请求，可后来她听说自己最疼爱的伊丽莎白性命堪忧，便再也按捺不住心中的焦虑，亲自来到伊丽莎白的病榻前照料。母亲的悉心照料终于战胜了病魔——伊丽莎白得救了。然而，守护伊丽莎白的那个人却因感情用事而给自己招来了灭顶之灾。到第三天，母亲就病倒了。她不仅发高烧，而且还伴有其他一些极其可怕的症状。医护人员神色凝重，预示着厄运即将到来。在母亲临终之前，这个人世间最善良的女人仍然表现得那样坚毅、慈爱。她将我和伊丽莎白的手拉在一起。“我的孩子，”她说道，“我的夙愿就是有朝一日你俩能够结合，眼下，这个心愿也是对你们父亲的一个莫大安慰。伊丽莎白，我亲爱的，请一定要替我照顾好你的两个弟弟。唉！真让人遗憾，我就要离开你们了。我这辈子过得很幸福，你们也都那么爱我；现在要我离开你们，怎么能不难过呢？可我现在不应该想这些，还是看开点，痛快地走吧。聊以慰藉的是，但愿能在另一个世界与你们相见。”

母亲走得很平静。即便在她离世时，她的面容仍是那样慈爱安详。家人当时的心情已无须多言——我们最珍贵的感情纽带被这场无可挽回的灾难撕裂了，人人心头怅然若失，个个神情颓然绝望。母亲与我们朝夕相处，骨肉相连，可她那晶莹闪亮的目光熄灭了，她那熟悉而亲切的声音消失了。过了很长一段时间，我们才勉强说服自己接受这样的事实。这就是我们最初几天的心情。随着时间的流逝，这场灾难带给我们的悲痛变得愈发真切，那时候，我们心中真正的哀痛才刚刚开始。然而，又有谁没有被死神残酷地夺走过亲人呢？我又何必去倾诉那份人人都曾感受过的或注定要去承受的悲哀呢？尽管我们难免还会悲伤，但随着时间的推移，这已不再是必不可少的了，而是变成了情感的一种宣泄。甚至我们有时还会嘴角挂着微笑，虽然这有可能会被认为是对逝者的不恭，但微笑终究还是欲罢不能的。母亲已撒手人寰，但我们这些生者还有自己应尽的责任，我们必须与其他人一起走完人生的旅程；此外，我们还得学会把自己看成是幸运的，因为我们尚没有被死神夺走生命。

我去因格尔施塔特求学一事因这个变故给迁延了，现在又被提上了议事日程。我征得父亲同意暂缓几周动身，因为我总觉得，匆匆地离开长眠于地下的母亲，离开满眼悲凉的家庭，投入到喧闹繁忙的生活，未免是对逝者的亵渎。我先前从未品尝过悲伤的滋味，但这并没有减少我内心的惊恐。我不愿离开身边这一切，尤其是想照顾好可爱的伊丽莎白，让她在某种程度上得到些许安慰。

伊丽莎白极力在掩饰自己心中的悲伤，还千方百计地安慰我们每一个人。面对生活，她显得沉着冷静，并以自己的勇气和热情肩负起生活的责任。她将自己的全部心血投入到她自幼称为表叔和表兄弟的人身上。当她脸上露出了久违的笑容，当那阳光般的微笑洒在我们身上时，她展现出从未有过的楚楚动人。为了让我们忘掉悲哀，她费尽心思，尽力忘却自己心头的懊悔。

起程的日子终于到了。临行前，克莱瓦尔与我度过了最后一个晚上。他曾苦劝他父亲准许他与我结伴同行，一起去上学，但是徒劳无功。他父亲是个生意人，眼界狭窄，把儿子的凌云壮志、雄心抱负视作游手好闲，认为他注定要自撞南墙。亨利为自己被剥夺了接受文科教育的权利而深感不幸。他显得沉默寡言，但当他开口说话时，他的双眸炯炯发亮，目光中流露出虎虎生气。看得出，他已经暗自拿定主意，决计不被他父亲生意场上的烦心琐事所羁绊。

那夜，我俩坐到很晚，依依不舍，难说再见。可最终我们还是互相道别，都说该休息了，以为这样就可以瞒得过对方。第二天一大早，我起身下楼，来到载我上路的马车旁时，他们都早已等候在那儿了——父亲再次为我祝福，克莱瓦尔又一次与我紧紧握手，我的伊丽莎白则一再恳求我常写信给她，并向她的玩伴和朋友最后温柔道别。

我一头钻进那辆将要载我远行的马车里，陷入忧郁感伤之中。我自幼就生活在亲朋好友的簇拥之中，总是想方设法为自己也为他人带来欢乐，可如今却是形单影只，孤身一人。到了我要去的大学后，我必须学会与自己交朋友，自己保护自己。在此之前，我一直是离群索居，从未跳出家庭的圈子，这使得我性格孤僻，对与陌生面孔接触深恶痛绝。我爱我的两个弟弟，爱伊丽莎白和克莱瓦尔，他们都是我的“熟悉的面孔”，除他们之外，我深信自己完全不适合与陌生人交往。这些就是我刚踏上求学旅途时的想法，但是一路前行中，我的心情也逐渐好转起来，希望又在我胸中重新燃起。我热切地渴望能够获取知识。以前在家的时候，我就常想，我年纪轻轻，如果老是待在一个地方，把自己禁锢起来，那可真是让人难以忍受；因而我渴望能到社会上闯一闯，在熙熙攘攘的人群中找到自己的一席之地。现在我如愿以偿了，若现在懊悔，岂非犯傻！

去因格尔施塔特路程遥远，旅途劳顿、闲暇无事时我便开始想这想那。因格尔施塔特那高耸的白色尖塔终于映入了我的眼帘。我下了马车，有人带我去了我的单间寓所。就这样，我随意自在地度过了当夜。

第二天上午，我递交了几封介绍信，并拜访了几位颇有分量的教授。机缘巧合，抑或是鬼使神差，毁灭之神——在我恋恋不舍地离开父亲家门前时，便已紧紧地扼住我命运的咽喉——径直将我带到自然科学教授克兰普先生处。克兰普教授言语粗鲁，但他在研究自己学科领域里的一些未解之谜方面颇有建树。他问了我几个问题，以便了解我在自然科学各个分支学科里的进展情况。我漫不经心随口回答了他的问题，略带不屑地提及那些炼金术士的名字，告诉他我主要研习的就是这几位的著作。教授瞪大双眼冲我问道："你果真把时间都花在这些无稽之谈上面了？"

我回答说是。"你花在这些书上的分分秒秒完完全全给浪费了，"克兰普先生有些激动，继续说道，"你现在满脑子都是那些老掉牙的理论和没有用的名字。我的天哪！你究竟住在什么荒山野岭之中，难道就没有人发发慈悲，告诉你这些虚妄之说全是千年以前的陈词滥调？亏了你还如获至宝地去学那些陈旧腐朽的东西！我真没想到，在我们这个理性科学的时代，居然还能找出一个像你这样的阿尔伯图斯·马格努斯和帕拉塞尔瑟斯的忠实信徒！我亲爱的先生，你必须彻底重新开始你的学业。"

克兰普先生边说边走到一旁，给我列出一张有关自然科学的书单，让我去弄到这些书。在打发我离开之前，他又告诉我，从下星期一开始，他将为我开设自然科学概论的课程；没他课的时候，由他的同事沃尔德曼教授给我开化学课。

我回到住处，心里并不感到沮丧，因为克兰普教授刚才贬斥过的那几个作家，我早就认为毫无价值，这在前面已经说过。可我回来以后，对自然科学的任何领域还是提不起兴趣来。克兰普先生又矬又胖，声音粗哑，相貌丑陋。我对这位先生打一开始就没什么好感，因而我对他的研究也意兴索然。我已经陈述过自己早年对自然科学下过的结论，不过我的论述也许太过空泛，口气也太过尖锐。在我年纪尚小的时候便对当今自然科学教授们所预言的结论很不满意。由于年幼无知，思路零乱，又苦于无人指点，因而在探寻知识的道路上误入歧途，对于现代学者们的研究成果置若罔闻，依然醉心于早为人们所遗忘的炼金术士的梦想之中。除此以外，我还对现代科学的实际功用满眼鄙夷。古代的科学大师们寻求长生不老之术，寻求超自然的力量，这与现代科学大相径庭。这些想法虽徒劳无功，倒也壮怀激烈。现在情形则大为不同。现代研究者的雄才大略似乎只在于消除那些离奇的幻想，而我对自然科学的兴趣却主要基于这些幻想。现在我不得不用这无比壮丽的幻想去换取那一文不值的现实。

这些都是我到因格尔施塔特头两三天的一些想法。那几天，我主要是忙着熟悉当地的环境和结识我新居里的一些常住房客。第二个星期开始时，我想起了克兰普先生交代的上课的事儿。虽然我不想去听那个五短身材、高傲自大的家伙在讲台上夸夸其谈，可我想起了他曾提及的那位沃尔德曼先生。我一直没见到这位先生，因为他当时不在城里。

出于好奇，加之无所事事，我便去了教室。不一会儿，沃尔德曼先生走了进来。这位教授与他的同事截然不同。他看上去约莫五十岁，面容慈祥，两鬓斑白，后脑勺上的头发倒也勉强还黑着。

他个儿不高，腰板笔直，说起话来柔和悦耳，我之前还从未听到过这么好听的声音。他首先概述了化学这门学科发展的历史以及不同学者所做出的诸多贡献，并激情饱满地列举了几位最为杰出的科学家的名字。接着，他简要介绍了这门学科的现状，解释了一些常见的术语。在展示了几个预备实验之后，他又对现代化学大加赞扬并以此作为他这堂课的结束语。他最后的这番话让我终生难忘："研究这门科学的古代学者们曾经信誓旦旦，要完成人力所难以企及的壮举，结果一事无成。现代科学家们很少许愿承诺，他们深知点石不可能成金，而长生不老也只是痴心妄想。现代科学家们，他们的双手似乎生来便要与泥土打交道，他们的双眼也只是盯着显微镜和坩埚，却创造了诸多奇迹。他们洞悉大自然难以触及的深处，揭示了大自然如何运转的玄机奥秘；他们冲上九重天宇，发现了血液循环的规律，发现了我们所呼吸的空气的特性。他们获得了新的力量，几乎无所不能；他们可以征服雷电，可以模拟地震，甚至可以用无形世界的幻影来嘲弄那无形世界。"

这些虽然只是教授的一席话，但在我看来，倒不如说是命运之神的一番话—— 一番宣告我死刑的讲话。在他继续往下慷慨陈词的时候，我似乎觉得自己的灵魂正与一个活生生的敌人做殊死搏斗，与此同时，我身体中的每一个键都被按下，每一根弦都被撩动，声声作响，瞬息之间，我整个头脑便被一个想法、一个欲念、一个目标占据。前人已取得如此之众的成就——弗兰肯斯坦的内心大声疾呼——我一定要成就更多，远超他们！我将追寻前人的足迹，然后开辟一条崭新的道路去探索那尚不为人知的魔法力量，向世人揭示生命创造那高深莫测的奥秘所在。

当天夜里，我一刻不曾合眼。内心一直处于叛逆挣扎、骚动不安之中，我感到一种新的秩序即将出现，而我却无力让它成形。拂晓时分，我才感觉睡意渐浓。一觉醒来，昨夜的万千思绪如梦逝去，所剩的只有一份决心——重操旧业，继续我以前对古代科学的研究，将自己毕生的精力投入到这门我自认还颇有天分的科学中。就在当天，我去拜访了沃尔德曼先生。与在公众场合相比，私下里他待人更加和蔼可亲，更具魅力。在课堂上，他还带着几分威严，可在家里，他就像是换了副模样，谦逊温和，平易近人。我把上次我对克兰普教授讲起的有关我学习情况的那番话几乎只字不差地复述了一遍。他聚精会神地听我简要地介绍我的学习状况。当我提到科尼利厄斯·阿格里帕和帕拉塞尔瑟斯等人的名字时，他不觉莞尔，并没有像克兰普教授那样流露出不屑一顾的神情。接着他说道：“现代的科学家们感谢这些前辈做出的不懈努力，他们以自己的学识为现代科学奠定了基础。这些前辈科学家为后人提供了便利，我们只需将他们的发现加以命名，同时，将各种事实分门别类加以整理就可以了，而这些事实的发现则在很大程度上依赖于他们的付出。这些天才所付出的诸多努力，尽管在其指向上出现了偏差，却最终几乎无一例外地为人类带来了实实在在的益处。”他这番话不像是口出狂言，也不像是惺惺作态。听他讲完之后，我接着说他的一席话让我打消了对现代化学家们的偏见。我说话时字斟句酌，语气谦恭，以表示我一个后生对前辈的尊敬，丝毫没有流露出那股激励我发奋苦读的热情（以免因涉世不深，不知深浅，而为人耻笑）。我还向他请教我该读些什么样的书。

“我非常高兴能有你这样的学生，”沃尔德曼先生说道，“你很有天分，如果再肯用功，我相信你一定会有所成就。化学是自然科学的一个分支，尽管人类在这个领域已经成就颇丰，但仍有可能推陈出新。正因为如此，我才把化学作为自己术业专攻的对象。但与此同时，我也不忘对现代科学中其他领域有所涉猎。一个人如果把自己仅仅局限在这一门学科中，即便是成为一名化学家，也只能是一名糟糕蹩脚的化学家。如果你有志于成为一个名符其实的科学家，而不只是区区一个实验员，我建议你认真学习自然科学中的每一个领域，包括数学在内。”

说完之后，他将我带到他的实验室，向我说明各种仪器设备的使用方法，并告诉我该着手用哪些仪器，同时还向我允诺，等我在这门学科上取得足够多的进展，在不至于损坏仪器性能的情况下，我可以使用他的实验室。他还应我请求，开具了一张书目给我，随后我便告辞了。

于是，这个让我终生难忘的一天，这个决定我前途命运的一天，就这样结束了。

第四章

自那天起，自然科学中的所有门类，尤其是化学便占据了我几乎所有的时间和精力。我满怀热情潜心研读现代学者们撰写的有关这些学科的论著。这些著作见地别出心裁，论述鞭辟入里。我还去认真听课，同时也结识了学校里一些研究自然科学的学者。我甚至还发现克兰普先生也不乏真知灼见，尽管他的相貌举止令人望而生厌，但这对他学术见解的价值所在没有丝毫影响。沃尔德曼先生成了我的良师益友。他为人谦逊和蔼，从不独断教条；他讲课时坦率真诚，从不炫耀卖弄。在我探求知识的道路上，他千方百计地为我扫除障碍，铺平道路；即便是最深奥难懂的问题，经他指点，也变得浅显易懂。开学之初，我心性飘忽不定，随着学习的不断深入，我的钻研劲儿也越鼓越足，披星戴月、通宵达旦地在实验室里埋头苦干成了家常便饭。

不难想象，我如此专心刻苦，自然会进步神速。我在学习上那股热情劲儿令同学们大为惊讶，而我在学业上的娴熟精通又令教授们瞠目结舌。克兰普教授经常面带笑容，对我揶揄调侃："科尼利厄斯·阿格里帕研究得怎么样了？"而沃尔德曼先生则对于我在学业上的突飞猛进难掩由衷的欣慰。两年的时间就这样一晃而过。在这段时间里，我热切盼望着能有所建树，因而全身心地投入到科学研究之中，从来没有回过日内瓦探亲。只有那些亲身投入到科学实践的人才能体会到从事科学研究给人带来的让人意乱情迷的蛊惑。如果从事其他领域的研究，你只能达到前人的水平而无法超越他们，但自然科学领域的奥秘无穷，就在于能向你源源不断提供新的研究课题，让你创造新的奇迹。即便一个人资质平平，只要他心无旁骛，潜心钻研，也一定能精通这门学问。而我呢，为了实现自己的研究目标，锲而不舍，孜孜不倦，在学业上进步神速，仅用了两年时间便有所成就，改进了一些化学仪器，赢得了全校师生的尊重与赞誉。既然我在学业上已经达到了如此造诣，不但对因格尔施塔特大学的任何一位教授的课程了若指掌，对自然科学的理论与实践也驾轻就熟，那么继续留在学校里对我今后的发展就没有多大帮助了。于是，我打算回老家去，回到朋友们中间去。可就在这个时候，一件意想不到的事情发生了，让我又留在了学校。

人体构造这个非同小可的事儿一直让我颇感兴趣。事实上，我对任何有生命的动物都怀有强烈的兴趣。我时常问自己：生命究竟是怎样起源的？这是一个非常大胆的问题，向来被视作未解之谜。然而，如若不是胆小怯懦或疏忽大意妨碍了我们的科学研究，会有许许多多的未知事物为人们所了解。这些念头不断在我脑海里盘旋萦绕，最终我下定决心，要专攻自然科学中与生理有关的学科。那时我的那股钻研劲儿简直有些不可思议，要不是这股劲儿激励着我，这个课题的研究肯定会让我心生厌恶，甚至难以忍受。要想探究生命的起源，必须得先弄明白死亡的原因。我已掌握了解剖学，但这还不够，我还须观察人体自然衰亡腐烂的整个过程。记得父亲在教育我时总是慎之又慎，绝不让任何神秘兮兮、令人毛骨悚然的东西在我的心灵上留下烙印。因此，我根本不记得有什么迷信传说曾让我心惊胆战，也没有任何鬼怪故事让我心生恐惧。黑灯瞎火不会让我去胡思乱想，荒冢孤坟对我来说无非是个堆放尸骸的地方，而那些原先强壮健美现已毫无生机的躯体也只是沦为蛆虫的食物而已。现在，我要去探明人体腐烂的原因和过程，因而不得不没日没夜地待在墓穴和停尸间里。我在那里所看到的一切对人类脆弱的神经来说是一个莫大的刺激。我看到完好的人体如何腐烂衰败，我看到如花般绽放的容颜如何枯萎凋零，我看到尸虫如何侵蚀人眼、人脑。我暂时停下了手头的工作，转而审视和分析生死往复中所展现的因果关联。骤然间，一道灵光划破了周围的幽冥黑暗，它是那样耀眼夺目，神奇莫测，然而又是那样简洁明快，一目了然。它在我的眼前展示了一幅广阔的前景，让我眼花缭乱；同时，它又让我感到惊讶错愕：多少天才学者都曾竞相孜孜不倦、潜心研究这门科学，可唯独将由我来将这惊世骇俗的奥秘公之于世。

切记，我并非是在痴人说梦，绝无半点虚妄之词。诚然，这一秘密的发现的确有些神乎其神，然而，最终指引我发现这一秘密的每个阶段却都没有半点含糊，确凿可信。经过无数个让人难以置信的日夜奋战，我终于发现了生命起源和世代繁衍的原因，不，还不止这些，我自己就能让没有生命的东西起死回生，赋予它们生机活力。

我刚发现这一秘密时的惊慌错愕转眼间便烟消云散，取而代之的是欣喜若狂。经过这么长时间的呕心沥血，突然实现了自己的平生所愿，这是多么功德圆满、令人欣慰的结果啊！由于这一惊天发现，我兴奋得忘乎所以，竟然把引导我一步步发现这个秘密的步骤过程忘得一干二净，呈现在我眼前的只是发现这一秘密的最终结果。自从上帝造物以来，多少绝顶聪明的学者一直苦心孤诣、孜孜以求的东西现如今已尽在我的掌握之中。当然，这一秘密的发现并非像魔术师表演那样突如其来地展现在我的面前；我所获得的秘密非同一般，我现在需要尽快做的不是急着向世人揭晓谜底，而是尽快地将它付诸我的研究之中。我就像被活埋在死人堆里的那个阿拉伯人，仅凭眼前一缕昏暗摇曳的光线，最终摸索出了一条生路。

朋友，从您关切的表情中，从您惊诧而期待的眼神中，我看得出您很想知道我掌握的那个秘密。可眼下我还不能告诉您。等您耐心听我把故事讲完，您自然就会明白，我为什么还要对这个秘密有所保留了。我不想把您引入毁灭的深渊和无尽的苦难之中。您现在就像我当年那样，满腔热情却毫无防备。请您一定要汲取我的教训，即使您不愿听从我的规劝，至少也应该以我为戒：获取知识实在是太危险了，一个以为自己的故乡便是整个世界的人要比一个心高气傲、志大才疏的人不知要幸福多少倍。

在我发现自己的双手竟有如此惊人的威力后，很长一段时间里，对于该如何使用这一威力我倒变得踌躇犹豫了。虽然我已掌握了制造生命的本领，但是，要制作一副骨架，再将所有错综复杂的神经纤维、肌肉和血管植于其中，使之能承载生命的活力，这仍然是一件艰辛异常、超乎想象的工作。起初我还有些迟疑不决，究竟是制造一个和我一样的活体，还是一个构造更为简单的生命体。然而，旗开得胜让我完全冲昏头脑，全然相信自己有能力制造出一个与人一样复杂而奇妙的活物来。当时我手头上所占有的材料还不足以让我完成如此艰巨的任务，可我毫不怀疑，我一定能大获成功。我对可能会遭遇到的困难挫折做好了充分的准备。我的工作也许会频频受挫，最终结果也可能会不太尽如人意，但是，一想到科学机械等领域的进步日新月异，我就备受鼓舞，希望自己当前的诸多尝试至少能够为将来的成功奠定基础。同样，我从不因为目前的这个计划过于庞杂繁复便认定它最终无法实现。正是怀揣着这些想法，我开始了造人的计划。由于人体各个部位都过于细微精密，这大大影响到了我的工作进度，因此我一改初衷，决定造一个庞然大物，也就是说，制造一个身高约八英尺，身体各部位尺寸比例相应放大的巨人。打定主意之后，我又花了几个月时间收集、整理所需材料，一切就绪后我便开始干了起来。

首战告捷，我狂喜不已，心中百感交集，犹如飓风般将我节节推进。这种心情谁也无法想象。在我眼中，生死之间的界限是人臆想虚幻的，这一界限应该由我率先打破，好让万丈光芒普照那幽冥世界。由我缔造的新的个体在知道自己源自何处之后将奉我为造物之主，对我歌功颂德。许多幸福美满的生命将应运而生，自然会对我感恩戴德。天底下做父亲的，有谁能像我这样有资格去要求自己的孩子如此这般地对他心存感激？由此看来，倘若我能够将生命的活力注入殒命的生物体内，届时我便能让那明显腐烂的尸体起死回生（虽然我暂时还做不到这一点）。

这些想法成为支撑我的精神动力，激励着我满怀热情、孜孜不倦地投入到这项工作之中。由于过于用功，我的脸色变得苍白憔悴，因为足不出户，我的身体也日见消瘦、虚弱不堪。有时，眼看着胜利在望，却又功亏一篑；但我依然坚信：兴许再过一天，兴许再过一小时我就能梦想成真了。我独自坚守着一个秘密，并为之倾尽心血。夜半时分，我一头扎进这大自然奥秘的藏身之处，紧张忙碌得连气也透不过来——皓月便是我的见证。我在阴暗潮湿的墓穴中爬进爬出，为使无生命的泥塑之躯富有生机，甚至还要去折磨活生生的动物。鬼鬼祟祟干这些勾当时心中那份恐惧，又有谁能够想象？每当我回想起这些，我就头晕目眩，四肢战栗。然而，一种不可抗拒的、几近疯狂的冲动驱使我继续干了下去。我似乎灵魂出窍，丧失理智，心中念想的，唯有这件事情。当然，出现这种状况只是一时的精神恍惚，一旦这种诡异的刺激消失之后，我又与往常一样，我的感觉反而变得更加敏锐。我从停尸间里搜罗来块块尸骨，用罪恶的双手搅扰人体骨架中无穷的秘密。在我住所的顶层，有一间单独的房间，更确切地说，那是一间斗室，与其他房间隔着一条长廊和楼梯。这里就是我从事那些肮脏勾当的工作间。当我全神贯注地做那些琐碎细致的活时，眼珠子瞪得似乎快要掉出眼眶。解剖室和屠宰场为我提供了大量的原材料。出于人的本性，我时常恨不得丢下手头那恶心的工作，尽管如此，我心中的迫切之情与日俱增，不停地驱使我继续干下去，我的工作终于接近尾声了。

我把全部心血都倾注到了这项工作上，浑然不觉，夏天的几个月就这样过去了。这是一年中最美的季节，沃土原野从未赐予人们如此丰盈的收获，葡萄园里也从未有过如此枝繁果茂。然而，我对大自然的魅力却视而不见，对周围的景致无动于衷；出于同样的心情，我把千里之遥那阔别已久的亲朋好友也忘得一干二净。我知道，要是不给他们写信，他们会为我担忧的。我还清楚地记得父亲说过的话：“我知道，当你春风得意的时候，你一定会满怀深情地想念我们，我们也就会定期收到你的来信。如果你断了跟家里的书信往来，那么我会看作是你将其他责任也一并疏忽懈怠了。我这么想，你不要见怪。”

因此，我非常清楚父亲那时心里会是什么样的感受，可我一门心思扑在那件事情上，容不得半点分心。那工作尽管让人心生厌恶，可我的心已被它牢牢拴住，我先前的习性全被眼下这个宏伟的目标给吞噬了，所以，我只能指望在完成这一目标之后，再向家人倾吐自己的殷殷深情。

当时我觉得，如果父亲把我对家人的疏忽说成是一种罪过的话，那他就有失公允了。不过我现在相信，父亲当时是完全有道理的，我并非无可指责。一个性格健全的人应该永远保持平和坦然的心态，绝不能因一时冲动或突发奇想而扰乱了自己内心的宁静。我想，即便是探求知识这种事也不能背弃这一原则。如果你所孜孜以求的研究有可能让你变得对人薄情寡义，让你对生活丧失情趣，不想去体验那种纯真质朴的生活乐趣，那么，你的研究就是有违正道的，换句话说，你就不应该在这种研究上枉费心思。倘若人们一直恪守这一原则，无论如何不让任何追求破坏自己家庭的温馨安宁，那么，希腊人就不会遭受奴役，恺撒就不会让自己的国家蒙难，美洲大陆发现的进程也就不会那么突然，而墨西哥帝国和秘鲁帝国也就不会灭亡。

我全然忘却了故事正讲到最为精彩的地方，而在这里说教布道；还是您的眼神提醒了我，那我就言归正传吧。

我一直未曾给家里写信，这难免引起了父亲的注意，不过他在给我的几封信中并没有责怪我的意思，只是更为详细地询问我学习和工作的情况。冬去春来，夏往秋复，我一直潜心钻研。红花争艳，新芽吐绿，曾几何时，这些美景让我心旷神怡，可如今却无心眷顾——我的全部心思都投入到工作上了。那年树叶凋零之后，我的工作也行将结束。自那以后，我愈发清楚地发现，我的工作每天都有显著进展。可是，我的工作热情却受到了内心焦虑的抑制。我就像个奴隶，命中注定要在矿井里出卖苦力，或从事其他任何于身心健康无益的行当，哪里还像个艺术家沉浸在自己最心爱的艺术创作！每天晚上，我都被慢性低烧折磨得烦躁不宁，心情变得极度紧张，就连一片落叶也会让我惶恐不安。我像个罪犯一样，对于自己的同类也要东躲西藏，有时看到自己形容枯槁，骨瘦如柴，也感到惊慌失措。支撑着我的仅剩下自己坚定的信念。我艰苦卓绝的工作很快就要结束了，我相信，只要加强锻炼，适度消遣，就可以驱除这些尚处于早期阶段的疾病。我暗自祈祷：待大功告成，一定要好好锻炼，尽情游玩，放松一下。

第五章

十一月的一个阴郁幽暗的夜里，我终于看到了自己苦心孤诣研究出的成果。我的焦虑不安几乎快到了顶点，着实让我备受煎熬。我将制造生命所需的器具拾掇停当，放在身旁，准备将生命的火花注入此刻正躺在我脚边的这具毫无生气的躯体之中。当时已是凌晨一点，雨点啪嗒啪嗒地敲打在玻璃窗上，平添了几分凄凉之感。我的蜡烛快要燃尽了，就在这时，借着蜡烛即将熄灭前的一线微光，我看到那具躯体睁开了一双浑浊暗黄的眼睛，正大口喘着粗气；只见他身体一阵抽搐，手脚开始活动起来。

我该如何讲述我目睹这场灾难时的内心感受啊！我历尽艰辛，费尽心思，却造出这么个丑陋不堪的怪物。他的四肢倒也比例协调，长短匀称，我先前还为他精心挑选了自认为标致漂亮的五官。漂亮？我的老天！他那身发黄的皮肤勉勉强强覆盖得住皮下的肌肉和血管，头发乌黑光亮，牙齿白如珍珠。这乌发皓齿固然漂亮，可配上他的眼睛、面色和嘴唇那可着实吓人！那两只眼睛湿漉漉的，与镶嵌它们的地方——眼窝几乎颜色一样，黄里泛白；他满脸皱纹密布，双唇僵硬发紫。

虽说世事无常，变幻莫测，但仍不及人的情感那样多愁善变。我辛辛苦苦地忙活了两年，一门心思想让了无生机的躯体重获新生。为了实现这一目标，我不曾休息，玩命工作，弄得自己身心俱损。我多么热切地盼望能够如愿以偿啊！现在我终于大功告成，美好的憧憬却随之化为泡影，堵塞在心头的只有令人窒息的恐惧和厌恶。那家伙虽是我亲手造出来的，可他那丑模丑样着实让人无法忍受。于是，我冲出实验室，跑到卧室里踱来踱去，心情久久不能平静，根本无法入睡。最后，让我备受煎熬的那种躁动不安总算平息了。我感到困倦乏力，便倒头就睡，衣服也没来得及脱，试图暂时忘却所发生的这一切，但却无济于事。我的确是入睡了，但时不时地被噩梦所惊扰，睡不安稳。我梦见伊丽莎白浑身洋溢着青春活力，正漫步在因格尔施塔特街头。我又惊又喜，一把将她拥入怀里，深情地亲吻她的双唇。刚一触及，她的嘴唇就变成了死一般的铅灰色，她的面容似乎也变了。我觉得自己怀中搂着的是我逝去的母亲，她的尸体被一层法兰绒裹尸布蒙着，只见墓穴中的尸虫在裹尸布的褶皱里爬行蠕动。我从噩梦中惊醒，额头直冒冷汗，牙齿直打冷战，四肢不停抽搐。此时，惨淡的月光透过百叶窗的缝隙射进屋来。借着昏黄的月色，我又看到了那倒霉鬼——我亲手造的面目可憎的怪物。他掀开床幔，双眼——如果还能称之为眼睛的话——紧盯着我。他张开嘴巴，轻声咕哝，含混不清地发出一连串声音，随后咧嘴一笑，脸上顿时堆满皱纹。他也许说了些什么，可我没弄明白。他伸出一只手，看样子是想拦住我，但我避开他，冲下楼去。那天夜里，我一直躲在住所的院子里，在那儿来回踱步，心里七上八下，还得时刻警惕，竖起耳朵，仔细听着，一有什么响动，我便心惊胆战，以为是那具可怕的僵尸追了过来。真是晦气，我竟让这么个东西活了过来。

哦！他那副面孔，谁看了都会觉得毛骨悚然，就是活转人世的木乃伊也没这背时鬼这么丑陋恐怖。完工之前，我曾仔细瞧过他，那会儿他就丑模丑样；现在他的肌肉和关节都能动了，他那副尊容，恐怕连但丁都想象不出来。

在这样的苦苦煎熬中，这一夜总算过去了。有时脉搏跳得很快，跳得很剧烈，我甚至可以感觉到每一根血管都在暴跳。有时，由于困倦和极度虚弱，我几乎瘫倒在地。苦涩失望时不时侵袭着我的内心。长久以来，这些梦幻一直伴我酣然入眠，给我精神慰藉，可现如今，却成了下地狱般的梦魇，变化之快、反差之大，让人始料未及！

天总算亮了。这天早晨，天气阴郁湿冷。我睁开因彻夜未眠而酸痛不已的双眼，看到了因格尔施塔特教堂。教堂白色尖塔上的大钟正指向六点。看门人打开了院子的大门，这院子昨夜竟成了我的避难所。我来到大街上，甩开步子，疾步前行，似乎要拼命躲开那怪物，生怕在街上哪个转弯拐角的地方再撞见他。天空阴云密布，窒闷难耐。不一会儿便大雨倾盆，我被淋得浑身湿透；可我不敢回寓所，只能身不由己地匆匆向前走去。

我就这样在街上走了好一阵子，试图通过体力上的消耗来缓解我心头的重荷。我漫无目标地穿梭于一条条大街小巷，不知自己身在何处，也不知自己在干什么。心脏剧烈地跳动着，心头满是厌恶恐惧。我步履匆匆，踉踉跄跄，双眼紧盯前方，不敢四下张望——

恰似荒凉路上的旅人，
心惊胆战，行色匆匆，
回首一瞥，又疾步前行，
再不敢驻足回眸，
皆因他知晓身后有恶魔，
穷追不舍，如影相随。[①]

我就这样漫无目的地向前走着，最后来到一家客栈的对面，这里如往常一样停放着各种各样的驿车、马车。我不知道自己为什么要在这里收住脚步。我停留了几分钟，眼睛一直盯着一辆从街那头驶来的马车。等车靠近时，我发现这是一辆来自瑞士的驿车。这车径直向我驶来，停靠在我驻足的地方。车门打开后，我看到的竟是亨利·克莱瓦尔。他一见我，立即纵身跃下马车。“亲爱的弗兰肯斯坦，”他大喊道，“见到你，我太高兴了！刚下马车就在这儿碰到你，真是太走运了！”

① 引自柯勒律治的《古舟子咏》。——原注

见到克莱瓦尔我真打心眼里高兴，他的到来，勾起了我对往事的回忆：父亲、伊丽莎白，还有家中的一切都显得那样亲切。我紧紧握住他的手，恐惧、不幸一时间通通被抛在脑后，心中突然有一种平静安详的快乐，多少个月以来，我还是头一回有这样的感觉。我向克莱瓦尔表示了最为诚挚热烈的欢迎，随后，我俩便一同朝我的学校走去。克莱瓦尔又谈了一会儿和我们要好的朋友，以及自己如何幸运，父亲最终同意他来因格尔施塔特读书。“也许你不难相信，”他说道，“要说服我父亲，让他明白，簿记这门技艺虽然伟大，可它毕竟不可能涵盖一切必备的知识，这可真是件难于上青天的事情。说实在的，直到最后我都没能说服父亲。尽管我再三苦苦哀求，可他每次都像《威克菲尔德牧师传》中的荷兰教员那样对我说：‘我不懂希腊文，照样一年挣一万个弗罗林；我不懂希腊文，照样能吃香喝辣。’不过，他对我的一片慈爱关心最终还是占了上风，让他摒弃了对求学的反感厌恶，同意我扬帆起航，开始我在知识国度的探寻之旅。”

“见到你，我真是由衷地高兴。对了，给我讲讲，你离开家时，我父亲、弟弟和伊丽莎白的情况如何。”

“他们身体都很好，都很快乐；只是你很少给家里写信，他们有点为你担心。啊，对了，我可要替他们数落你几句——算了，我亲爱的弗兰肯斯坦。”他突然煞住话头，仔细端详着我的脸，接着说道，“我刚才还没说呢，你的气色真难看，一张脸瘦削苍白，就像好几个夜晚没合眼似的。”

“算你猜对了，最近我在竭尽全力忙活一件事，压根儿就没有时间休息，这你看得出来。不过我希望，我由衷地希望，与此事相干的一切现在都已经结束了，而我也终于可以重获自由了。”

说到这里，我浑身抖得厉害，昨夜发生的一切，别说是提及，就连想一想都让人受不了。我加快了脚步，不一会儿我俩就到了学校。这时，我突然想到，被我甩掉的那个怪物，现在说不定仍然活着，正在我的房间里四下游逛呢。一想到这儿，我就不寒而栗，生怕再见到那怪物，可我更担心亨利会见到他。于是，我请亨利在楼梯口稍候片刻，自己三步并作两步冲上楼去，直奔卧室。我还喘息未定，伸手就想把门打开，可是手碰到门把手之后又缩了回来，不禁直打寒战。最后，我鼓足勇气，猛地将门推开，就像小孩子经常做的那样，总以为有什么鬼怪站在房间那头等着他们，最后却什么也没看到。我战战兢兢地走进房间，可屋里空无一人，卧室也不见那丑八怪的踪影。我简直不敢相信自己竟如此幸运，等我确信那冤家对头真的已经逃走，我高兴得直拍手，连忙跑下楼去接克莱瓦尔。

我们上楼进了房间，仆人很快便送来了早餐。此时我依然无法控制自己的情绪。我不单单是心里异常亢奋，浑身肌肉、神经也因为敏感异常而颤抖不已，脉搏也跳得很快。我一刻也无法待在原地，在椅子上上蹿下跳，拍拍双手，哈哈大笑。起初，克莱瓦尔见我情绪异常，还以为是故友重逢让我喜不自胜，可仔细观察片刻，见我眼神痴狂，这让他百思不得其解；而我面无表情、平白无故地放声大笑更是让他感到又惊又怕。

“我亲爱的维克托，”他大声喊道，“我的上帝，你究竟是怎么啦？别再这么笑啦，你可真病得不轻！这到底是怎么回事？”

“别问我，”我大声嚷道，用手捂住双眼，似乎看见那可怕的幽灵溜进了房间，“他会告诉你的。啊，救救我，救救我吧！”恍惚之间我觉得那魔鬼将我一把揪住，我拼命挣扎，昏倒在地。

可怜的克莱瓦尔！他当时又会做何感想呢？一次原本翘首以待、满心欢喜的久别重逢到头来竟莫名其妙地化为苦涩酸楚。不过，我并没有目睹他如何伤心难过，因我已不省人事，也不知过了多久才清醒过来。

打那时起，我就患上了神经性发烧这种病症，连续几个月卧床不起。在此期间，全靠亨利一个人在我身边悉心照料。后来我才获悉，亨利知道我父亲年事已高，经不起长途颠簸，但如果让伊丽莎白知道我的病情，她又准会牵肠挂肚，伤心不已，因此，他向我的家人隐瞒了病情，没有实情以告。亨利清楚，不管谁来护理我，都不可能比他还要体贴、周到。他深信不疑——他这么做是出于对我家人的一片好心，决计不会去伤害他们。

我的确病得很厉害，要不是有我这位朋友自始至终、无微不至地悉心照料，恐怕很难起死回生。那个由我赐予生命的魔鬼始终浮现在我的眼前，我烧糊涂说胡话时也会提到他。毫无疑问，我这样胡言乱语自然会让亨利非常惊讶，他起初还以为我是因为精神恍惚从而胡说一气，可后来发现我每次都重复同样的内容，便认定我的心智错乱是某件稀奇古怪而又骇人听闻的事情引起的。

我的病情时好时坏、反复发作，这让我的朋友时常为我担惊受怕、伤心难过。不过，我的身体还是慢慢康复了。我至今还记得，大病初愈后，当我第一次有点儿心情观赏周围景致时，我发现秋日的落叶已无影无踪，掩映在我窗前的几棵树已吐露新芽。盎然春意让我的病情大为好转。与此同时，我胸中重燃爱之火焰，重拾快乐欢畅，心头的阴霾也一扫而光。没过多久，我便又像未被那股致命的狂热侵袭时一样快乐、开心了。

“我最亲爱的克莱瓦尔，”我大声说道，“你真善良，你对我真是太好了。你原本打算去学校读书，可整个冬天你都耗在了我的病房里，让我该怎样报答你呢？我落得如此境地，让你失望，真是悔不当初啊，可你能原谅我吗？”

“只要你不自寻烦恼，尽快恢复健康，那就是对我最好的回报。你现在情绪还不错，我想跟你说件事，你看好吗？”

一听这话我便浑身发抖。一件事！什么事？难道是指那个我连想都不敢想的怪物？

“冷静点，”克莱瓦尔见我大惊失色，说道，“如果这事让你心烦意乱，那我就不提了。不过，要是你父亲和表妹能收到一封你的亲笔书信，那他们一定会很高兴的。他们对你的病情几乎一无所知，而你又很长时间没给家里写信，他们都很是担心。”

“你要说的就是这些吗，亲爱的亨利？你怎么会认为我病好之后首先想到的不是那些我最亲、最爱的家人呢？他们理应是我最为珍爱的。”

“如果你现在的心情的确如此的话，我的朋友，那你也许会很高兴看到一封家信，它已经到这儿好几天了，我想是你表妹写给你的。”

第六章

接着，克莱瓦尔便将下面这封信件递到我手中。信是我的伊丽莎白写来的。

我最亲爱的表哥：

听说你生病了，而且病得不轻，尽管亨利很是热心，经常来信，可我依然对你放心不下。医生不准你写信——连笔都不让你提；可是，亲爱的维克托，哪怕你写上个一言半语，我们那悬着的心也就能放下来了。每次来邮车，我心里都在念叨，这次总会捎来你那只言片语了吧。我就这样一直盼了好长时间，还说服了表叔，没让他去因格尔施塔特。由于路程遥远，旅途多有不便，兴许还会遇上什么危险，因而我极力劝阻表叔前往；可我自己不能亲自前来探望你，难免总会牵肠挂肚！我心里常常嘀咕：在你病榻前护理的差事一定是交给了哪个请来的老护士了，她根本猜不透你的心思，也不可能像你可怜的表妹那样，用心呵护，悉心照料，让你心满意足。不过，现在这一切总算都过去了。克莱瓦尔来信说，你的病情已在好转。我热切盼望你很快能亲笔来信，证实这一消息。

愿你及早康复，尽快回到我们身边来。你定会看到一个幸福、欢乐的家庭，看到深爱着你的朋友们。你父亲依然身子硬朗，他现在一心想着要见你——只有你安然无恙，他那慈祥的脸庞上才不再会愁云密布。当你见到欧内斯特所取得的进步时，你一定会大加赞赏！他现在已经十六岁了，朝气蓬勃，充满活力。他很想做一个地地道道的瑞士人，还巴望着能去国外服兵役。我们可舍不得让他走，至少也要等他哥哥回来再说。表叔也不愿意欧内斯特远离故土，去异国他乡参军入伍，只是欧内斯特一点儿也没有你那种刻苦用功劲儿，他厌恶读书，把学习看成是束缚自己的枷锁——他成天不归家，不是登高爬山，就是平湖泛舟。我真担心他会变成游手好闲的浪荡公子，除非我们就此让步，同意他参军入伍，遂了他的心愿。

你离家之后，除了可爱的孩子们长大了以外，这里几乎没什么变化。湛蓝清澈的湖水，白雪皑皑的群山，一切如故。我想，我们这个宁静祥和的家园，还有我们知足常乐的心田，也都是被这些同样亘古不变的自然法则支配着。我的时间都花在了日常琐事上面，可我倒是自得其乐；能看到身边亲人们一张张幸福亲切的笑脸，我的一切辛劳也就得到了回报。你走了以后，在我们这个小小的家庭中也发生了一点变化。你还记得贾丝婷·莫里茨是怎样来我们家的吗？恐怕你已不记得了，所以我在此对你简单说一说她的身世。她母亲莫里茨太太是个寡妇，膝下有四个孩子，贾丝婷排行老三。这姑娘一直是她父亲的心头肉，可说来也怪，她母亲不知中了什么邪，却把她视作眼中钉，根本容不下她。因此，莫里茨先生去世后，她母亲便对她百般虐待。表婶看到这种情况后，便在贾丝婷十二岁那年说服了她母亲，让她住进了我们家。在我们这样一个实行共和体制的国度里，人们的风俗礼仪要比周围那些君主立宪制的大国自在宽松些，因此，国民中的不同阶层并不显得那样等级森严。即便是那些社会阶层较低的人也不算太穷，也不受人轻慢；他们的举止比较文雅，品行也比较端庄。日内瓦的仆从与法国和英国的下人境遇大为不同。于是，贾丝婷便被我们收留下来。她学会了用人应做的各项事宜。她虽为女佣，但在我们这样一个幸运的国度里，并不意味着被人轻视小瞧，丧失自己的人格尊严。

你兴许还记得，那会儿贾丝婷是你最喜欢的姑娘。我还记得你以前曾经说过，如果你心情不好，只要贾丝婷看你一眼，你心中的烦恼忧愁便会烟消云散；这与阿里奥斯托吟诵安吉莉卡的花容月貌有异曲同工之妙——贾丝婷看上去是那样单纯、那样快乐。表婶非常疼爱她，不由得改变初衷，让她接受更好的教育。贾丝婷竭力回报表婶的一片恩情，她是世界上最懂得知恩图报的小姑娘——我并不是指她嘴边常挂着什么千恩万谢，我从未听她说过，然而，你能从她的眼神里看出，她对照护自己的表婶非常敬重。虽然她生性调皮，在很多方面大大咧咧，可她对表婶的一举一动却非常留心在意。她认为表婶是美德贤淑的典范，故而用心模仿表婶的言谈举止，即便时至今日，她的一言一行、一笑一颦仍让我时常想起表婶的仪态风度。

我最亲爱的表婶去世时，大家都沉浸在无比悲痛中，谁也没留意到可怜的贾丝婷。在表婶患病期间，她心急如焚，悉心护理。可怜的贾丝婷当时也是重病在身，然而，还有更多的苦难在等待着她。

她的兄弟姐妹相继离开了人世，她母亲——除了她这个被撇弃的女儿外——已没有别的孩子了。出于良心发现，这个女人开始感到不安，觉得她最喜欢的孩子相继夭折，这是冥冥之中上天对她偏心的惩罚。她是个罗马天主教徒，我相信，她在向神父忏悔的时候，神父也证实了她这个想法。于是，在你去因格尔施塔特的几个月之后，贾丝婷便被有所悔悟的母亲领回了家。可怜的姑娘！离开我们家时，她声泪俱下。自打表婶去世之后，贾丝婷像变了个人似的。以前她格外活泼调皮，可由于表婶辞世，悲痛之余她的言谈举止变得柔和温顺了。她回到母亲家居住后，也没有再恢复她以前活泼欢快的天性。然而，那可怜的女人却性情大变，反复无常，她有时悔不当初，恳求贾丝婷原谅她冷酷无情，但更多的时候却对贾丝婷横加指责，说兄弟姐妹的死是由她一手造成的。无休止的忧郁烦躁最终让莫里茨太太的身体每况愈下。她起初脾气越来越躁，后来便永久安息了。去年冬天气候刚刚转冷的时候她便撒手人寰。贾丝婷又回到了我们身边，你可尽管放心，我会善待她的。她聪明伶俐，温文尔雅，长相出众，正如我先前所说的那样，她的神情举止总让我想起亲爱的表婶。

亲爱的表哥，我还要跟你简要谈谈有关亲爱的小威廉的情况。你真该见见他。他在同龄人中算是高个儿，眼睛湛蓝湛蓝的，总是带着甜甜笑意，睫毛乌黑，头发卷曲，他笑的时候，红扑扑的脸蛋上便露出一对可爱的小酒窝。他已经有了一两个小“相好的”，不过他还是最喜欢那个五岁的漂亮小姑娘路易莎·拜伦。

对了，亲爱的维克托，你大概对日内瓦上流人士的一些逸闻趣事也挺感兴趣吧？那个眉清目秀的曼斯菲尔德小姐很快就要和一个名叫约翰·梅尔本的年轻英国人结婚了，她已经在接待前来向她道贺的亲朋好友。早在去年秋天，她那模样寒碜的姐姐玛农已经嫁给了那个阔绰的银行家杜维尔拉德先生。你最要好的同窗学友路易·马诺瓦，自从克莱瓦尔离开日内瓦后便晦气不断，不过，他现在已经重振精神，据说就要和一位活泼漂亮的法国妇人塔弗尔尼尔太太喜结连理了。塔弗尔尼尔太太是个寡妇，比马诺瓦年长许多，可她很受人敬佩，大家都很喜欢她。

亲爱的表哥，我写着写着，心情也越来越好，可现在要就此搁笔了，我又重新变得忧心忡忡。我最亲爱的维克托，给我们写封信吧，哪怕是只言片语也会给我们带来福音的。万分感谢亨利的关心，感谢他的一片深情和他的许多来信；我们衷心地感激他。再见！我的表哥，你多保重，恳请你务必给我们来信！

伊丽莎白·拉凡瑟

一七××年三月十八日于日内瓦

“我亲爱的、最亲爱的伊丽莎白！”看完她的信之后，我大声喊道，“我一定要赶紧写信，他们一定在为我担心，我得打消他们的顾虑。”于是，我提笔写了一封信，着实把我给累得够呛。不过，我已经开始康复，身体日见好转。两个星期以后，我便能到户外活动了。

我病愈之后首先要做的事情之一，便是为克莱瓦尔引见大学里的几位教授。这件事真叫我犯难，就像要让我去揭开心灵上的旧伤疤。自从那个让我遭受致命打击的夜晚之后，我的辛苦工作算是结束了，可我的无尽灾难却开始了。自那以后，一提到“自然科学”这个名称都会让我深恶痛绝。即便在我病愈之后，一看到化学仪器，我原先神经方面的种种痛苦症状又会复发。亨利发现这一情况后，便将我所有的化学仪器通通从实验室搬走，藏到我见不着的地方。他还让我换了个住所，因为他发觉我讨厌原先那个用作实验室的房间。然而，一旦我去拜访那些教授，亨利的良苦用心便全都枉费了。沃尔德曼先生热情洋溢地赞扬我在各个学科领域所取得的匪夷所思的进展。他的褒扬虽是出于善意，可对我来说无异于折磨。他很快便意识到我不喜欢谈论这个话题，可他并未猜到真正的原因。他将我的厌恶情绪归结为谦逊所致，于是话锋一转，不再谈我的成绩，而是将话题转到科学本身上来。我当时心领神会，他这么做，是一心想让我也谈谈自己的想法。我又有什么办法呢？他本想让我高兴一番，结果却让我备受煎熬。我仿佛觉得，他将一台台化学仪器精心摆放在我的眼前，而这些东西注定日后会让我不堪折磨，直至殒命。他的话让我心如刀绞，可我却不敢流露出内心的痛苦。克莱瓦尔眼明脑快，善于察言观色，他借故自己对科学一无所知，婉拒了这一话题，因而我们的谈话也就转到了较为宽泛的问题上去了。我打心眼里感谢我的朋友，但我没有吱声。我看得一清二楚，克莱瓦尔当时满脸错愕，但他决计不会打探我内心的秘密。尽管我对克莱瓦尔情深义重，无比敬重，但我根本不可能说服自己，将日夜萦绕在我心头的那件事向他吐露，因为我担心，若将此事一五一十地向另外一个人和盘托出，那它在我心头留下的烙印将会更加深刻。

克兰普先生可就不那么和风细雨了。由于我当时神经极度敏感，到了快要撑不住的地步，因此他对我粗鲁而生硬的夸奖比起沃尔德曼先生温婉的赞誉更让人痛苦。“这浑小子够厉害的！”他大声嚷嚷道，“喂，克莱瓦尔，我跟你说，他把我们这些人全都甩到后面去了，我这话保证没错。怎么，你瞪眼了？随你怎么着，可这是千真万确的事实。这毛头小伙几年前还把科尼利厄斯·阿格里帕奉若神明，把他当作福音书中的先知来顶礼膜拜，而现在却在全校出人头地，出尽风头，还不赶快把他搞下来，否则我们这些人就会颜面扫地，无地自容了。惭愧，惭愧啊！”他发现我神情痛苦，便继续说道：“弗兰肯斯坦先生非常谦逊，这可是年轻人的一大美德。你知道，克莱瓦尔先生，年轻人就应该谦虚谨慎，我自个儿年轻时就虚怀若谷，可这种品质没坚持多久就消失殆尽了。”

克兰普先生话锋一转，开始自我吹嘘了。这反倒让我暗自高兴，不用再听他唠叨那个让我苦不堪言的话题了。

我和克莱瓦尔志趣大为不同。我对自然科学颇感兴趣，而克莱瓦尔对此却意兴索然。他的志向在文学方面，这与我所研究的自然科学完全是两码事。他上大学为的是把自己造就成东方诸门语言的名家大师，这样，他便能为自己设定的人生道路开辟一片天地。他志存高远，决心干一番轰轰烈烈的事业，于是便将目光转向东方，因为那里可以为他的宏图大略提供广阔的发展天地。他被波斯语、阿拉伯语和梵语深深吸引；受他的熏陶，我也不由自主地学起这些语言来。我一向反感游手好闲，无所事事，加上一方面我急于从对过去的回忆和反思中解脱出来，一方面又不愿从事先前的研究，那么，能与朋友一起学习，共同切磋，自然是件非常惬意的事情。东方学者的著作不单能给人以谆谆教诲，还能给人以心灵慰藉。我与克莱瓦尔不同，并不想以批判的眼光去评论东方各民族的语言，也不曾详加考虑这些语言还有什么其他功用，只不过是作为消遣，解解闷儿。我读书时只满足于读懂内容，不求甚解。我的心血自然也没有白费，读这些书让我获益良多。这些作品中所流露出来的悲伤凄婉时而抚慰着我的心灵，而作品中的快乐欢愉又时而振奋着我的精神。这些作品的感染力之强，是我在阅读其他国家的作品时从未体验过的。翻阅他们的作品，你仿佛觉得生活像是一座玫瑰园，充满了和煦的阳光；像是暗藏杀机的美女，时而笑容可掬，时而双眉紧锁；它又像一团烈火，吞噬人们的灵魂。这些作品与气势宏伟、波澜壮阔的希腊、罗马史诗真是截然迥异！

夏天就在读书中消磨过去了。我原本打算在秋末时分返回日内瓦，可我的行期却被几件意想不到的事情给耽搁了下来。寒冬来临，大雪纷飞，道路湿滑，通行受阻，于是我将行期推迟至来年春天。归期延迟让我心里非常难过，因为我朝思暮想，渴望回到故里，见到亲朋好友。不过，我的行期之所以一拖再拖，也是因为不愿把克莱瓦尔一个人撇下，他在这儿人生地不熟，我想等他熟悉了环境之后再走。行期是延迟了，可我冬天过得还挺开心；虽然春天比起往年来得格外晚，但是春暖花开的怡人景致倒也弥补了她姗姗来迟的过失。

五月到了，我每日每夜都盼着确定我起程日期的家信快点到来。这时，亨利提议我俩远足，到因格尔施塔特市郊游玩，好让我对栖居了如此之久的异国他乡亲手挥别。我欣然接受了这一提议，我向来酷爱运动，再者以前我在家乡畅游大自然的旖旎风光时，克莱瓦尔一直是我的绝佳旅伴。

我们徒步游玩了两个星期。在此之前，我的身体早已康复，心情也已经恢复了平静。一路上我呼吸着清新宜人的空气，欣赏着心旷神怡的景致，加之与好友一路开心畅谈，只觉得体力日渐增强，心情也日渐好转。我以前只顾埋头学习，无暇与人交往，变得离群索居；是克莱瓦尔唤起了我心中美好的情感，重新教会了我热爱大自然的美丽景色，热爱孩子们纯真欢快的笑脸。多好的朋友啊！你是那样真诚地爱我，那样不遗余力地帮我重新振作起来，直至与你一样豁达开朗，意气风发！一个自私的追求禁锢了我的思想，让我变得心胸狭隘，目光短浅，是你那善良与热情让我心中暖意融融，让我重拾自己，又像数年前那样，我爱大家，大家也爱我，无忧无虑，无愁无烦。当我心情舒畅时，大自然也能让我心中涌起最美好的感觉；万里无云的天空、一望无垠的田野，让我心醉神迷。这年的春天的确美极了，树篱上，春天的花朵还在争奇斗艳，夏日的花蕾便已经含苞欲放。过去的一年，万千思绪犹如挥之不去的重负，沉沉压在心间，尽管我使尽浑身解数试图摆脱它们，却终究徒劳无功；而今，我已甩掉了这个包袱，再也不受它的纠缠了。

亨利见我心情不错，他自己也倍感欣慰。我的情绪能在他心中产生真诚的共鸣。他一边向我直抒胸臆，一边设法让我开心。在这种时候，他才思之敏捷，着实令人惊叹不已。他的谈吐充满想象，还常常模仿波斯和阿拉伯的作家，随口编出许多奇幻神异、饱含激情的故事。还有的时候，他向我吟诵我最喜欢的诗篇，或设法引我与他辩论，他的观点总是别出心裁，鞭辟入里。

我们是在一个星期天的下午回到学校的。一路上只见农夫们载歌载舞；我们遇到的每一个人，看上去都是那么兴高采烈、幸福欢快。我自己兴致也很高，一路连蹦带跳，心中充满无限喜悦。

第七章

回到寓所，我见到了父亲写给我的这封信，内容如下。

我亲爱的维克托：

你等待这封确定你返程日期的信件恐怕都等得不耐烦了吧？一开始我只想草草写上几句话，仅仅告诉你返程的日子就行了，那样做看似是出于好心，可实际上对你却非常残酷，因此我不敢那么做。你本指望我们能高高兴兴地欢迎你，却不承想事与愿违，看到的会是家人泪流满面、凄惨哀婉的景象，我的孩子，你一定会惊呆的。维克托，我该怎样向你诉说家中的不幸呢？你虽然远在他乡，可你绝不会对我们的悲欢离合无动于衷，既然如此，我又怎么忍心让我长年在外的儿子承受痛苦呢？对于这个噩耗，我希望你在思想上有个准备，可我知道这事实上是不可能的；即便是现在，你的视线已经略过这些文字，在字里行间尽快搜寻向你传达这一噩耗的字眼了。

威廉已经离开人世！这个可爱的孩子，他的微笑曾给我带来多少欢乐，给我的心灵带来多少温暖；他是多么温顺，又是多么活泼！维克托，他是被人谋杀的！

我无力劝慰你，只是想简要地讲述一下事情的前后经过。

上星期四（五月七日），我和侄女，还有你的两个弟弟一起去普莱恩帕莱斯散步。那天傍晚，天气温煦，四周静谧。我们就在那儿多走了一会儿，等想起来要返回时天色已晚。这时，我们发现走在前面的威廉和欧内斯特不见了踪影。于是，我们便找了张长椅坐了下来，等他们回来。没过多久，欧内斯特回来了。他问我们有没有见到他弟弟，他说他原本是和弟弟一块玩着，后来威廉跑开了藏了起来，他怎么找也找不着，后来他只好原地等着，可等了好长时间，威廉还是没有回来。

欧内斯特这么一说让我顿时惊慌失措，于是我们便四处寻找威廉，一直找到夜幕降临。当时，伊丽莎白猜他可能已经回家了。可等我们赶回家，根本没见到他的影子。我们马上点起火把，返回原地继续寻找。一想到我那可爱的孩子迷了路，整宿都要遭受寒露潮气的侵袭，我就坐卧不宁。伊丽莎白也同样心急如焚。大约在凌晨五点钟，我终于找到了我那可爱的孩子。昨天晚上他还健健康康、活蹦乱跳的，现在却躺在草地上，面色铁青，一动不动，脖子上还留有凶手掐过的指痕。

威廉被抬回家里，我脸上难掩痛苦神情，伊丽莎白一见立刻就明白了一切。她急切地要去看看尸体。起初，我想拦住她，可她执意要看。当她一走进停放威廉尸体的房间，便迫不及待地查看他的脖子，然后双手合十，失声尖叫：“哦，天哪！是我害死了这可爱的孩子啊！”

伊丽莎白昏了过去。我们费了好大劲儿才让她苏醒过来。她刚一醒来，便失声痛哭，长吁短叹。她对我说，当天傍晚时分，威廉一直缠着她，一定要她把保存在身边的一枚极为珍贵的镶嵌有你母亲的微型肖像的胸饰给他戴上。现在这枚胸饰已不翼而飞。毫无疑问，凶手见了这枚胸饰，见财起意，心生歹念，对威廉下此毒手。尽管我们竭尽全力查找凶手，但目前为止依然没有任何线索。可即便是我们查到了凶手，也终究不能让我那可爱的威廉死而复生！

快回来吧，我最亲爱的维克托，只有你才能给伊丽莎白以安慰。她终日哭泣叹息，硬说是自己害死了威廉。听她这么说，我心里就像针扎一样难受。我们全家都非常悲痛。我的孩子，这是不是应该成为催你回家、赶快来安慰家人的另一个原因呢？你那亲爱的母亲！唉，维克托！我跟你说，我还真要感谢上帝，没有让她在有生之年目睹她那心爱的小儿子惨遭毒手！

回来吧！维克托，别总是想着如何向凶手复仇，这只会加深我们心头的悲哀，唯有平心静气，宽恕体恤才能治愈我们心灵的创伤。回到我们这个哀丧之家来吧，孩子，不要怀揣愤怒仇恨前来寻找凶手，而要满腔和善、满腔温情地来到深爱你的家人身边。

你万分痛苦的父亲

阿方斯·弗兰肯斯坦

一七××年五月十二日于日内瓦

克莱瓦尔在我看信时一直注视着我的神情。他发现我刚刚收到家信时的喜悦之情已经消失殆尽了，取而代之的是满脸绝望，不禁大吃一惊。我把信掷在桌上，然后双手掩面。

“我亲爱的弗兰肯斯坦，”亨利见我在痛哭流涕，便大声问道，“你怎么伤心起来没完没了？我亲爱的朋友，到底发生了什么事情？”

我示意他把桌上那封信拿去看看，自己则在房间里来回踱步，心中痛苦万分。克莱瓦尔看着这封告知我噩耗的家信，也不禁潸然泪下。“真不知道该如何安慰你，我的朋友，”他说道，“你家中的这个不幸的确是无可挽回的，你现在打算怎么办？”

“即刻返回日内瓦。亨利，跟我一起去订辆马车。”

一路上，克莱瓦尔竭力想说几句安慰我的话，却也只能由衷地对我深表同情。“可怜的威廉！”他说道，“多么可亲可爱的孩子，现在和他的慈母一同在天国安息了。这孩子聪明伶俐，快乐活泼，青春年少，一表人才，大凡见过他的人，无不为他的不幸夭折而悲伤哭泣。他死得多么凄惨，竟然被凶手活活掐死！这个凶手一定是丧心病狂，竟然平白无故地对一个如此青春洋溢的幼小生命痛下杀手！我们唯一能够聊以慰藉的是：他的朋友们在为他哀悼哭泣，而他却永远安息了。他肉体上的痛苦已经消失了，心灵上的创伤也一去不返了。一层草泥覆盖着他那弱小的身躯，他再也不知道什么是痛苦了。人们也无须再去怜悯他了，这份怜悯还须留给那些为他哀悼的生者。”

克莱瓦尔一边和我急匆匆地穿过条条街巷，一边如此这般安慰我。他的话深深刻在了我的脑海，后来我独自上路时依然记忆犹新。这时，马车来了。我迫不及待地一头钻进马车，挥别了我的朋友。

回家的旅途满是抑郁伤悲。起初，我恨不得马车跑得更快些，好让我赶快回去安慰我所深爱的、无比沉痛的亲人好友，向他们表示我同样的切肤之痛。然而，等马车驶近故乡时，我反而放慢了速度。心中百感交集，五味杂陈，着实让人难以承受。儿时熟悉的情景一幕幕在我眼前闪过——我已有将近六个年头没见到这些情景了。在这六年里，一切都有可能发生巨大的变化！这儿曾经发生过一件突如其来、令人悲痛的变故；但是，还有无数微小的事件，也可能逐渐引起其他种种变化。虽然这些变化看似波澜不惊，并不引人注意，然而，它们绝非无足轻重。想到这里，心头的恐惧便让我无法前行；数不清的魑魅魍魉纠缠着我，让我心惊肉跳，颤抖不已，尽管我说不清是些什么灾难。

我在洛桑逗留了两天，内心一直处于痛苦煎熬之中。我凝视着湖面，湖面平静如镜，四周万籁俱寂，远处群峰银装素裹——“大自然的宫殿”依然如故。这神奇而恬静的景致让我渐渐平静下来。于是，我继续上路，向日内瓦赶去。

当马车驶近故乡时，沿湖的公路变得狭窄了，那乌黑的朱拉山坡、那耀眼的勃朗山巅愈发清晰可见了。我像个孩子似的抽泣起来。“亲爱的群山！我那美丽的湖水！你们将怎样来迎接我这远方归来的游子？山峰是那样隽美灵秀，天空和湖水又是那样湛蓝宁静，这一切是预示着太平安乐，还是在嘲笑我的痛苦不幸？”

我的朋友，我一直絮絮叨叨地向你诉说我先前的生活情形，恐怕都让你厌烦了吧，但在过去那段时间里，我的确过得相当幸福，即便是现在回想起来，我依然感到甚是欣慰。我的故乡，我可爱的故乡！再次见到你那涓涓溪流，你那巍巍群山，尤其是你那涟涟湖水，真是令我欣喜万分，而我这种愉悦之情，除了从小在故里长大的人，还有谁能体会得到呢？

然而，离家越来越近，悲伤和恐惧又一次袭上心头。夜色笼罩了大地，群山也渐渐模糊。这时，我心头愈发忧郁惆怅。呈现在我面前的是一幅巨大、晦暗、阴森可怖的景象，我隐隐约约预感到，我命中注定要成为这个世界上最为不幸的人。唉！我的命运不幸被我言中，不过，在我所预计的种种不幸中，唯一不曾料到的，就是我注定要去承受的苦难要比我所能想象到的痛苦还要超出百倍。

当我到达日内瓦市郊时，天已完全黑了。城门已经关闭，于是我只得在离城一英里半的一个叫塞克朗的村庄过夜。夜晚一片寂静，我却无法入睡，于是我便决定去可怜的威廉被谋害的地点看一看。因为无法穿过日内瓦城区，我只好乘坐一条小船，横穿日内瓦湖去普莱恩帕莱斯。在这短短的乘船途中，我看到勃朗峰顶闪电飞舞，划出道道美丽的弧光。暴风雨很快就要来临。下船后，我爬上一座小山丘，以便观察暴风雨的进程。它正向这边迫近，天空乌云密布，没多久，豆大的雨点稀稀拉拉地砸落下来。不一会儿，雨点更密了。

我离开刚才观察雷电的地方，继续向前走去。天色越来越暗，暴风雨越来越急，声声惊雷在我头顶炸响，令人毛骨悚然。雷声在塞勒夫山、朱拉山和萨伏依的阿尔卑斯山之间回荡。强烈的闪电照得我眼花缭乱，湖面被映得通明透亮，仿佛一片熊熊燃烧的火海。然后刹那间四周陷入一片漆黑，什么也看不见了。过了一会儿，眼睛才从刚才夺目耀眼的闪电中恢复过来。顷刻之间，暴风雨便铺天盖地泼洒下来。这种暴风雨在瑞士是司空见惯的。暴风雨最为猛烈的中心区域是在日内瓦正北方的上空，即在贝尔里韦岬与科佩特村之间的湖区上。另一处雨区较弱，雷电隐隐约约地照亮了朱拉山脉；还有一处暴风雨区忽明忽暗，将日内瓦湖东部险峻的莫尔山峰照得时隐时现。

我一边注视着这场雄浑壮观、惊心动魄的大暴雨，一边大步流星急速前行。天空中这场轰轰烈烈的风雨雷电的交锋让我精神振奋。我紧攥双拳，放声大喊："威廉，可爱的小天使，这场暴风雨就是为你哀悼的葬礼，就是为你悲泣的挽歌！"话音未落，只见昏暗中，一个人影从我附近的树丛后面悄悄闪了出来。我僵在那里，定睛凝眸。我绝不可能看错。一道闪电从天空中划过，将那人照亮，让我将他的模样看了个一清二楚。只见他身形巨大，面目扭曲，丑陋无比，决计不是人类。我立时就明白了，他就是那个卑鄙的家伙，那个我赋予生命的无耻恶魔。他在这儿干什么？难道（一往下想，我就直打冷战）他就是杀害我弟弟的凶手？这一想法刚刚从我的脑海一闪而过，我就对此深信不疑。我的牙齿在咯咯打战，身体站立不稳，瘫靠在一棵树上。那个人影在我眼前一晃便很快消失在夜色中。只要是人，就绝不可能对一个活泼可爱的孩子下此毒手，他就是凶手！这一点毋庸置疑。这个想法在我脑海中浮现，本身就无可争辩地证明了这一事实。我正要去追那恶魔，这时又一道闪电划过夜空，我发现他已在塞勒夫山悬崖峭壁的岩石上攀爬，那是邻接普莱恩帕莱斯南端的一座山。此时我即便是奋起直追，也是徒劳枉然。他很快便翻上了山顶，消失得无影无踪。

我站在原地，神情木然。这时，雷声已渐渐平息，可是雨还在下个不停，四周黑沉沉的，一切都笼罩在一层穿不透的夜幕之中。那些时至今日依然挥之不去的事情又一幕幕在我的心头萦绕——我为制造这个怪物所采取的每一个步骤，我亲手制作的这个怪物怎样出现在我的床边，以及他最后又是如何从我身边消失的。从他最初获得生命的那个夜晚算起，差不多已过了两年的时间了。这是他第一次为非作歹吗？天哪！我竟将一个无耻的恶棍放到这个世上，他专门以杀人放血、制造祸乱为乐，难道不是他杀死了我弟弟吗？

谁也想象不到我在那天后半夜所遭受的痛苦——我露宿山野，

浑身湿透，冻得哆嗦。然而，我根本无心顾及这恶劣天气，脑海中不断翻腾着一幕幕不幸而又令人绝望的情形。我暗自思忖，我将这怪物带到人间，赋予他意志和力量，让他为非作歹，让他得以犯下如今这滔天罪行。这不就等于是我自己变成了嗜血成性的魔头，是我自己的灵魂被从坟冢墓穴释放出来，被逼着去摧毁我所珍爱的一切。

破晓时分，我径直向城里奔去。城门已经打开，我心急火燎地朝父亲的住所赶去。我起初打算将我所知道的有关凶手的情况告知家人，并组织大家即刻前去追捕凶手。可是，一想到我必须向他们交代这件事情的前后始末，我开始犹豫起来：一个由我亲手制造并赋予生命的怪物，竟让我深更半夜在渺无人迹的悬崖绝壁上撞见；我还回想起，就在我制造出那怪物的当天，我患上了神经性热病。这就使得这件原本有些荒诞不经的事情变得更像是痴人说梦了。我心里十分清楚，要是有谁对我说起这种事情，我肯定会认为他是神经错乱，胡说八道。再说，即便我能取得家人的信任，说服他们去追捕那怪物，可那怪物生性诡异，定会逃之夭夭。这样看来，前去追捕他又有何用？一个能在塞勒夫山的悬崖峭壁上如履平地的怪物，有谁能抓得住他？想到这些，我还是决定保持沉默，对此只字不提。

大约凌晨五点钟时，我走进了父亲的住所。我吩咐仆人不要惊动家人，然后走进书房，静候他们按平日里的时间起床。

离家六年了。这六年如梦般恍然而过，只留下一条无法抹去的痕迹。在我动身前往因格尔施塔特时，我就是站在这里与父亲最后一次拥抱告别的。可敬可爱的双亲啊，还好，经此劫难，父亲依然健在。我凝视着壁炉台上母亲的一幅画像。这幅画像是根据父亲的意愿而绘制的，很有纪念意义。画中的卡罗琳娜·波弗特在亡父的灵柩旁长跪不起，万念俱灰，痛不欲生。她衣着朴素，虽面色苍白，但神态端庄，仪容秀美，不会轻易引起人们的怜悯之心。在母亲画像的下方，是一幅威廉的小型画像。一看到这幅画像，泪水不禁夺眶而出。正在此时，欧内斯特走进书房来。他听说我回来了，急忙跑来迎接我。见到我时，他既满心欢喜，又难掩悲伤之情。“欢迎你，我最亲爱的维克托，”他说道，“唉，你要是早三个月回来该多好啊，那你就能见到我们全家高高兴兴、其乐融融。现在你终于回来了，却要与我们一起分担无可排解的痛苦。不过，我希望你这次回来，能让父亲重新振作起来。遭此不幸，他似乎有些一蹶不振、日渐消沉。再者，我还希望你对伊丽莎白多加劝慰，不要让她再无端自责、折磨自己。可怜的威廉！他是我们全家的心肝宝贝，也是我们全家的骄傲！”

欧内斯特难抑眼中的泪水，泣不成声。一阵极度的痛苦在我周身蔓延开来。回家之前，我只能想象自己冷冷清清的家里那凄凉悲惨的景象，可当这一幕活生生地出现在眼前时，无异于一场新的灾难，让人触目惊心。我竭力让欧内斯特平静下来，并向他更为详细地询问了父亲和伊丽莎白——那位我称之为表妹的姑娘——的情况。

“她最需要安慰了，”欧内斯特说道，“她总是自责不已，硬说弟弟的死是由她一手造成的，而这让她痛苦不堪。不过，既然杀人凶手已经查出……”

“凶手已经找到了？我的天哪！这怎么可能呢？谁敢去追捕他？绝对不可能。去追捕那凶手无异于徒步追赶清风，或者妄图用一根稻草阻塞山间奔流而下的溪水。我昨天夜里还见到过他，他依然逍遥法外！”

“我不知道你在说什么，”弟弟带着惊讶的口吻回答道，“不过，凶手的落网却平添了我们的痛苦。起初，谁都不相信这是真的，即便是现在，尽管证据确凿，伊丽莎白还是不相信。情况也的确如此，有谁会相信贾丝婷·莫里茨这么一位温柔善良、待家人情深意切的姑娘竟会性情大变，突生歹念，干出如此骇人听闻、令人发指的罪恶行径？”

“贾丝婷·莫里茨？这姑娘太可怜，实在太可怜了。她竟然会是被告？她肯定是被冤枉的，这是尽人皆知的，没人会相信的，对不对，欧内斯特？”

“一开始大家谁也不信，可后来发现的一些情况，让我们不得不相信那是真的。再说，她自己也前后矛盾、张皇失措，这使原先的证据更加确凿可信，要想就此事提出疑问，恐怕已经没有任何希望。法庭今天就要开庭审讯她了，到时候你可以听到整件事情的前前后后。”

他接着说道，发现可怜的威廉被谋杀的那天早晨，贾丝婷得了病，一连好几天都卧床不起。在此期间，一个仆人偶然翻了一下她在谋杀案发生的那天晚上穿过的衣服，结果在衣袋里发现了母亲那枚带微型肖像的胸饰。于是，她被认定为谋财害命。那个仆人立即将这枚胸饰拿给另一个仆人看。后来的那个仆人连对家里人说都没说一声，便立刻向法官报了案。根据她们的证词，贾丝婷被拘捕了。当法庭指控她谋杀时，这个可怜的姑娘显得失魂落魄，极度慌乱，这在很大程度上印证了人们对她的怀疑。

这件事颇为蹊跷，可它丝毫没有动摇我的信念。我非常认真地回答道："你们全弄错了，我知道杀人凶手是谁，贾丝婷，可怜的贾丝婷是个好姑娘，她是无辜的。"

我话音刚落，父亲走了进来，愁容满面，见我回来了，便强作欢颜，以示迎接。我们怀着悲哀的心情彼此致意后，父亲本想对此事避而不谈，这时，欧内斯特在一旁大声喊了起来："我的老天！爸爸！维克托说他知道是谁杀害了可怜的威廉。"

"不幸的是，我们也知道了，"父亲说道，"说句老实话，我宁可一辈子被蒙在鼓里，也不愿看到一个我非常看重的人竟会变得如此卑鄙无耻、忘恩负义。"

"我亲爱的父亲，您弄错了，贾丝婷是无辜的。"

"如果她真是无辜，上帝是不会让她蒙冤受罪的。今天就要宣判了，我希望，我真诚地希望，她会被无罪释放。"

父亲的这番话让我冷静下来。别说是贾丝婷，任何人都是无辜的，谁都不可能去犯这起谋杀案，对此，我深信不疑。因此我根本不担心法庭会举出什么有力的证据来判她的罪。至于我自己的事情，那是绝对不能公之于众的。这件事情骇人听闻，只会被那些凡夫俗子视作痴人说梦。其实，除了我——那个怪物的缔造者，世上还有谁会相信，凭着自以为是和轻率无知也能搞出什么不朽业绩，也能搞出那个由我放到世上来的活物？除非谁能用理智去说服自己，否则，任何人都不会相信的。

没多久，伊丽莎白也来了。自从上次和她分手后，岁月给她带来了很大的变化。她出落得亭亭玉立、楚楚动人，她的秀丽已经远非她童年时的青涩可比拟。她仍然显得那样真诚活泼，而她的眉宇之间则平添了几分理性与聪慧。她温情备至地欢迎我回来。“亲爱的表哥，”她说道，“你这次回来让我满怀希望。兴许你能想出什么办法，证明可怜的贾丝婷是清白无辜的。唉，如果法庭认定她有罪，那世上岂不是再无清白之人？我相信她是清白的，就像相信我自己是清白的一样。我们真是祸不单行，备受打击，不仅失去了可爱的小弟弟，连我真心怜爱的这个姑娘也将要被从我们身边夺走，而且她的命运更为悲惨。如果贾丝婷被判了死刑，我今生今世便再无欢乐可言。但是，她不会被定罪的，我相信她不会被定罪的；虽然我的小弟弟威廉死得很惨，但是贾丝婷如果能幸免于难，不被牵连，我还是会高兴起来的。”

“她是无辜的，我的伊丽莎白，”我说道，“这一点将会得到证实的；你什么也不用担心，她肯定会被无罪释放，你还是振作起来吧。”

“表哥你真是心地善良，胸怀宽广！人人都认定她有罪，这让我心痛不已，因为我知道，她决不会干那种事情。可眼看着他人愚妄固陋，偏听偏信，我真是万念俱灰，束手无策。”说罢，她开始呜咽啜泣。

“我最亲爱的侄女，”父亲说道，“快擦干眼泪，如果她果真像你所说的那样清白无辜，你就相信我们的法律是公正的，相信我也会有所举动，从而避免任何有失公允的事情发生。”

第八章

我们在悲痛中熬过了几个钟头，总算到了十一点钟，法院准时开庭审讯。我父亲和家里其他人都得出庭做证，所以由我陪同他们一起前往法院。这场审讯是对正义的极大嘲讽，我自始至终都活活受着痛苦的煎熬。我的两个亲密无间的伙伴，一个笑容满面、天真无邪，已经死于非命；另一个则要蒙冤含屈、悲惨死去。他们的灭顶之灾，不管是不是我的好奇心作祟以及后来的不法行径所致，在这里都将尘埃落定。以后每当人们提及这起谋杀案，都会觉得令人发指，都会觉得惊恐不已。贾丝婷是个好姑娘，品德优良，理应过上幸福的生活，可现在，随着她背负罪名，含冤而死，她的一切都将在不光彩中化为乌有，而我是造成这一切的罪魁祸首。我愿意认罪一千次，替贾丝婷承担强加在她头上的罪责。然而，谋杀案发生时我并不在现场，如果我替她承担罪责，人们自然会认为我精神疯癫、胡言乱语，而替我受罪的贾丝婷也不可能获救。

贾丝婷身着丧服，显得非常平静。她本来就容貌出众，而此刻由于神情肃穆，看上去愈发端庄秀丽。虽然在众目睽睽之下被人指指点点，但她依然镇定自若，自信她是清白无辜的。尽管她的美丽在平时可能会博得围观众人的同情好感，然而此刻大家满脑子想的都是她犯下的滔天罪行，因而这种好感也被人为扼杀了。她看上去非常沉着，但很明显是在强作镇定。由于她以前的惊慌失措、语无伦次被引为犯罪的证据，因而她此刻鼓足勇气做出无所畏惧的样子。她走进法庭时，环视四周，很快便找到了我们的席位。她见到我们时，泪水似乎模糊了双眼，但她很快便恢复镇定。她那哀怨而深情的眼神似乎在证明她的清白无辜。

审讯开始了。原告律师陈述了对她的指控，随即几位证人也被传唤出庭做证。原本颇为蹊跷的几件事情，凑在一起却对她非常不利。其他人不像我那样手头掌握有能证明她无罪的证据，因而都感到十分震惊。在谋杀案发生的当天晚上，贾丝婷彻夜未归，临近清晨时分，有一位在集市上卖菜的农妇在后来发现孩子尸体处附近撞见了她。这位卖菜的农妇问她在那儿做什么，只见她神情古怪异常，前言不搭后语，含混咕哝了几句。大约在八点钟贾丝婷回到了家里，有人问她昨天在哪儿过的夜，她回答说一直在找那孩子，还非常急切地询问有没有那孩子的消息。当别人带她去看那孩子的尸体时，她顿时变得歇斯底里，后来还一连好多天卧病不起。接着，法庭出示了仆人在贾丝婷衣服口袋里找到的那帧肖像。伊丽莎白用颤抖的声音做证说，这帧肖像就是由她在那孩子失踪前一小时亲自戴在他的脖子上的。人们开始小声议论起来，惊恐还有愤怒顿时在整个法庭弥漫开来。

法庭随即要求贾丝婷为自己当庭辩护。在开庭审理此案的过程中，贾丝婷的脸色变了，恐惧还有痛苦明显写在她脸上。有时她强忍着泪水，不让自己哭出来，可当她要为自己辩护时，她强打起精神，虽然说话的声音忽大忽小，但还是能听得清楚。

“上帝知道我完全是清白无辜的，”她说道，“但是，我并不奢望我的辩护能为我洗脱罪名。对于那些用来指控我的事实，我将做简单解释，以此来证明自己的清白。同时我还希望，如果有什么站不住脚或者有所嫌疑时，我一贯的人品能让法官们做出对我有利的解释。”

她接着说道，在谋杀案发生的当天晚上，在征得伊丽莎白的允许后，她去谢纳村的一个姨妈家玩。谢纳村离日内瓦大约有三英里。从姨妈家返回途中，当时大约是九点钟，她遇到一位男子，问她是否见到那个失踪的孩子。她听了后心急如焚，立刻四下寻找，一直找了好几个小时。可这时城门已经关闭，她不得不在一个农户的谷仓里待了几个小时。虽然她同这家农户关系很熟，但她不愿去惊扰他们。那天夜里的大部分时间她都没有合眼，一直在注意四周的动静。直到天快亮时，她觉得自己只打了个盹儿。后来，门外传来脚步声，将她惊醒。这时，已是黎明时分，于是，她离开了那个栖身之所，想再去尽力寻找我的弟弟。即便她快要走近躺着威廉尸体的那个地方时，她自己也全然不知。至于那卖菜的农妇问她话时，她显得神情恍惚，这不足为奇，因为她整宿都不曾合眼，而且可怜的威廉下落不明，吉凶未卜。至于那帧藏在她衣服口袋里的肖像，她无法做出解释。

“我心中十分清楚，”这个不幸的受害者继续说道，“这一情况对我极为不利，足以置我于死地，可我却无法做出解释。我已经说过，我对这件东西一无所知，我只能做这样的猜测：兴许有人将这件东西放到了我的口袋里。然而这样去猜测也经不起推敲。在这个世上，我相信自己和别人无冤无仇，没有谁会如此歹毒，会平白无故地置我于死地。是凶手将它放进我的衣袋里的吗？依我看，他没有机会这么下手；如果说我让他有机可乘，那么为什么凶手会在那枚首饰已经到手后又很快要急于脱手呢？

“我已做完辩护陈词，希望法官秉公明断，但我还是看不到任何峰回路转的余地。我请求法官就我的人品传唤有关的几位证人。如果他们的证词不足以推翻我那莫须有的罪名，那么，尽管我发誓自己清白无辜，并且还指望着能以此获救，也难逃罪责了。”

法官传唤了几位与贾丝婷相识多年的证人。这些人平时对贾丝婷交口称赞，但他们认定贾丝婷犯了罪，出于对这种罪行心怀恐惧、深恶痛绝，因而吞吞吐吐、支支吾吾，不愿出庭为她做证；伊丽莎白眼见这最后的一线希望——被告那高尚的美德和无可挑剔的人品——也将无济于事，全然不顾自己心中的极度不安，依然请求法官准许她为被告当庭陈词。

“我是那个被谋杀的孩子的表姐，”她说道，“更确切地说，我是他的姐姐，因为自打这孩子出生以来，甚至早在他出世之前，我便受到他父母的教诲，与他们生活在一起。有鉴于此，我在这种场合出庭为被告辩护，也许会被认为不合时宜；然而，当我看到我的一位伙伴将因为她朋友的虚伪怯懦而不幸殒命时，我希望法官准许我发言，就我所了解的被告的品行为人向法庭做陈述。我与被告非常熟悉，和她同住一处，先是五年，后又同住了将近两年时间。在与她共同生活的这些年里，我始终认为，她是世界上最温柔可亲、最心地善良的姑娘。在我表婶弗兰肯斯坦太太病重临终前，她无微不至、尽心竭力地在病榻前照料。后来，她的生身母亲久病不愈，她也同样悉心照料，可谓其情可悯；大凡认识她的人都对她这番孝心赞叹不已。她的生身母亲辞世后，她又重回我表叔家中居住，受到全家上下的喜爱。她非常疼爱那个已不幸殒命的孩子，对他体贴入微，待他有如慈母一般。就我个人而言，我毫不犹豫地表示，尽管法庭出示的证据均对她不利，但我依然坚信，她是完全清白无辜的。她根本不会做出这样的事来。至于那件作为她重要罪证的小饰品，如果她以前真的想要，我自然会非常乐意地赠送给她，因为我真的非常尊重她、敬重她。”

继伊丽莎白简洁有力的申诉之后，人群开始交头接耳，法庭里响起了一片赞扬声。然而，人们是在盛赞伊丽莎白为被告辩护的宽广胸怀，而并非是对可怜的贾丝婷予以声援。相反，公众对她的愤慨变得愈发强烈，指责她恩将仇报，丧尽天良。在伊丽莎白发言时，贾丝婷一直默默流泪，但并未做任何答复。在整个审判期间，我自己一直如坐针毡，备受煎熬。我相信贾丝婷是清白的，这我心知肚明。会不会是那恶魔杀害了我弟弟（对此我深信不疑），然后又心生歹念，嫁祸于人，将清白无辜的贾丝婷置于死地，让她蒙受不白之冤？我无法忍受自己的这种可怕境地，当我感到公众的呼声和法官们的表情已对我那不幸的受害者做出判决时，我极度痛苦地冲出了法庭。被告所受的折磨不同于我，她有精神上的支柱，因为她是清白的，而我心中的悔恨却有如蛇的毒牙，在撕咬着我的胸膛，一刻也不停歇。

那一夜，我完全沉浸在痛苦之中。第二天早晨，我又去了法庭。我唇焦喉燥，没有勇气去问那个性命攸关的问题。可是，法庭里有人认出了我。法官猜到了我来访的用意。法庭已经投过票了，投票结果是清一色的黑票，贾丝婷已被判定有罪。

我不敢对我当时的心情妄加描述。我以前也曾体验过恐惧的感觉，也曾努力用恰当的词语去描述那些恐惧感；然而，我当时所感受到的却是一种令人锥心刺骨的绝望，这种感觉无法用文字来形容。那位与我谈话的法官还告诉我，贾丝婷已对指控她的罪行供认不讳。“她的供词可有可无，因为这个案子再明显不过了；不过，既然她认罪了，我还是很高兴。毕竟，我们这些法官谁也不愿意仅凭旁证就给人判罪量刑，不管这些旁证有多么确凿无疑。”

这个消息让人颇感蹊跷，完全出乎人的意料。这是怎么回事儿？难道是我的双眼欺骗了我？难道我真的疯了吗？就像倘若我说出自己怀疑的对象，世人就会说我疯了的那样。我匆忙赶回家中，伊丽莎白急切地问我判决结果。

“我的表妹，”我告诉她说，“已经结案定罪了，结果正如你所预计的那样。所有的法官都秉着这样的原则，宁可错判十个好人，也不放跑一个罪犯，而且贾丝婷自己已经认罪了。”

这对可怜的伊丽莎白是一个沉重的打击。她一直坚信贾丝婷是清白无辜的。“天哪！”她说道，“叫我以后再怎么相信人性的善良呢？我待贾丝婷如亲妹妹，疼爱她，尊重她，难道她会装出一副天真无邪的笑脸，背地里干出如此丧尽天良的勾当？她那双温柔的眼睛似乎看不出任何的冷酷和奸诈，可她毕竟害了条人命。”

此后不久，我们听说那可怜的受害者表露出这样的心愿：想见我表妹一面。父亲不想让伊丽莎白去，不过他又说，见还是不见，取决于伊丽莎白自己的意愿和判断。“是的，”伊丽莎白说道，“尽管她犯了罪，我还是要去。维克托，你陪我一起去吧，我无法独自前往。”要我去见贾丝婷，简直是对我的一种折磨，但我却无力抗拒。

我们走进昏暗的牢房，只见贾丝婷坐在监狱那头的一堆稻草上，她的手被铐了起来，脑袋耷拉在膝盖上。一见我们进来，她立刻站起身来，等牢房里只剩下她和我俩时，她扑通一声跪倒在伊丽莎白的脚边，失声痛哭，我表妹也不禁潸然泪下，啜泣不已。

“唉，贾丝婷，”伊丽莎白说道，“你为什么要从我身边夺走我最后残存的些许安慰？我过去相信你是清白的，虽然我那时非常难过，但远没有现在这样心痛。”

“您也相信我那么心狠手辣、那么凶残歹毒吗？难道您也要站在我的敌人那边，指责我是杀人凶手，然后置我于死地吗？”贾丝婷泣不成声，再也说不下去了。

“起来吧，我可怜的姑娘，”伊丽莎白说道，“如果你是清白无辜的，为什么要跪在我面前呢？我不是你的敌人；以前我根本不理会那些证据，我一直认为你是无辜的，可后来我听说连你自己都承认犯了罪。如果你说的这些都不是真的，那么，亲爱的贾丝婷，你尽管放心，除了你自己承认犯了罪，我对你的信任绝不会有一时一刻的动摇。”

“我的确供认自己犯了罪，可我说的并不是真话。我之所以招认，是因为我想得到上帝的赦免；而现在，我的谎言比我其他任何罪孽都更为沉重地压在我的心头。上帝饶恕我吧！自从我被判罪之后，我的忏悔神父就一直缠住我不放，他一而再、再而三地威胁、恐吓我，最后，几乎连我自己也开始相信，我就是他所说的那个恶魔。他威胁我，说我如果抵死也不认罪，就会被逐出教门，并在我生命行将结束时，受到地狱之火的炙烤煎熬。亲爱的小姐，没有人肯为我施以援手，所有人都把我看成是卑鄙小人，注定会声名狼藉，死有余辜。我又有什么办法呢！就在那不幸的时刻，我在假供词上签了名、画了押；而现在，唯独我才是真正不幸的人。”

她收住话音，抽泣了一会儿，接着又说道：“亲爱的小姐，一想到连您也相信贾丝婷——您表婶曾经如此看重的人，您本人也非常疼爱的人——竟然会干出只有魔鬼才会干的罪恶行径，我心中就充满了恐惧。亲爱的威廉！最亲爱的、圣洁的孩子！我很快就会在天堂里与你重逢了；在那儿，我们将获得幸福，在我即将蒙冤死去之际，想到我们将会幸福，我心里就得到了安慰。”

“哦，贾丝婷！我一时动摇了对你的信任，请你原谅我吧。你为什么要认罪呢？不过，别难过了，我亲爱的姑娘。你不用害怕，我要向世人宣布，你是无罪的；我要证明你是清白的；我要用自己的泪水和祈求熔化你那仇敌的铁石心肠。你不会死的！你——我的好玩伴，我的好朋友，我的亲妹妹——竟要被处以绞刑！不！不！倘若这场可怕的悲剧真要发生，我也不想再苟活于世了。”

贾丝婷悲哀地摇了摇头。“我其实并不怕死，”她说道，“那种痛苦折磨已经过去了。上帝让我摆脱了懦弱，给了我勇气忍受最大的苦难。我将离开这个满目凄惨、令人心酸的世界，如果您还能够记得起我，把我看作是一个蒙受不白之冤的人，那我也就听天由命，绝无半句怨言了。亲爱的小姐，请您汲取我的教训，耐心地听从上苍的旨意吧！”

她们谈话时，我一直缩在牢房的一个角落里，只有在那儿我才可以掩饰自己心头的痛楚。绝望！谁敢侈谈绝望呢？这个不幸的受害者，明天就要跨过生与死之间那道可怕的分界线了，她用不着再像我这样去忍受那剜心剔骨的痛楚。我牙齿咬得咯咯直响，从心灵深处发出一声痛苦呻吟。贾丝婷不由一惊，当她看清是我在痛苦呻吟，便走了过来，对我说道：“亲爱的先生，非常感谢您能来看我。我想您是不会相信我有罪的，对吧？”

一时间我真不知该如何回答她。“他不会的，贾丝婷，”伊丽莎白说道，“他比我更坚信你的清白；即便听说你已经招认，他也不相信那会是真的。”

“我由衷地感谢他。在我生命行将结束的时候，我向那些对我心怀善意的人表示最由衷的谢意。他们给予我这样一个不幸之人深情厚谊，这是多么美好，多么亲切啊！这份情谊排解了我心中多半的痛楚。既然您，我亲爱的小姐，和您的表哥已确信我是清白无辜的，那我就觉得自己死而无憾了。”

这个可怜的、蒙受不白之冤的人就是这样竭力安慰别人，同时也聊以自慰的。她已经如愿以偿，能够坦然接受命运的安排。然而，我这个真正的杀人凶手却感到那条永远也不会死去的蠹虫仍在我胸中蠢蠢欲动，不给我残留任何希望与慰藉。伊丽莎白也在哭泣，她内心也感到痛苦，但她的痛苦同样是清白的，就像一片云彩飘过皎洁的明月，一时遮盖了她的光辉，终究不会让她黯然失色。痛苦和绝望钻入了我的灵魂深处，在我的心头重重地压着一座地狱，任何力量也无法将它摧毁。我们和贾丝婷一连待了好几个小时，伊丽莎白和贾丝婷两人难舍难分。“我情愿，”她哭着说，“和你一起去死！我再也没法活在这个悲惨的世界上。”

贾丝婷竭力忍住苦涩的泪水，做出一副高兴的样子拥抱了伊丽莎白，同时压抑着自己的情感，对伊丽莎白说道：“永别了，美丽的小姐，我最亲爱的伊丽莎白，我深爱的、唯一的朋友，但愿上苍赐福于您、保佑您；但愿您今生今世再也不要遭受任何苦难。您要好好活下去，开开心心的，也要让别人开心快乐。”

翌日清晨，贾丝婷被处以绞刑。伊丽莎白的据理力争、感人肺腑的申诉并没有让法官们改变认定那圣洁的蒙难者有罪的想法，改变业已做出的判决。我也义愤填膺、慷慨激昂地为贾丝婷申辩，可法官们置若罔闻。我本打算供出自己所做的一切，可当我接到法官们冷冰冰的答复，听到他们冷酷无情地做出推论时，我欲言又止，因为我这样做，是向世人宣告我是个疯子，并不能改变对我那可怜的受害者的判决。就这样，她被当作杀人犯在绞刑架上被处以极刑。

我内心深受折磨，推己及人，我又想到了伊丽莎白那刻骨铭心而又无法言语的悲哀。这也是我的罪过！我父亲心中的苦涩，那个一度充满欢声笑语，而今却变得满眼凄凉的家庭，这一切都是我这双十恶不赦的手造的孽啊！哭泣吧，这些可怜的人；可这不是你们最后的眼泪！你们还会为逝去的人出殡号丧，人们还会一遍又一遍地听到你们的恸哭哀悼！弗兰肯斯坦——你们的儿子，你们的亲人，你们过去深爱着的朋友——甘愿为你们挥洒每一滴生命之血，可他如今已一无所求，心如死灰，失去了往昔的欢乐，除非欢乐会重现在你们那亲切的面庞上；他愿意祈求上苍赐福于你们，甘愿终生侍奉着你们，可现如今他却让你们呜咽悲泣，流下无尽的泪水；如果无情的命运之神就此满足，而毁灭之神也就此收手，不致让静寂的坟冢成为你们历尽磨难的最后归宿，那他就深感幸甚，大喜过望了！

我那先知先觉的灵魂如是般预测着未来。我眼看着亲人们在威廉和贾丝婷——我亵渎神明之术的第一批不幸受害者——的坟墓前枉自嗟叹，心中不禁懊悔不已，悲恐绝望。

第九章

对于人的心灵，最痛苦的莫过于在一连串突如其来的变故发生之后，却陷入一片厌倦懈怠、波澜不惊的死寂，既不给人以希望，也不会让人心生恐惧。贾丝婷离开了人世，她安息了；而我却尚在苟延残喘。血液虽然还在我的血管里自由流淌，然而绝望与悔恨却重重地压在我的心头，挥之不去。我夜不能寐，像个孤魂野鬼四处游荡，因为我造了那些恐怖的让人难以形容的孽，而且我不得不相信还有孽债，还有更多的罪孽在前方等候。然而，我的心却充满了仁慈和对美德的热爱。我曾怀揣美好的心愿开启自己的人生，渴望有朝一日能够如愿以偿，让自己成为人类的有用之材。可现如今，这一切都化为泡影了。我的良心不得安宁，我无法心安理得地回首往事，因而不可能从往事中汲取新的希望。恰恰相反，悔恨与罪恶攫取了我的心灵，而且很快会将我引向地狱的深渊，让我遭受无法言语的巨大折磨。

这种精神状态一直在侵蚀着我的身心健康，自从我第一次受到惊吓之后，我恐怕从来就没有完完全全地恢复过来。我刻意回避与人见面，一听到别人的欢声笑语，我就心如刀绞。孤独——深沉、幽暗、死寂般的孤独，才是我唯一的慰藉。

父亲见我性情大变，生活习惯也与以往大为不同，心里十分痛苦。他千方百计地启发我，以他自己心中无愧、清白无过的人生经历循循善诱地开导我，试图激发我的坚强意志，唤起我的勇气，驱散我心头的阴霾。“维克托，你是不是觉得，”他说道，“我心里不难受？没有人比我更爱你的弟弟了。”——说着说着，便老泪纵横——“但是，我们不应该因为过度悲伤而平添别人的痛苦，这难道不是我们对生者的一种责任吗？你也应该对自己负起责任，过度悲伤不利于你恢复健康，让你无从享受生活，甚至连日常工作也无法从事。这样的人是很难在社会中生存下去的。”

父亲的确言之有理，可对我的情况却一点儿也不适用。如果不是悔恨懊恼和惶恐不安的心情与其他感觉交织在了一起，我本应该率先将自己的悲哀深藏于心底，转而去安慰亲朋好友。而现在，我只能以绝望的神情来作为对父亲的回答，尽量避开他的目光。

大约在这个时候，我们搬回贝尔里韦的宅第住了。这次搬迁让我颇感惬意。在城墙高筑的日内瓦真让人憋得慌，因为城门通常晚上十点就关闭了，过了这个钟点就不能继续在湖面上逗留了，现在我终于自由了。晚上，我常常在家人就寝入睡后，带上小船，泛舟湖上，一连划上几个小时。有时，我将船帆撑起，在湖上随风游荡；有的时候，我将船划至湖心，索性让小船任自漂流，自己则陷入痛苦回忆中。这时，我常常受到诱惑。四周一片静谧——只有在我要靠岸时，才能时断时续地听到几声蛙鸣，还有蝙蝠刺耳的叫声——唯独我心绪不宁，焦躁不安地在这美如仙境的景色中四下游荡。我是说，每当这时，我便有强烈的冲动，想纵身跃入寂静的湖中，任凭湖水将我连同我所有的苦难一并永久淹没。可是，我一想到我所深爱的、与我心心相印的伊丽莎白正在勇敢地承受苦难的煎熬，我就控制住自己躁动不安的情绪。我还想到了父亲和我那活着的弟弟。我怎能卑鄙地抛弃他们，任由他们遭受那个由我放到他们中间去的恶魔的残害而无人保护呢?

每每在这种时刻，我总是痛苦悲泣，同时也企盼着自己的心灵能恢复平静；只有这样，我才能为自己的亲人带来安慰与幸福。然而，这一切都已经不可能了，悔恨扼杀了我心中全部的希望。是我一手造成了这一切无可挽回的灾难。我每天都惶恐不安，唯恐自己制造出来的那个魔鬼又会滋生什么新的祸端。我隐隐约约感觉，这一切并没有就此结束，他还会干出更让人触目惊心的罪恶行径来，其新的罪孽之深几乎足以让人们记忆中的任何滔天罪行都为之黯然失色。只要这个世上还有我心爱的人存在，我心头就难免提心吊胆。别人可能无法想象我对那个恶魔有多么深恶痛绝。一想到他，我便咬牙切齿，两眼直冒怒火，恨不能宰掉那个我如此轻率造出来的怪物。每当我想起他的滔天罪行和蛇蝎心肠，我就再也无法抑制心中的愤慨与仇恨。如果我能站在安第斯之巅将那恶魔扔下山崖，我定会去那儿登山朝圣的。要是我能再撞见他，我就能将心中的深仇大恨通通发泄到他的身上，为威廉和贾丝婷报仇洗冤。

整个家都变成了一个伤心地。由于近来接二连三地发生了一些令人恐怖的事情，父亲的身心受到了极大的摧残。伊丽莎白现在是愁容满面、心灰意冷，她再也无法从日常事务中获得丝毫乐趣。在她看来，任何欢乐都是对死者的亵渎。她觉得，只有无尽的泪水和绵绵的哀思才是她对受到残害、蒙冤而死的无辜者所应表示的敬意。她已不再是儿时与我漫步湖边、畅谈未来的那个无忧无虑的小姑娘了，那些有朝一日终将让我们双双撒手人寰的哀愁生平第一次袭上她的心头，渐渐侵蚀着她往昔甜蜜无比的笑容。

“亲爱的表哥，”她说道，“每当我想起含冤而死的贾丝婷·莫里茨，我就无法再用以前的眼光去看待这个世界和世间的众生万象。过去，当我从书本读到，或者道听途说到一些邪恶、不公时，我总觉得这都是些古老的传说，或是虚构的罪恶，至少可以说这些事情已年代久远，更多的是存在于推论之中，无法想象其真实情景。可现在，我已深刻地品尝到痛苦的滋味。在我看来，人就像饥餐渴饮、嗜血成性的魔鬼。当然，我难免也会有失公允。人人都认为那可怜的姑娘是有罪的，如果她果真犯下了让她日后吃尽苦头的罪行，那她无疑是芸芸众生中最为卑鄙可耻的人。仅仅为了些许珠宝，就杀害了自己恩人、自己朋友的儿子，杀害了一个自出生之日起便由她亲手抚养的孩子，一个她百般疼爱、视若己出的孩子！尽管我不赞成处死任何人，但可以肯定的是，这样的人是不配在人世间继续生存下去的。然而，她是清白的。我心知肚明，她是无辜的。这一点你我所见相同，这就更加坚定了我的信念。唉！维克托，如果谎言和真理看上去如此相像，那谁能确信自己一定能获得幸福呢？感觉自己似乎是行走在悬崖边缘，成千上万的人蜂拥而至，试图将我推下万丈深渊。威廉和贾丝婷尚死不瞑目，而凶手却溜之大吉；他非但逍遥法外，兴许还受到人们的顶礼膜拜。如果我犯了同样的罪行，我宁可被推上绞刑架，被处以极刑，也不愿像这个恶棍一样逃之夭夭。”

我听着伊丽莎白这番话，心如刀绞。虽然我并未亲手去杀人，但实际上，我才是真正的罪魁祸首。伊丽莎白见我表情痛苦异常，便关切地拉起我的手，说道：“我最亲爱的朋友，你一定要平静下来。天知道这些事情给我带来的打击有多大，可我还不及你那么痛苦。你的脸上带有一种绝望的神情，有时双眼直冒复仇的火焰，让人看了不禁直打寒战。亲爱的维克托，摒弃你胸中那阴郁、暴戾的情绪吧，惦记着你身边的朋友吧，他们将心中所有的希望都倾注在了你的身上。是不是我们已经无力让你获得幸福？啊！只要我们彼此相亲相爱，彼此以诚相待，我们就能在这块静谧安详、风景秀丽的故土上获得宁静与幸福——还有什么力量能搅扰我们平静的生活呢？”

我十分珍重与伊丽莎白的感情，将它视作世间最为宝贵的财富。她这番肺腑之言，难道还不足以驱走潜伏在我心头的恶魔吗？在她说话的时候，我不由自主地靠近她，一副心有余悸的样子，生怕那恶魔会在这个时候突然出现，将她从我身边夺走。

如此看来，温柔缠绵的情谊，世间天国的美景都无法将我的灵魂从痛苦中救赎出来；爱的倾诉衷肠也无济于事，我的心灵被一片阴霾层层包围，任何驱除魔障的清圣之气都无法穿透。我就像只被射伤的鹿儿，拖着虚弱无力的四肢，踉踉跄跄地走向一处荒凉萧瑟的丛林；在那儿，它盯着那支穿透自己身体的利箭，默默地死去——我的命运也大抵如此。

大部分时间，我倒还能对付压在心头的抑郁绝望，但是有时，我心头那强烈的情感如旋风般摧枯拉朽，我不得不借助运动锻炼或者更换环境来缓解一下难以承受的剧烈心情。有一次，我突然发作，情绪失控，奔出家门，向附近的阿尔卑斯山峡谷走去，试图借助雄浑壮观、亘古不变的景致来忘却人世间的短暂哀愁。我信步朝沙穆尼峡谷走去，那是我年少时经常造访的地方。现在，六年时光过去了，我已变得瘦骨嶙峋、萎靡不振，而那历经岁月的山野丛林却仍然绚丽多彩，风采如故。

前半段路程我骑马前行，随后，我租了头骡子，因为山路崎岖，骡子步履稳健，不大会失蹄摔伤。那天天气非常晴好，快到八月中旬了，贾丝婷去世也快有两个月了，我所有的悲伤都可以追溯到她那不幸发生的那一刻。随着我不断向阿尔夫峡谷纵深行进，我明显地感觉到自己的精神负荷减轻了。在我的周围，崇山峻岭绵延起伏，沟壑绝壁嶙峋陡峭——阿尔夫河在巉岩乱石间喧嚣奔腾，周围那飞流直下的瀑布，震耳欲聋。这一切都彰显出一种有如无所不能的上帝般的雄浑浩瀚的力量。我不再感到恐惧，也不再屈从于任何生物，因为一切生物都无法与创造并主宰世间万物的上帝分庭抗礼，尽管他们的威力已显露无余。我继续往上攀登，只见整个峡谷显得更加雄伟壮观，叫人叹为观止。山上松林间的悬崖峭壁上仍留有古城堡的断壁残垣。波涛汹涌的阿尔夫河，还有随处可见的山间农舍，真可谓风景独好，美不胜收。而巍峨雄壮的阿尔卑斯山更让这幅美景平添了几分庄严。那一座座白雪皑皑、光芒四射的山峰隆丘傲然耸立，它们仿佛属于另外一个世界，是另外一种生物的栖身之地。

过了佩里西尔桥，展现在我眼前的是阿尔夫河冲击而成的深谷。我开始攀登耸立在河谷之上的高山。没过多久，我便进入了沙穆尼峡谷。这一带比我刚刚经过的塞沃克斯更显得雄伟奇特，却没有塞沃克斯那么风景如画。白雪皑皑的高大山脉径直勾勒出峡谷的轮廓，在这儿再也不见古堡废墟，也不见沃野肥田。广阔的冰川几乎延伸至路边。我听到雪崩发出雷鸣般巨大的轰响，看到它崩塌之后空中弥漫升腾的袅袅雾霭。勃朗峰，雄伟壮丽、至高无上的勃朗峰，矗立在簇拥着它的塔尖般的山峰之中，它那巨大的隆丘俯瞰着沙穆尼大峡谷。

在这次旅行期间，阔别已久的那种令人心颤的欢愉时常在我心头涌起。路上的某个转弯处，或是突然碰到什么乍一看陌生、详加打量却又眼熟的物件，都会让我想起那些逝去的岁月，想起那轻松愉快的孩提时代。

微风在我耳边细语呢喃，给我以心灵慰藉；大自然如慈母般百般抚慰，为我风干泪水。可随后，这股疗治心伤的力量不起作用了。我发现自己又一次陷入深深的哀愁，沉浸在痛苦的回忆之中。于是，我赶着骡子拼命前行，想竭力忘掉这个世界，忘掉心中的恐惧，忘掉自我。除此以外，我还采取一种更为疯狂的方式，翻身坠下坐骑，扑倒在草地上，任由恐惧与绝望将自己压垮。

最后，我总算到达了沙穆尼村。一路上我身心交瘁，精疲力竭。我在窗前伫立了片刻，注视着勃朗峰上狂舞的银色闪电，倾听着在脚下汹涌澎湃的阿尔夫河。这水声对脆弱敏感的我来说，有如一首摇篮曲，催我入眠。脑袋刚一挨到枕上，睡意便立刻向我袭来；我能感觉到它的来临，它让我暂时忘却了一切。一种感激之情在我心中油然而生。

第十章

第二天，我一整天都漫游在峡谷之中。我伫立在阿维农河的源头。这条河发源于一个大冰川。这冰川从群山之巅徐徐而下，在峡谷里形成一条冰河。崇山峻岭矗立在我的面前，而由冰川形成的冰墙高悬于我的头顶之上。几棵倒伏的松树零星散落在四周。雄浑壮观的大自然威严肃穆，唯独听见波涛拍岸、巨石坠落，或是冰川崩落时的巨响，以及回荡在山谷之间的冰川断裂的声音。亘古不变的自然法则悄无声息地撕扯着千年冰层，使之不时断裂，仿佛那冰层只是这些法则手中的一件玩偶。这一派壮丽雄伟的景色给了我莫大的安慰，让我摆脱了内心的卑微，让我的精神境界得到了升华。虽然我心中的忧伤尚未完全消除，但还是有所缓解，我的心情也渐渐平静。在某种程度上，山中的美景也转移了我的注意力，让我暂时摆脱了郁积心头一月之久的万千思绪。夜晚，我安然入眠；白天所看到的那些雄伟迤逦的景致仿佛守候着我、侍奉着我酣然入梦。那白雪皑皑、圣洁无瑕的雪峰，那光芒四射、高耸入云的山顶，那郁郁葱葱的松林，那崎岖荒芜的沟壑，还有那在云端盘旋翱翔的雄鹰——这一切都齐聚于我的梦境，嘱咐我安然入眠。

翌日清晨，当我从睡梦中醒来时，这一切都遁于无形。心旷神怡的美景已随梦而逝，阴郁悲怆又重新笼罩心头。屋外大雨瓢泼，群山浓雾缭绕，甚至连这些威武雄壮的老朋友的面容也看不清了。然而，我依然要拨开迷雾，去那云遮雾罩之处追寻它们的踪影。狂风暴雨对我来说又算得了什么？骡子已被牵出门外，于是，我下定决心，登上蒙坦弗特山巅。我初次见到这座山时，那浩浩荡荡、奔腾不息的冰河在我心中留下的印象至今仍记忆犹新。当时我欣喜若狂，我的灵魂仿佛生出双翼，从昏暗混沌的世界飞向光明与欢乐。大自然中雄浑庄严的景观的确总是让我肃然起敬，让我忘却昔日的忧愁与烦恼。我决计不要向导，只身前往，因为登山的路线我颇为熟悉，如若与他人同行，势必会破坏那一带宁静寂寥的山色美景。

山势虽然陡峭，但沿着开凿出来的蜿蜒小道，还是能登上那险峰绝壁。山顶之上满眼荒凉萧瑟。冬日雪崩后留下来的碎冰残雪随处可见；满地都是倒塌断裂的树木，有些树已被齐根砸断，有些则被压弯了，斜倚在突起的山岩上，或是横搭在其他树上。如果继续往上爬，山路时常被积雪覆盖的沟沟壑壑所阻断，山上的岩石还不时顺着这些雪沟滚落下来。其中一种山石异常危险，只消一丁点儿动静，哪怕是说话声大一点，也会引起空气的震荡而足以给说话人带来灭顶之灾。山上的松树长得并不高大，也不那么枝繁叶茂，但黑压压的一片，给这里的景致平添了几分庄严肃穆。我俯视着脚下的峡谷，只见茫茫雾霭从流经峡谷的河面上袅袅升起，在对面的群山上盘旋缭绕。群山之巅淹没在浩瀚的云海之中，而倾盆大雨则从黑沉沉的天空中泼洒下来，使得周围的景致更让人抑郁感伤。唉，人为什么要吹嘘自己比野性动物具有更高级的情感呢？这反而使人类成了更多地受制于外界事物的动物。如果我们的冲动仅仅来自饥饿、口渴以及情欲，那我们几乎可以不受外界事物的制约而获得自由。然而现在，哪怕是刮起的一阵风，或是偶尔说的一句话，或是这句话所表达的意境都会让我心潮涌动，无法平静。

我们休憩，噩梦戕毒酣眠；
我们起身，幽思玷污青冥。
我们感受，我们思索，我们领悟；我们哭过，亦曾笑过，
我们时而感伤满怀，时而烦恼抛开，
万物皆亦然——只因，悲喜哀愁，
归去行踪自始畅通，
人之昨日有别明朝，
亘古不变，唯有无常。

大约正午时分，我登上了山顶。我在一块岩石上稍坐了片刻，俯视冰川，只见冰川及其周围的群山被茫茫雾霭所笼罩。不一会儿，一阵微风吹来，霎时云消雾散。于是，我走下山，来到冰川上。冰川的表面并不平整，高处有如波涛汹涌的海面掀起巨浪，低

处则较为舒缓，上面还散布着许多深不可测的裂缝。这一大片冰川虽仅有差不多三英里宽，我却花了将近两个钟头才横穿过去。对面石峰峥嵘，峭壁林立，终年寸草不生。从我站的这边望去，正对面三英里处便是蒙坦弗特山，而巍然屹立于蒙坦弗特山之上的便是那座令人心生敬畏的勃朗峰了。我伫立在这座石山的一个沉凹处，凝望这片令人叹为观止的奇妙景色。这片海洋，或是更确切地说，这条巨大的冰河，在与它毗邻的群山中蜿蜒迂回，而直插云霄的群山峰顶则俯瞰着冰河的低洼凹陷。冰雪覆盖的群峰之顶在云端阳光的照耀下熠熠生辉。我原本忧伤满怀，而此刻心中却满是欣喜。我放声高呼："游荡的神灵啊，如果你们真的四处游荡，而不在你们那狭窄的卧榻上酣眠，请赐予我些许快乐吧！否则就干脆带上我与你们同行，让我彻底远离生活的所有快乐吧！"

话音未落，我突然发现离我不远处有个身影正以超乎常人的速度朝我奔来。刚才我走过冰川时，对那些随处散布的裂缝小心翼翼，慎之又慎，而他却如履平地，毫无顾忌，遇到裂缝，一跃而过。待他走近时，我发现他的身形似乎也异乎寻常。我心中顿时感到忐忑不安，眼前一片模糊，感觉头晕目眩；幸好这时山间掠过一阵寒风，我才很快恢复清醒。那身影越走越近，我这才看清了，这家伙（五大三粗，面目狰狞！）正是我亲手造出来的那个恶魔。我又恼又怕，浑身发抖，决计等他走到跟前时猛扑上去，与他做殊死搏斗。他走了过来，只见他表情显得有些凄楚痛苦，其中还夹杂着一丝轻蔑、一丝敌意，而那副奇丑无比的模样着实吓人，简直让人不忍目睹。然而我根本无心仔细打量他。一开始，由于怒火中烧，复仇心切，我一时气得说不出话来，可等我情绪恢复之后，便把满腔的愤怒与鄙夷化成犀利的言辞，高亢激昂，一下子将他给震慑住了。

“恶魔！”我大声喝道，“你居然敢靠近我？难道你就不怕我用有力的手臂一把揪住你那无耻的脑袋来报仇雪恨吗？滚开，卑鄙无耻的东西！要不，你就给我站住，看我把你踩个稀巴烂！哦！但愿我能消灭你这个恶魔，让那些被你残酷杀害的无辜生灵死而复生！”

“我早就料到你会如此待我，”那恶魔说道，“人人都恨卑鄙小人，可我是芸芸众生中最为不幸的人，为何还要遭世人痛恨！而你，我的主人，也憎恨我，把我一脚踹开，我可是你创造出来的，你我休戚相关，紧密相连，除非我俩中有一人毁灭，否则，我们之间不可能就此了断。你还敢蓄意杀我，拿人命当儿戏？如果你履行对我的义务，我也会对你以及其他人尽到义务。如果你答应我的条件，我就会让你们大家都平安无事；如果你拒不答应，我就让死神大饱口福，直到它将你其余亲朋好友的鲜血吸干喝尽、心满意足为止。”

“可恶的魔鬼！你这恶贯满盈的妖魔！你罪孽深重，就算是将你打入地狱，施以酷刑，也太轻饶了你。凶残歹毒的恶魔！你刚才指责我创造了你，那好，你给我过来，让我亲手将自己贸然赋予你的生命火花就此熄灭吧。”

我怒不可遏，一心想着将对手置于死地，拼了命似的向他猛扑过去。

他轻轻一闪，便躲过了我，随后说道：“冷静点！你先别急着将满腔怨恨发泄在我的头上，我对你可是忠心耿耿。且听我说，难道我受的苦难还不够，还要你再来平添我的痛苦？虽然生命只意味着痛苦的日积月累，可对我来说它毕竟是宝贵的，我一定会捍卫我的生命。请你记住，是你赋予了我力量，让我比你更加强大。我身材比你高大，身手比你矫健，可我并不想与你为敌。我是你创造出来的，如果你肯尽自己的义务，偿还你对我的情义，我甚至愿意对我理所应当的君主和颜悦色，俯首称臣。哦，弗兰肯斯坦，别老是对别人平等相待，唯独对我肆意践踏；你是最应该公平待我的人，你甚至应该对我宽厚仁慈，充满爱心。别忘了，我是你创造出来的，理应是你的‘亚当’，可事与愿违，我却成了被贬谪下凡的天使，平白无故地被你逐出天国的乐园。我所到之处，都能看到幸福美好，可单单是我永远与幸福无缘。我以前也曾是仁慈善良的，只是因为不幸的遭遇才让我变得凶残暴戾。给我幸福吧，我会重新变得心地善良的。”

“滚开！我不想听你鬼话连篇。你我之间毫无共同之处，你我是不共戴天的冤家对头。滚开，否则就让我们一决高下，拼个你死我活！”

“我怎样才能打动你的心呢？我恳求你大发慈悲，善待于我，难道你对我的苦苦哀求无动于衷，不愿向你所造之物投来同情的目光？相信我，弗兰肯斯坦，我原本是仁慈善良的，我的灵魂也曾闪耀着爱心与人性的光辉，可现在，我还不是孤苦伶仃，无依无靠？

而你，创造我的人，连你都尚且憎恨我，那我还能从你的同类中得到什么希望呢？他们根本不欠我什么，只是痛恨我，排斥我。萧瑟冷寂的群山和渺无人迹的冰川就是我的栖身之所。我在这里已游荡多日，我唯一不心存恐惧的冰窟便成了我的避难所，而人类唯一愿意施舍于我的也就是这冰窟了。我常向空旷悲凉的苍穹欢呼致意，因为它比你的同类更为和善。如果芸芸众生知道我的藏身所在，他们就会和你一样对付我，拿起武器，置我于死地。对于痛恨我的人，难道我不应该报之以仇恨吗？我决不会和我的仇家握手言和，我备受痛苦的煎熬，我也要他们尝一尝痛苦的滋味。但是，你有能力对我的不幸遭遇予以补偿，从而将他们从你一手铸成的弥天大祸中拯救出来，否则，不仅你和你的家庭，而且其他成千上万的人都会被这场怒海惊涛所掀起的狂风旋涡所吞噬。你就动动恻隐之心吧，不要厌弃我。你听一听我的经历，等你听完之后再做判断：我究竟应该被你唾弃，还是应该得到你的怜悯。但是，你得先听我说完。即便是血债累累的罪犯，在给他们定罪之前，人类的法律尚且准许他们为自己进行辩护吧。听我说，弗兰肯斯坦，你指责我杀了人，可你呢，也想毁了你的创造物，好让你心安理得。哦！歌颂人类永恒的正义吧！当然，我并不是求你饶恕我，请你先听我申辩，然后，如果你执意要杀我，又有能耐杀得了我，那你就把自己一手创造的成果毁了吧。”

我回答说：“为什么你要唤起我那令人不寒而栗、不堪回首的往事？而那件事的始作俑者、罪魁祸首便是我。可恶的魔鬼，我诅咒你睁开眼睛，见到光明的那个日子！诅咒（虽然我是在诅咒自己）我这该死的双手竟将你造了出来！你把我折磨得苦不堪言，让我无从判断待你公平与否。滚开！不要让我再看到你那可憎的模样。”

“既然如此，我生命的缔造者，我这就不让你看到我。”说着，他伸出那双令人憎恶的手蒙住我的眼睛，我奋力将他的手掰开。“我这么做是为了不让你看到你所痛恨的人儿，却能听到他所说的事情，进而对他予以同情。凭我以前所具有的操守品德，我求求你赐予我些许同情吧，听听我的经历吧，我的故事曲折离奇，一言难尽。这个地方的气温对你文弱的身体不太适合，还是到山上的那间茅舍去吧。太阳这会儿还高挂在天空，等太阳落山，隐藏在那边冰雪覆盖的悬崖峭壁后面，照亮另一个世界之前，你就听完我的故事了，那时你就可以做出决断了。是让我永远离开人类，去过一种不危害人类的生活，还是变成你们人类的祸害，成为加速你自取灭亡的元凶，这一切全由你来决定。”

他一边说着，一边在前面领路，穿越冰川。我跟在他身后，心里堵得慌，没有理睬他。我边走边想，掂量着他提出的种种理由，决定至少先听他讲完自己的经历。出于对他的同情，同时也是好奇心的驱使，我才决定这么做的。时至今日，我一直认为他就是谋害我弟弟的凶手，而我也急切地想证实或推翻这一看法。同时，我也是第一次感到，一个创造者对他的创造物应该肩负起怎样的责任，我应该首先让他幸福快乐，然后才能指责他的斑斑劣迹。这些想法促使我同意了他的要求。于是，我们穿过冰河，爬上了对面的石山。寒风瑟瑟，雨又开始下了起来。我们走进那间茅舍，这恶魔欣喜若狂，而我却心情沉重，神情沮丧。不过，我已同意听这丑八怪讲故事，便在他早已生好的火堆旁坐了下来。于是，他便将他的经历娓娓道来。

恶魔向维克托·弗兰肯斯坦诉说其弃善从恶

第十一章

“我费了好大劲儿才回想起自己生命之初的情形。在那段时间里发生的一切都显得那么纷繁复杂，朦胧模糊。各种各样新奇的感觉一并向我袭来，一时间我既能看又能摸，既能听又能嗅了。说实话，学会区分各种感官的功能让我折腾了好长一段时间。我还依稀记得，当时一种较强的亮光直刺我的视神经，让我不得不闭上眼睛。随即黑暗将我包围，我不禁心慌意乱。可我刚有这种感觉，那阵亮光又重新倾泻到了我的身上；现在想来是我又一次睁开眼睛的缘故。于是我迈开脚步，我想，当时是往下走的。没过多久，我又发现自己的感觉起了很大变化。以前，我的四周全是些黑洞洞、没光亮的东西，摸不着，也看不见；而现在，我觉得自己可以行走自如，躲闪任何障碍物了。那亮光对我神经的刺激越来越厉害，而且当时天气非常炎热，我走着走着，感到疲惫不堪，于是我找了个地方歇凉。那是因格尔施塔特附近的森林。我在林中的一条小溪边躺下休息，解解乏，直至饥肠辘辘，口干舌燥，这才从迷糊中清醒过来。我找来一些挂在枝头或落在地上的浆果充饥，又到小溪边饮水解渴，接着就倒在地上呼呼睡去。

“等我一觉醒来，天空已是一片漆黑。这时，我感觉四周凉飕飕的。也许是出于本能吧，我发现自己孤零零的，心中难免惊恐不安。我离开你的住所时，感觉有些冷，便拿了几件衣服蔽体御寒，但单凭这几件衣服无法抵御夜晚的寒露。我是个两手空空、无依无靠的可怜虫，我什么都不知道，什么也分辨不清，只感觉浑身上下疼痛难忍。于是，我坐在地上，痛哭起来。

“没过多久，一抹柔和的亮光悄悄地在空中闪现，让我心头顿感欣慰。我跳起身来，看见一轮光环[①]从林中徐徐升起，我带着几分好奇，目不转睛地望着它。只见它缓缓移动，照亮了我前面的小路。于是，我又四处去寻找浆果。我依然感到寒冷难耐。就在这时，我在一棵树下找到了一件大斗篷，我便将它裹在身上，然后坐在地上。我脑子里乱作一团，没有什么明确的想法。我感觉到了光亮、饥饿、口渴和黑暗，数不清的声音在我耳边响起，各种气味从四面八方钻入我的鼻孔。我唯一能辨认出的东西便是那轮皎洁的月亮。我定睛凝望，心中满是欢喜。

“昼夜更替，一连好几天过去了，夜间升起的那个球体明显变小了。到这时，我开始能分得清各种感觉了。渐渐地，我看清了那条供我饮水的清澈小溪，看清了那些以其繁茂枝叶为我遮阴蔽日的树木。当我第一次发现我耳中常常听到的一种悦耳动听的声音来自一

① 指月亮。——原注

种长着翅膀、在我眼前时常飞舞的小动物的喉咙时，我心中充满了喜悦。同时，我也开始能够更加准确地观察周围各种物体的形状，能够看清我头顶上方那硕大闪光的天篷的边际。有时，我试着模仿鸟儿那婉转清脆的歌喉，可总是学不像。有时，我想以自己的方式表达内心的各种感受，可我发出的声音却沙哑刺耳，含混不清，吓得我再也不敢出声了。

“月亮从夜空中消失，接着又再次出现，不过形状已变小了；而我，这段时间始终待在林子里。到这时，我的各种感觉已逐渐变得清晰，头脑里接受的新事物也与日俱增。我的眼睛已经适应了亮光，并且能够看清各种物体的真实面目；我不但能将昆虫与草木区分开来，就连各种草木之间，我也能逐渐分辨清了。我发现麻雀只能发出刺耳的声音，而画眉和黑鹂的歌声却甜美动人。

“有一天，我正为寒冷所迫，就在此时，我发现了一堆篝火，那是些四处流浪的乞丐留下来的。这堆火给我带来了温暖，让我喜不自胜。我一时兴起，将手伸进尚有余火的灰烬中，结果疼得我大叫一声，赶紧将手抽了回来。我心想，真是不可思议，一模一样的东西竟能产生截然不同的结果！我仔细察看了火堆，不禁喜上心头，原来里面燃烧着的全是些树枝木头。我立即找来一些树枝，可这些树枝全是潮湿的，根本燃烧不着。我心里很是苦闷，只好静静地坐在那儿，目不转睛地盯着火堆，看它是怎样燃烧的。我放在火堆上的潮湿树枝被热气烘烤干，也燃烧了起来。我仔细琢磨其中的奥秘，摸了摸这些柴火，这才恍然大悟。我即刻站起来，收集了一大堆树枝木柴，将它们烘干之后，我就有足够的柴火御寒了。夜幕降临，我也准备歇息了，可我心里还是放心不下，生怕火堆会熄灭。因此，我小心翼翼地将干柴枯叶盖在火堆上，然后又铺了一层潮湿的树枝。我把那件大斗篷往地上一摊，躺在上面，沉沉睡去。

“一觉醒来已是大清早了。我首先想到的便是去看看那堆篝火。我拨开表面的树枝，微风一吹，火苗很快蹿了出来。见此情景，我便用树枝做了把扇子，扇起火来。那些即将熄灭的灰烬经我一扇，又重新燃烧起来。当夜晚再次来临时，我惊喜地发现，火不仅产生热量，而且发出光亮。此外，火的发现对我的饮食也大有裨益。我发现游客吃剩的一些食物都曾被烧烤过，味道比我从树上采来的浆果好多了。于是，我也学着他们的做法，将食物放在余火未尽的灰烬上烧烤。结果，我发现浆果烧烤之后就给糟蹋了，而坚果和块茎类的食物倒是好吃了很多。

“然而，食物是一天比一天少了；我常常整天四处搜寻，想找几粒橡果充饥，结果也往往是无功而返。见此窘境，我决定离开这个栖身之地，另找一个容易满足我目前为数不多的需求的地方落脚。然而，另寻他处，我就不得不放弃这堆篝火，我是无意间发现这堆篝火的，加之自己还不知道如何生火，因此心里自然非常不舍。我一连几个小时冥思苦想，盘算着如何解决这个难题，可最终还是没想出好办法。我只好作罢，不再去想那堆火的事了。我将那大斗篷裹在身上，穿过树林，朝日落的方向走去。我就这么一连走了三天，最后找到了那片空旷的山野之地。前一天夜里刚下了一场大雪，到处都是白茫茫一片，显得萧瑟苍凉。我的双脚踩着地面上这又湿又冷的东西，都快冻僵了。

“这时大概是早上七点钟的光景，我眼巴巴地希望能搞到点东西吃吃，找个地方歇歇。最后，我在一个高坡上发现了一间小茅屋，显而易见，它是为了方便牧羊人而搭建的。我之前还从没见过这种小茅屋，便满怀好奇地打量着它的结构。我见这茅屋的门是敞开着的，便走了进去。只见火炉旁坐着一位老人，正在炉灶边拾掇早餐。那老人听到屋子里有动静，便转过身来。他一看到我，便失声尖叫，夺门而出，一溜烟地奔到野地对面去了。真看不出他那把瘦弱不堪的老骨头，居然能跑得如此之快。他的外貌与我以前见过的任何东西都不一样，加上他如此飞奔，着实让我大为吃惊。不过，我还是被这间茅草屋给迷住了。这儿雨雪透不进来，地面是干燥的。对我来说，这真是天赐良宅，我那高兴劲儿就像地狱里的恶魔，在饱受火海的煎熬之后见到群魔殿一般。我贪婪地吞食着牧羊人仓皇而逃时撇下的早餐——面包、奶酪、牛奶和葡萄酒，可我对葡萄酒不感兴趣。吃了些东西以后，感觉倦意袭来，便躺在草堆上睡着了。

“我醒来时已是中午时分。温暖的阳光洒在白雪皑皑的原野上。禁不住阳光的诱惑，我还是决定继续前行。我找来一个皮袋子，将剩下的早餐通通倒了进去。我在旷野中一连走了好几个钟头，直至太阳落山时，来到了一座小村庄。这村子在我眼里真是妙不可言：一间间棚屋，一座座更为整洁的农舍，还有一幢幢富丽堂皇的宅子，真是让人目不暇接，艳羡不已。园子里长着的各种新鲜蔬菜以及农舍窗台上放着的牛奶、奶酪让人馋得口水直流。我走进一家最漂亮的农舍，可我脚还没迈进门，屋里的孩子们便失声尖叫起来，其中一个女人还吓得晕了过去。整个村庄都骚动起来：有的夺路而逃，有的向我发起攻击，用石块砸我，向我掷来各种利器，直打得我鼻青脸肿、遍体鳞伤。我慌忙逃到野外，战战兢兢地躲进了一间低矮的空棚屋里。看过了村里那些宫殿般的宅第后，这间棚屋就显得非常寒碜了。这间小屋紧挨着一座整洁怡人的农舍。不过，鉴于刚才那段惨痛的经历，我心有余悸，没有再敢贸然进屋。我这个栖身之所是用木头搭成的，屋子很矮，只是勉强能坐直身子而已，地上没铺木板，是泥地，不过倒也干燥；虽说这屋子满是裂缝，四面透风，但有这样的容身之地，能躲避雨雪，我已心满意足了。

"我就这样躲在了这个小棚屋里。我往地上一躺，暗自庆幸找到了一个栖身之所，不管这屋子如何简陋，它毕竟能够抵御冬日的严寒，更重要的是，能躲避人类对我的攻击。

"天刚放亮，我便从这低矮简陋的棚屋里爬了出来，想看一看隔壁的那幢农舍，也想打探清楚，看自己还能不能继续在刚找到的这个小棚屋里待下去。这间棚屋紧挨着农舍的背墙，一边与猪圈相通，周围还有一个清澈的水塘，棚屋的另一边有个出口，我昨晚就是从这儿爬进去的。为了不被别人发现，我躲在里面，用石头和木块将这个出口以及所有的缝隙通通堵上。当然，我并未将出口封死，外出时还可以将石头和木块挪开。现在，棚屋里只剩下从猪圈透过来的一线光亮，不过我已经觉得足够了。

“这样安顿好了住处之后，我又在地上铺了一层干净的茅草。这时，我看见不远处有个人影，便反身爬进棚屋，因为昨晚的遭遇我记忆犹新，我可不想落在他们手里，交由他们处置。不过，那天我已事先为自己准备好了食物—— 一条顺手搂来的粗面包，我还搞到了一只杯子，可供我饮用住处旁流过的干净水源。用杯子舀水比我用手掬水喝方便多了。地面垫高以后非常干燥，加之棚屋离农舍的烟囱很近，所以屋里面还算暖和。

“如此安排停当之后，我便决定在这间小棚屋里长住下来，除非出现什么变故，让我改变自己的决定。比起我以前栖身的树林——四周空空荡荡，雨水顺着树枝尖滴下，地面阴冷潮湿——这儿简直就是天堂。我津津有味地吃完早餐，正想挪开一块木板去舀点水喝，突然听到外面传来一阵脚步声。我从一条细小的缝隙望去，只见一个年轻女子，头上顶着一个小桶从我的棚屋前走过。这姑娘年纪轻轻，举止文雅，全然不像我以前见过的山野村民和农家仆人。可她衣着颇为朴素，仅一条蓝粗布裙子、一件亚麻布上衣。她那一头金发扎成了辫子，但是没有戴任何头饰。她看上去非常娴静，但还是流露出几分忧郁的神情。她从我的视线里走开了，但是过了大约一刻钟，她又折了回来，头上顶着只小桶，里面盛了半桶牛奶。看她走路的样子很是吃力。这时，一个年轻小伙子迎了过来。那小伙子显得更加忧郁沮丧。只听他神情黯然地说了些什么，便从那姑娘头上拿下奶桶，自己拎着朝农舍走去。姑娘跟在他后面，两人都从我眼前走了过去。不一会儿，只见那小伙子又回来了，他手里拿了些工具，穿过农舍后面的田野，朝对面走去。那姑娘屋里屋外，忙个不停。

“我仔细察看了我的住处，发现农舍的一扇窗户原先开在我这小棚屋的墙上，只是后来窗格全都被用木板给钉死了。其中一个窗格上有一条不易觉察的细小缝隙，透过这缝隙正好可以窥见屋里的一切。我从缝隙里看到，这间屋子不大，墙壁粉刷得很白，显得非常整洁，屋内没有什么家具。在屋子一角的小火炉旁边，坐着一位老人，他双手撑着脑袋，显得神情沮丧。那年轻姑娘正忙着收拾屋子。不一会儿，她从抽屉里取出一样东西，拿在手里忙活了起来。姑娘在老人身边坐下，老人顺手拿起一件乐器，开始弹奏起来。他弹奏的声音比画眉或夜莺的鸣叫还要悦耳动听。眼前这幅画面，即便在我这个以前从未见过任何美好事物的可怜虫的眼里，也是多么温馨啊！这位满头银丝、慈眉善目的老人令人肃然起敬，而这位温文尔雅的姑娘更激起了我的爱慕之情。老人又演奏了一支优雅而又哀婉的曲子，我看到他身边那个温柔的姑娘听着听着不禁潸然泪下，可老人却丝毫没有觉察到，直到姑娘呜呜地哭出声来，他才说了句什么。那可爱的姑娘放下手中的活儿，跪在老人的脚边。老人将她扶起，向她投去慈祥而饱含深情的微笑。此情此景在我心中激起了一种不同寻常的、极其强烈的感觉，一种悲喜交集的感觉，以前我无论是饥寒还是温饱，都从未体验过这种感觉。我无法忍受心头这番情感，便扭头离开了窗户。

“没过多久，那个小伙子回来了，肩上扛了一捆柴火。那姑娘到门口迎他，帮他卸下那捆木柴，拣了一些柴火走进屋去，添到炉子里面。接着，她和那年轻小伙儿走到屋子的一个角落。小伙子拿出一大块面包和一片奶酪。姑娘见了似乎非常开心，便去菜园里挖了些植物的根块，采摘了些茎叶，先放到水里，然后放在火炉上去煮。做完后，她便接着做她手中的活儿，而小伙子又去了菜园，在那儿连刨带拔，忙活了约莫一个钟头，寻找根茎之类的东西。那姑娘也来帮他干活，然后两人一起走进了屋子。

“在这期间，那位老人一直愁眉紧锁，可在他的两位亲人面前，他却假装做出一副高兴的样子。他们三人坐下来吃饭。那点饭菜很快便吃完了，姑娘又忙着拾掇屋子；老人则由小伙子搀扶着，在屋前的太阳地儿溜达了几分钟。这一老一少两个出色的生灵，相互形成鲜明的对比，而他们的和谐之美是世上任何东西都无法比拟的：一个是耄耋老人，一头银发，满脸洋溢着慈祥和关爱；一个是年轻小伙儿，身材修长，体态优雅，五官匀称，相貌堂堂，只是他的目光和神态中难掩极度的悲伤和沮丧。老人回身走进屋里，那小伙子拿了几件和上午不同的工具，朝田里走去。

“夜幕很快降临，可令我极为惊讶的是，这家农户居然还可以用蜡烛来延续光亮；而且我欣喜地发现，即便是太阳落山，也不妨碍我继续观察这户邻居，真是其乐无穷啊！晚间，那姑娘和她的同伴忙这忙那，可他们做的那些事情我都看不懂。老人又拿起那件乐器演奏起来，那乐声与我早晨听到的一样令人陶醉。老人刚演奏完，年轻小伙儿也来了一段，不过他不是演奏乐器，而是发出一连串单调的声音，既不像老人手中的乐器那样和谐，也不像鸟儿的鸣叫那样婉转。我后来才知道，他是在朗诵，可当时我还对读书识字方面的学问一窍不通。

“就这么忙活了没多长时间，他们便熄灯散去，我想他们是睡觉了。”

第十二章

“我躺在草堆上面，可怎么也睡不着，脑海中不断回想着白天所看到的事情。这些人让我印象最深的就是言谈举止温文尔雅。我渴望能够融入他们的生活，可我又不敢轻举妄动，因为前天夜里我被那帮刁蛮的村民痛打的情景依然历历在目。我打定主意，不管自己将来采取什么行动，就目前来说，我还是老老实实地待在这个小棚屋里，仔细观察，尽量弄清楚是什么样的念想在左右着他们的一举一动。

“第二天早晨太阳还没升起来，这户人家就早早起床了。那姑娘忙着收拾屋子，准备早饭。小伙子一吃完早饭便出门下地干活了。

“这一天的情形与前一天没什么两样，他们还是在忙活那些日常事务。小伙子总是外出干活，而姑娘则在家里忙这忙那，一刻也不得闲。至于那位老人——我很快便发现，他已经双目失明——闲居在家，平日里不是摆弄乐器，就是良久沉思。而那两个年轻人对这位德高望重的老者所怀有的敬仰爱戴世所罕见。他们对老人尽心尽责，体贴入微，而老人总是对他们报以慈祥的微笑。

“他们并不十分快乐。那年轻小伙儿和他的同伴常常躲得远远的，暗地里哭泣流泪。尽管我看不出他为什么如此悲伤，不过还是被他们的不幸深深触动。如果这么可爱的人也都如此凄惨可怜，那么，像我这样一个孤魂野鬼，有所不幸也就不足为奇了。可是，为什么这些温柔善良的人也会有悲伤呢？他们拥有一幢挺漂亮的房子——在我看来是这样，而且非常豪华——冷了，他们有火炉取暖；饿了，又有美味可口的食物；他们穿的衣服也挺漂亮。更令人羡慕的是，他们可以朝夕相伴，相互交谈，每天都可以温情脉脉地用眼神相互交流。可是，他们的泪水又意味着什么？是不是真的意味着痛苦？一开始，我无法找出这些问题的答案，然而，随着时间的流逝，加之我的持久留意，一些起初令人费解的事情也终究弄明白了。

“过了很长一段时间，我才搞清楚这户幸福和睦的人家之所以会愁云笼罩，原因之一便是贫困。他们深受贫困的煎熬，让人深感痛心。他们赖以为生的食物仅有自家园子里种的蔬菜，自家养的一头奶牛每天产的牛奶。冬天的时候，由于主人弄不到多少饲料，这头牛产的奶就少得可怜。我想他们经常要忍饥挨饿，那两个年轻人尤为如此。有好几次，他们将食物通通放到老人面前，给自己一点儿都没有留。

“他们的孝心让我深受感动。我以前常趁夜深人静之际偷拿他们仅存的丁点儿食物供自己享用，然而，当我意识到自己的行为会给这家人平添痛苦时，我便不再这么干了，而是去附近的树林里采集野果、坚果和根块之类的东西来充饥果腹。

“此外，我还另想别的法子来帮他们干活。我发现那小伙子每天都要花上很多时间上山砍柴，以供家中烧饭取暖之需。于是，我时常在夜里拿上他砍柴的工具——我很快便学会了使用这些工具——给他们砍回好多柴火，足够用上好几天。

“我还记得第一次这么干时的情景：那天早晨，姑娘刚打开门，发现门外面放着一大堆柴火，不禁大吃一惊。只听她大声喊些什么，那小伙子赶紧跑了过来，他也感到十分惊奇。我欣慰地看到小伙子那天没再去林子里砍柴，而是将一整天时间用来修葺房屋、耕作菜园。

“渐渐地，我又有了一个更为重要的发现——我发现这家人是通过发出各种声音来交流他们的经历和感情的。我发现他们说的话，时而给听者带来欢乐，时而又带来痛苦；时而让听者笑逐颜开，时而又黯然神伤。这门学问可真神，我热切盼望自己也能学会它。可是，我绞尽脑汁、费尽周折也无济于事。他们吐字太快，所说的词语和眼前的实物又没什么联系，弄得我晕头转向，毫无头绪，根本没法理解他们那神秘莫测的谈话内容。然而，通过勤学苦练，在月亮的几次阴晴圆缺之后，我终于弄清了他们谈话中一些最普通的事物的名称。我学会了‘火’‘牛奶’‘面包’和‘木柴’等词语的发音，而且还能运用自如。我还学会了这家人的名字。小伙子和姑娘各有好几个称呼，不过那老人的称呼却只有一个——父亲。姑娘被称为‘妹妹’或‘阿加莎’，而小伙子则被称为‘费利克斯’‘哥哥’或‘儿子’。当我学会了每一个字音所表达的意思，而且自己也会发这些字音时，我心里真有种说不出的高兴。我还学会区分其他一些词的发音，可我还是没有明白它们的意思，也不会使用它们，比如‘好’‘最亲爱的’‘不幸’等等。

“我就这样度过了这个冬天。这户人家文雅的举止、俊美的外表让我深深地喜欢上了他们。每当他们闷闷不乐时，我也感到神情沮丧；而当他们兴高采烈时，我也感到欢欣鼓舞。除了他们之外，我没怎么见过别的什么人，即便有谁偶尔到他们家来，这些人举手投足粗俗鲁莽，更显得我这几位朋友温文尔雅、超凡脱俗。我看得出来，老人总是千方百计地开解自己的儿女，有时我发现他把孩子们叫到身边，劝导他们驱走心头的忧郁哀愁。老人说话时语气显得轻松愉快，而那和颜悦色的神情甚至连我也变得心情舒畅起来。阿加莎恭恭敬敬地听老人说话，有时眼里噙满了泪花，她便悄悄地将泪水拭去。不过，我发现她听了父亲的劝告之后，情绪通常会振作一些，说话的语气也会轻快一些。然而费利克斯的情形就另当别论了，他是这一家三口中最伤感的一个，就连像我这样愚钝的人都能感到他所受的痛苦比他的家人更深。不过，尽管他的神情显得十分忧伤，可他说话时的语气却比他妹妹更愉快些，尤其是当他对老人说话的时候。

“这样的例子不胜枚举，虽然都是些细微琐碎的事情，却足以说明这家人的和蔼可亲。虽然生活窘迫，缺衣少食，但是费利克斯依然兴高采烈地把从积雪覆盖的大地上钻出来的第一朵小白花摘了下来，送给妹妹。一大早，妹妹尚未起床，他便将妹妹去挤奶房时要经过的那条小路上的积雪清扫得干干净净，然后去井边打水，再从外屋取出柴火——他每次去柴棚都会惊讶不已，因为总有那么一双手暗地里帮他将柴棚堆得满满的。白天，我想他有时是去邻近的农户家帮工，因为他常常外出后直到吃晚饭时才回家，而且也没见他带柴火回来。其他的时候，费利克斯便在自家菜园里忙活。不过，眼下正值隆冬时节，园子里也没多少活可干，他便读书给老人和阿加莎听。

“起初，我对他朗诵书籍这事儿感到莫名其妙，不明白他在干什么。可是，我逐渐发现，他读书时发出的音节与他讲话时发出的许多音节完全一样。因此，我猜想他准是在纸上找到了他能理解的语言符号。我怀着急切的心情希望自己也能弄懂这些符号。可我连这些符号所表示的音节都不懂，又怎么可能学会这些符号呢？然而，我在学习语言方面还是取得了明显的进步。尽管我所取得的进步还不足以让自己理解所有谈话的内容，但我仍全身心地投入语言学习之中。我心里非常清楚，尽管我急切地希望能结识这户人家，但是在掌握他们的语言之前，我不能有任何的轻举妄动；只有我自己具备了语言方面的知识，他们才有可能不那么介意我那畸形丑陋的外表。他们仪表堂堂，而我却丑模丑样，这种天渊之别在我眼前挥之不去，对此，我有自知之明。

“这一家人的外形真是完美无瑕，令人钦慕艳羡——他们举止优雅，长相标致，皮肤细腻；然而，当我在清澈的池塘中看到自己的模样时，我竟吓得魂不附体！我先是惊得直往后退，简直不敢相信那水中倒映着的竟会是我，而当我完全相信，实际上自始至今我都是一个奇丑无比的怪物时，我真感到万念俱灰、羞愧至极。唉！可我当时并未完全意识到，自己这副令人厌恶的丑陋模样竟会给我带来致命的打击。

“天气越来越暖和了，白天渐渐变长，冰雪也融化了，光秃秃的树枝和黑黝黝的土地又显露了出来。从这以后，费利克斯变得更加忙碌，而原先那种不期而至的、让人痛心不已的忍饥挨饿的迹象也不见了踪影。我后来发现，他们的食物很充裕，虽然粗糙些，但还算益于健康。他们又整治了菜园，园子里齐刷刷地长出了好几种新的蔬菜。随着季节的更迭，他们的境遇也日渐好转。

“只要天不下雨，那位老人每天中午都由儿子搀扶着到外面走走；不过我发现，每逢下雨，老人便取消日常散步这一活动。春季时常下雨，但一阵强风刮过，大地很快就变干了。天气变得越来越舒适宜人了。

“我在小棚屋里的生活依然如故。我每天上午都要来观察这家人的各种举动，而当他们分头各自忙碌的时候，我便倒头大睡。白天剩下的时间，我也都用来观察我这几位朋友。到了晚上，等夜深人静的时候，如果是皓月当空，或者是繁星满天，我便去林子里为自己弄点吃的，同时也为这家人砍些柴火。回来时，凡有必要，我都会将他们行经路上的积雪打扫得干干净净，而费利克斯平时干的那些活，只要我瞧见过，我都帮着去干。后来我发现，我干的这些活，神不知鬼不觉的，着实让他们吃惊不小。有一两次，遇到这种情形时，他们便惊呼：‘慈悲的神啊，真是太神奇了！’不过，我那时还搞不懂这些字眼的含义。

“这时，我的思想比以往变得更为活跃起来，我很想弄清楚这些可爱的人的行为动机和感情世界。我很好奇费利克斯为什么会如此痛苦，而阿加莎又为什么会如此神伤。我心想（可怜的蠢货），也许我有能力让这些理应享有幸福的人重新获得幸福。每当我睡觉或走开时，这一家人的形象——双目失明、令人敬重的父亲，温柔善良的阿加莎，还有出类拔萃的费利克斯——便一一浮现在我的眼前。我对他们奉若神灵，把他们看作是我未来命运的主宰者。我在自己的脑海里构想出无数画面，想象自己如何出现在他们面前，而他们又如何接纳自己。在我的想象中，他们一开始肯定会讨厌我，可我会以自己温文尔雅的举止、引人同情的言辞先博得他们的好感，再赢得他们的怜爱。

“这些想法让我精神大振，激励着我孜孜不倦地去掌握语言这门艺术。说真的，我的发声器官的确非常粗糙，但还算灵活；虽然我发出的声音不如他们的语调那样柔和婉转、悦耳动听，但是，只要是我理解的词，我都能比较轻松地发出音来。就像《毛驴和小狗》这则寓言故事中那头性情温顺的毛驴，虽然举止鲁莽一些，但毕竟出于一片好心，理应受到更好的待遇，而不应该遭到痛打嫌弃。

“春日里和风细雨，大地万象更新，焕发出崭新的姿容。冬日里似乎钻进地洞、蛰伏不出的人们，这时都纷纷走出家门，到田间地头各展所长，耕耘播种。鸟儿的歌声更加欢快动听了，枝头也开始绽出了新芽嫩叶。欢乐幸福的大地啊！你是众神托迹安身的理想之地，然而不久以前，你还是如此凄凉，如此湿冷，如此污秽。大自然迷人的景色让我精神振奋，往事已从我的记忆中消逝，眼前的一切都是那样宁静安详，而残存的一线希望和对欢乐的心驰神往则让我的未来变得熠熠生辉。”

第十三章

“现在，我迫不及待地想把我这个故事里面更为扣人心弦的一段向你讲一讲。我要说的几件事情都曾给我留下深刻烙印，都曾让我心潮汹涌澎湃，让原来的我一跃变成如今的我。

“春天来得真快，天气晴朗，万里无云，我惊喜地发现，过去萧瑟荒凉的大地眼下已是草木郁郁葱葱，百花处处盛开。花香四溢，沁人心脾，春色美景让人目不暇接，让人神清气爽、心旷神怡。

“有一天，这一家人停下手头的活儿歇息片刻;老人弹起了吉他，孩子们在一旁听着。这时，我发现费利克斯神情痛苦，难以言表。他时不时地长吁短叹，父亲听到后，一度停顿了下来，不再弹琴，从老人的举动来猜他好像是在询问儿子为什么如此悲伤。费利克斯回答时装出轻松愉快的语气，老人便又继续弹起吉他来。这时传来了敲门声。

“来人是位姑娘，骑在马背上，身旁还有一个本地农人做向导。这姑娘身着黑色上衣，脸上罩着厚厚的黑色面纱。阿加莎问她找谁，这陌生姑娘用甜美的声音报出了费利克斯的名字。这姑娘说话的声音有如天籁，悦耳动听，可她的发音却与我这几位朋友都不一样。听到姑娘道出自己的名字，费利克斯连忙迎上前去。姑娘一见他过来，便立刻揭去面纱。出现在我眼前的是一张神采奕奕、美若天仙的脸庞。她一头黑发光泽照人，编成了非常奇特的辫子；一双扑闪扑闪的黑眼睛顾盼生姿，柔情似水，却又透着灵气；她身材匀称，皮肤白皙，面色红润，显得妩媚动人。

“费利克斯见到她之后大喜过望，满脸忧愁顿时烟消云散，立时显得容光焕发。他怎能骤然之间变得如此高兴，真是让人难以置信。他双目锃亮，满面光彩，喜气洋洋。在我眼里，此刻的费利克斯与那陌生姑娘一样俊美。姑娘此时似乎百感交集，那双迷人的眼睛已噙满泪花，她拭去泪水，将手伸向费利克斯。费利克斯热情地吻着姑娘的手，称她为他可爱的阿拉伯人——我听他是这么称呼她的。姑娘似乎有些不解其意，可还是冲着他莞尔一笑。费利克斯将姑娘扶下马，打发了那位向导，然后将她领进屋去。他与父亲交谈了一阵之后，那位年轻的陌生姑娘便扑倒在老人的脚下。姑娘正准备要亲吻老人的手，老人已将她扶了起来，充满爱怜地拥抱了她。

“我很快发现，虽然这位陌生姑娘吐字清晰，但似乎是在使用她自己民族的语言，这家人听不懂她的话，而她也不懂这家人在说什么。他们互相打了很多手势，我都看不明白，然而我注意到，她的到来让整个农舍洋溢着欢声笑语，如同阳光驱散晨雾一样，消除了他们心中的忧伤哀愁。费利克斯似乎分外高兴，眉开眼笑地欢迎他的阿拉伯姑娘。阿加莎，永远是那样温文尔雅的阿加莎，亲吻着这位可爱的陌生姑娘的双手，并用手指了指她的哥哥，比画了一阵，我看她那意思是说，费利克斯一直都愁眉苦脸，直到姑娘到来，才笑逐颜开。几个小时就这样过去了，他们个个笑容满面。至于其中的缘由，我就不得而知了。不久，我发现那陌生姑娘跟着他们反复发出一些字音，原来她正努力学习他们的语言。这时，我脑子灵机一动——我何不趁着他们教这个姑娘的时候，一并跟他们学呢？第一次上课时，这陌生姑娘大约学了二十个生词，其中大多数是我以前就会的，不过我也有所收获，学到了几个新词语。

“夜幕降临之后，阿加莎和这位阿拉伯姑娘便早早去休息了。分手之前，费利克斯亲吻了陌生姑娘的手，并且说道：‘晚安，可爱的萨菲。’他自己迟迟不睡，与父亲交谈了好久。我听他们一再提到那姑娘的名字，猜想他们谈话的内容便是这位可爱的女客人。我很想听懂他们在谈些什么，可是使尽了浑身解数也依然无济于事。

“第二天一早，费利克斯便出门干活了；在阿加莎忙完了平日里的那些家务之后，那阿拉伯姑娘便在老人脚边坐下，拿起他的吉他，弹奏了几首优美动听、令人陶醉的乐曲。她的琴声让我顿时悲喜交集，泪如泉涌。姑娘又唱起歌来，那歌声抑扬顿挫，如行云流水，时而高亢激昂，时而婉转轻柔，宛如林间的夜莺在呖呖吟唱。

“姑娘唱完之后便将吉他递给阿加莎。阿加莎起初推辞了一番，不过后来还是弹了一支简单的曲子，同时以她自己甜美的嗓音和着吉他声唱了起来。不过，她弹唱的曲子与那陌生姑娘唱的曲子韵味不同。老人看上去十分欣喜，他嘴里面说了几句什么，阿加莎尽力给萨菲解释，看那情形，老人似乎在说，萨菲的弹唱给他带来了极大的欢乐。

“日子还像以前那样静静流逝，唯一的变化是，我这几位朋友已不再满面愁容，取而代之的是笑逐颜开。萨菲总是那样幸福快乐。她和我在语言学习方面都进步很快，仅两个月时间，我已能大致听懂我这些保护者的言谈话语了。

“在此期间，黑黝黝的大地披上了绿装，青草茵茵的河堤上缀满了鲜花，真是赏心悦目，沁人心脾。太阳越来越暖和，到了夜里，清风徐徐，芬芳四溢，林中月色溶溶，惨淡的星光依稀可见。夜间漫步是我的一大乐事，不过由于白昼变长黑夜变短，我夜间漫步的时间已大大缩短。我从不敢白天外出，生怕再像第一次进村时那样遭人毒打。

“白天的时间我都用来仔细观察，以便尽快掌握那门语言。我可以毫不夸张地说，我比那阿拉伯姑娘进步要快。她懂得不多，说起话来断断续续，而我几乎能听懂并模仿我所听到的每一个词语。

“在我提高口头语言表达能力的同时，趁着他们教这位陌生姑娘认字，我还学会了识字。掌握了识字的本领让我眼前呈现出一片充满神奇、充满快乐的广阔天地。

“费利克斯教萨菲学认字选用的书是沃尔涅的《帝国的灭亡》。要不是费利克斯一边朗读这本书，一边对其内容详加解释，我是不可能理解书中的含义的。费利克斯说，他之所以选择这本书作为教材，是因为它雄辩激昂的风格很适合朗读，而这种风格是承袭了东方作家的笔调。通过这本书，我学到了一点粗浅的历史知识，了解了世界上现存的几个帝国的大致情况；它让我懂得了世界上不同国家的风俗习惯、政治制度和宗教信仰。我还了解到，亚洲人好逸恶劳，希腊人才思敏捷、天赋惊人，了解到罗马人早期的战事连连和他们令人赞颂的美好品德、他们随后的日渐衰落，以及这个强大帝国的最后消亡；我还知道了骑士团、基督教和君主国王，了解到美洲大陆的发现。当了解到美洲大陆土著居民的悲惨命运时，我和萨菲都不禁潸然泪下。

“这些闻所未闻的故事激起了我许多从未有过的感触。难道人类真的是既威武强大、善良正直、心胸豁达，又是那么阴险狠毒、卑鄙无耻？人类有时像个十恶不赦的魔王的孽种，有时却又是崇高、圣洁的象征。成为一个具有高尚情操的伟大人物似乎是每一个有识之士所能够获得的最高荣誉，而卑鄙奸诈、心狠手辣——史书中记载的许多人都是这样——则是人类最大的堕落。这类奸佞小人的处境甚至比瞎了眼的鼹鼠和不会伤人的蠕虫还要可悲。在很长一段时间里，我都百思不得其解，人类为何会去杀害自己的同胞？还有，究竟为什么要有法律和政府？然而，当我了解到种种罪恶行径和血腥屠杀的详情之后，我的疑虑不解就消除了。这些事情让人感到恶心厌恶，不愿再听下去了。

“现在，这户农家的每一次交谈都让我感到新奇。听费利克斯给阿拉伯姑娘讲解时，我对人类社会稀奇古怪的社会制度有了一些了解。我了解到了财富分配的不公，我了解到有人家财万贯，有人一贫如洗，还有等级制度、门第观念和贵族血统等。

“这些话让我转而想到自己的处境。我知道，你的同类们最看重的便是出身高贵、血统纯正以及与之息息相通的家财万贯。一个人只要具备这两条中的任何一条，便有可能受到别人的尊重；如果两条都不具备，除个别外，都会被视作是流浪汉或者奴隶，注定要枉此一生为少数上帝的选民赚钱卖命！那么，我究竟算什么呢？我是怎样被造出来的？又是被谁造出来的？对此我全然不知，而我所知道的只是，我身无分文，无亲无友，没有任何财产；我所有的，只是这副畸形丑陋、遭人厌恶的模样。我甚至连人都算不上。我比他们更为身手敏捷，可以靠比他们吃的更为粗糙的食物维持生计；我能忍受严寒酷暑，而我的身体也不会受到多大伤害；我的身材也比他们高大得多。我举目四望，从未见过，也从未听说过有谁像我这样。如此说来，我岂不是个魔鬼、一个人世间大煞风景的渣滓？一个谁见了都会逃避躲闪、矢口否认与之有任何关联的怪物！

“我无法向你描述这些想法给我心灵带来的痛苦创伤。尽管我试图摆脱这些想法，可是知道得越多，心里就越痛苦。唉，要是我永远待在当初那片林子里，除了饥渴、冷暖之外，其他什么感觉都没有，那该多好啊！

“知识这东西的本性真是奇哉怪也！一旦它紧紧地箍住了你的头颅，它就像岩石上的地衣一般黏附在你的头脑中。我有时甚至希望将自己所有的思想和情感通通抛弃，然而我知道，要摆脱痛苦，办法只有一个，那就是去死。我对这种状态尽管一无所知，但还是心生畏惧。我仰慕高尚的情操，钦慕美好的情感，羡慕这一家人温文尔雅的举止与和蔼可亲的性格；可我却被排斥在他们之外，只好在他们不曾察觉、不曾知晓的情况下偷偷观察他们。我渴望融入他们其中，成为他们中的一员，然而，我的愿望由于无法得到满足，因而变得愈发强烈。阿加莎的柔声细语，还有阿拉伯姑娘那妩媚动人的微笑都不是冲着我来的，而老人那循循善诱的规劝，费利克斯那生动风趣的谈话也不是为我而说的。太可悲了，你这不幸的可怜虫！

“上课时讲到的其他内容给我留下的印象更为深刻。我了解到性别的差异，孩子的出生和成长，了解到父亲对婴儿天真无邪的微笑以及孩子成长过程中可爱俏皮的童言稚语是如何地奉若至宝，而做母亲的又是怎样耗尽毕生的心血照料、抚养自己的孩子。我还了解到青年人如何开阔视野，增长知识，以及兄弟姐妹等各种各样的将人与人联系在一起的亲情关系。

“可是，我的亲朋好友又在哪里呢？刚来到人世时，我没有父亲的含情凝视，也没有母亲的微笑爱抚、祈祷祝福。即便他们曾经疼爱过我，我过去的全部生活也已变得混浊不清，空洞茫然，什么也无法辨认。在我最早的记忆中，我的身材就已经像现在这样高大，我从来没见过有谁长得像我这样，没听过谁声称与我曾有过什么往来。我究竟是什么呢？这个问题再次浮现在我的脑海，但是我无法回答，只能长吁短叹，痛苦呻吟。

“至于这些情感是如何发展的，以及对我产生了什么样的影响，容我待会儿再讲，现在还是让我回过头来再谈谈那户人家的情况吧。这一家子所遭遇的事情让我心中五味杂陈，时而愤怒，时而快乐，时而惊奇；不过，这种种感触最终还是让我更加热爱、更加尊敬我的这些保护者（我喜欢这样称呼他们，这或许是出于太过天真、太过单纯，或许是出于近乎感伤、自我欺骗）。”

第十四章

“过了一段时间，我逐渐了解了我这些朋友的过往经历，这些经历深深地印在了我的脑海里，因为他们所亲历的一桩桩、一件件，对我这样一个从未涉世、毫无经验的人来说，都是那么离奇曲折、扣人心弦。

“那位老人名叫德拉西，出身于法国的一个名门望族。他在法国生活多年，家境富裕，颇受达官贵人的敬重和同侪僚友的爱戴。他儿子在本国的军队里服役，阿加莎则跻身于名声最为显赫的上流淑女名媛之列。在我来到这个地方之前的几个月，他们住在一个名叫巴黎的极尽奢华的大都市。他们德才兼备，志趣高雅，加之家底殷实，因而过着宾朋满座、优裕舒适的日子。

“萨菲的父亲让他们倾家荡产。她父亲是个土耳其商人，旅居巴黎多年，后来不知因何原因，惹恼了法国政府。就在萨菲从君士坦丁堡赶来与他团聚的当天，他被政府抓了起来，投进大牢，经过审讯被判处死刑。而审讯过程中的昭然不公引起了整个巴黎社会的强烈愤慨。人们纷纷认为，宣判他死刑的真正原因并不是他所谓的罪行，而是他的宗教信仰和个人财产。

“审判时，费利克斯也恰巧在场。当他听到法庭的判决，不禁大为震惊，义愤填膺。他当即发誓，一定要解救萨菲的父亲出狱。随后，他便四处奔走，寻求营救办法。他多次想获准进入监狱，但均无功而返。后来，他发现监狱的一侧无人看守，那里有一扇安装了铁栅栏的窗户，光线由此射入，里面便是囚禁着那个不幸的伊斯兰教徒的地牢。这可怜的穆斯林戴着手铐和脚镣，正绝望地等待着这野蛮判决的执行。费利克斯趁天黑悄悄潜到铁窗下，向囚犯说明自己的来意是想营救他出狱。这土耳其人听了又惊又喜，再三许诺事成之后定当重金酬谢，想借此激起这位营救者的满腔热情。费利克斯对他的许诺毫不动心，断然拒绝，但是，当他一见到美丽动人的萨菲——她获准得以前来探视她的父亲——小伙子不禁满心欢喜，暗自思忖这囚犯手中还真有一件无价之宝，足以酬谢自己不惧艰险的营救行动。萨菲用手连连比画，向费利克斯表示了自己不胜感激的心情。

“这土耳其人一下子便看出费利克斯已对自己的女儿一见倾情，便再次许诺，只要他被营救出狱，转至安全之处，他便将女儿许配给费利克斯，以便给费利克斯吃颗定心丸。费利克斯行事谨慎，没有接受土耳其人的美意。不过，他心里却热切盼望着能与萨菲喜结良缘，幸福美满。

“在随后的几天里，费利克斯一直积极地为土耳其商人越狱逃跑做各种准备。在此期间，他收到了那位可爱的姑娘寄来的几封来信，这更让他热情满怀。这位姑娘的父亲原先有一位老仆人会讲法语，在这位仆人的帮助下，姑娘用她心上人的本国语言写了几封书信向费利克斯倾诉衷肠。姑娘在信中用最热烈的言语，对费利克斯打算营救她父亲的义举表示深切的感激，同时，她也略微流露出对自己命运不济的幽怨哀叹。

“在藏身于小棚屋的那段时间，我设法弄到了书写工具，费利克斯抑或是阿加莎经常将那几封书信捧在手中传阅诵读，因此我便趁机将信的内容记录下来。在我离开这里之前，我会把我记录下来的信件的副本交给你，它们将证明我所言不虚。但是，这会儿太阳已快要落山，时间不多了，我只能拣这几封信里的重要内容复述给你。

“据萨菲在信中说，她母亲是个信奉基督教的阿拉伯人，后来被土耳其人掳走沦为奴隶。萨菲的父亲倾心于她的美貌，便娶她为妻。年轻的萨菲谈起自己的母亲时热情洋溢，不吝赞誉，说她原本是个自由身，而现在却沦为奴隶，因此对奴隶的枷锁深恶痛绝。她常将基督教的信条传授给女儿，教育女儿努力提高思辨能力，培育独立精神——这对于穆罕默德的女信徒来说是绝对忌讳的事情。虽然这位太太已经离开了人世，但她的谆谆教诲在萨菲的心中留下了难以抹去的印记。萨菲对日后要返回土耳其深恶痛绝，决计不愿将自己禁锢在闺阁之中，仅以一些幼稚的游戏消遣自娱，因为这一切与她的性格气质、精神追求背道而驰。她现在已经习惯了接受崇高的思想和高洁的情操，她无限憧憬有朝一日能嫁给一位信奉基督教的男子，并且生活在一个女性有社会地位的国度里。

“处决土耳其人的日子已经确定，但就在行刑的前一天晚上，他越狱潜逃，等天明时已逃出巴黎城外数十英里。费利克斯曾以他父亲、妹妹和他自己的名字弄到了几本护照，并将自己的营救计划透露给了父亲。为了帮儿子瞒天过海，父亲便以外出旅行为由，与女儿一起离开了家，去巴黎的一个偏僻地方躲了起来。

“费利克斯带着这两个逃亡者，穿越半个法国到达里昂，接着又翻越切尼山，来到意大利的来亨市。这土耳其商人决定在此等待，然后再伺机逃入土耳其管辖的某个地方。

“萨菲决意在父亲离开来亨市之前的这段时间里留在父亲身边。这土耳其人再次向他的营救者保证，一定将萨菲许配给他。于是，费利克斯便留下来陪伴在这对父女左右，对娶到萨菲望眼欲穿。他与这位阿拉伯姑娘终日为伴，心里觉得美滋滋的。阿拉伯姑娘也向费利克斯展现出自己最为纯真、最为温柔的一面。他俩通过一名翻译互诉衷肠，有时则径直眉目传情。萨菲还将自己国度里最优美动听的歌曲唱给费利克斯听。

“那土耳其人表面上允许两个年轻人这么亲昵相处，甚至顺水推舟，荡起这对恋人心中的阵阵涟漪，而心底里却另打算盘。他不愿将女儿拱手嫁给一个基督徒，可如果他待他不冷不热，又生怕费利克斯怀恨在心，因为他心知肚明，他的命运依然掌握在费利克斯的手中，万一惹恼了他，这个救他出狱的人便会向他们藏身的意大利当局告发他。土耳其人绞尽脑汁，千方百计地拖延时间，继续哄骗费利克斯，待到时机成熟，便悄悄带上女儿溜之大吉。这时，从巴黎传来的消息促使他尽快实施自己的计划。

“法国政府对囚犯潜逃一事恼羞成怒，于是不遗余力地四处追查帮助案犯越狱潜逃的幕后主使，并欲对其严加惩处。费利克斯营救在押犯一事很快便被当局查得水落石出，德拉西和阿加莎双双被捕入狱。消息传至费利克斯，他才从美梦中惊醒。他那双目失明、年事已高的父亲，还有那温柔可爱的妹妹此刻正被关押在臭气熏人的地牢里，备受折磨，而他却呼吸着自由清新的空气，与自己的心上人终日厮守，柔情蜜意。一想到这些，他便心如刀绞。他立即与那土耳其人商定，如果在他返回意大利之前，这土耳其人能寻得合适的机会逃走，那萨菲便可以寄宿在来亨的一个女修道院里。安排妥当之后，他便辞别了心爱的阿拉伯姑娘，匆匆赶回巴黎，向当局投案自首，听凭法律制裁，希望此举能换来父亲德拉西和妹妹阿加莎的无罪释放。

“他的希望落空了。当局将这一家三口关押了五个月才开庭审判。结果，他们一家财产全被查抄，三人均被逐出法国，终生流放。

“他们在德国的一个地方找了一所破败不堪的农舍，暂时逃难避祸。我也就是在那儿见到他们的。费利克斯很快便发现，虽然自己和家人为那土耳其人遭受了闻所未闻的迫害，可那奸诈的土耳其人一听说自己的救命恩人落到倾家荡产、穷困潦倒的地步，便忘恩负义，恬不知耻地带着女儿离开了意大利，还侮辱人似的给费利克斯寄了点小钱，口口声声说帮他维持日后生计。

“正是这些事情让费利克斯心痛不已，所以我第一次见到他时，他是全家最苦不堪言的人。生活的贫穷他可以忍受，即便是他的义举最终给自己招来不幸，他仍然引以为豪，然而，那土耳其人忘恩负义，加之他的心上人萨菲音信全无，这才是让他更为痛心疾首、难以弥补的不幸。现在，这位阿拉伯姑娘来到了他的身边，给他的心灵注入了新的活力。

“当费利克斯被剥夺了财产、削去了爵位的消息传至来亨后，那土耳其商人便责令女儿忘掉她的心上人，打点行囊准备返回土耳其。萨菲生性耿直豁达，听到父亲的命令，怒不可遏。她本想好好规劝父亲，可父亲却大发雷霆，再三逼迫女儿遵从父命，最后两人不欢而散。

“几天以后，这土耳其人来到女儿的房间，匆忙告诉女儿，他已听到风声，而且千真万确，自己在来亨的藏身之处已被发现，当局很快便要将他引渡给法国政府。他随即租了一条船，准备回君士坦丁堡，从水路航行去那儿只需数小时。他打算将女儿托付给一位可靠的仆人照看，一旦他的大宗财产运抵来亨，她便可伺机带着财产返回土耳其。

“父亲走后，萨菲一个人思来想去，考虑如何采取更为稳妥的办法以应当务之急。她对重回土耳其深恶痛绝，因为她的宗教信仰和思想感情与土耳其这个国度格格不入。父亲有几份信件落在她的手上，翻阅这些信件之后，她获悉自己的心上人已被流放，她随即查到了他目前的栖身之所。她犹豫了一阵子，但最终还是下定了决心，带了些归自己所有的珠宝首饰和一笔钱财，又带上一名侍女离开了意大利，直奔德国。那侍女是来亨本地人，但也懂一些常用的土耳其语。

“萨菲安全抵达德国的一座小镇，那里离德拉西一家的住处有大约六十英里。然而就在此时，她的侍女身患重病。尽管萨菲尽心竭力、悉心照料，可这个可怜的姑娘还是半道夭亡了。这样一来，萨菲变得无依无靠、孤苦伶仃。她对德语一窍不通，对德国的风俗人情也一无所知。不过，她还是遇上了好心人。那位意大利侍女曾提及她俩此行的目的地，那侍女死后，她们借宿的那幢房子的女主人便将萨菲安然送到了她心上人的住处。”

第十五章

“这些就是那户可爱的一家人的遭遇，它深深地烙印在我的心里，向我展示了一幅幅社会生活的画卷，教会了我崇尚美德，鄙视人性的邪恶。

“直到那时，我一直认为为非作歹触犯法令与我毫不沾边，而仁慈善良、慷慨大方却总是浮现在我的眼前，我心灵深处有一个强烈的欲望，渴望自己能够在那些可敬可佩的善行义举不断上演的生活舞台上分饰一角。但是，在交代我心智成长的过程时，我就不得不说一说那年八月初发生的一件事情。

“一天夜里，我跟往常一样去附近的树林里采集食物，并为我的保护者们砍些柴火。我发现地上有一只皮制旅行箱，里面有几件衣服，还有几本书。我急不可耐地一把抓起这宝贝，赶紧将它带回小棚屋里。我还真是走运，这几本书所使用的语言都是我在农舍里学过的。这几本书是《失乐园》、普鲁塔克的《希腊罗马名人传》，还有《少年维特之烦恼》。得到这几本书，对我来说真是喜出望外，如获至宝。从此，每当我那些朋友忙于他们各自的日常事务的时候，我便埋头研读这几本书，借以磨砺心智。

“这几本书对我所产生的影响之大，实在是无法用语言来向你表述。它们在我的脑海里产生了无数新的形象，在我心中引发了无数新的感觉。我有时情绪高涨，感觉兴奋异常；但更多的时候却是怅然若失，陷入极度沮丧。《少年维特之烦恼》这本书不仅故事浅显易懂、情节生动感人，而且书中还详细阐述了许多观点，让我明白了许多我以前困惑不解的问题。它是我永不枯竭的思想源泉，让我永远感到惊奇欣喜。书中所描绘的甜蜜温馨、其乐融融的家庭生活，以及寓于其中的一心为他人着想的崇高思想情怀，与我的保护者们所表现出的高尚情操如出一辙，也与永远扎根于我内心的强烈渴望不谋而合。不过，我觉得维特这个人物比我所见过的或我想象中的任何人物都更不同凡响。他性格中没有半点矫揉造作，却十分犹豫消沉。不过，书中有关他死亡和自杀的论述让我百思不得其解。我不想对他的自杀妄加评述，但我还是倾向于主人公的看法。维特之死让我不禁潸然落泪，尽管我并不真正理解他为什么要自杀。

“然而，在我读这本书时，我时常会联想到我个人的感触、境遇。读着书中人物的遭遇，听着书中人物间的交谈，我发现自己与他们颇为相似，却又截然不同，让人感到十分蹊跷。我同情他们的遭遇，在一定程度上也能理解他们，但是，我的心智尚未成熟；我无依无靠，无亲无故，任我踏上归天仙游的路途，也不会有谁为我的逝去伤心难过。我的相貌丑陋无比，身材高大异常，这究竟是怎么回事儿？我是谁？我究竟是什么？我生从何处来，死又到何处去？这些问题始终萦绕在我脑海中，可我却不知道该如何回答。

“我手头的这部普鲁塔克的《希腊罗马名人传》，内容包括古代共和国的缔造者们的生平和丰功伟绩。这部著作对我所产生的影响与《少年维特之烦恼》一书大相径庭。从维特那些不切实际的幻想中，我学到的是悲伤忧郁，而普鲁塔克却教给了我豁达高远的思想，他让我从顾影自怜的状态中解脱出来，让我的精神境界得到升华，指引我崇尚、仰慕古代的英雄豪杰。书中所读到的许多事情都是我未曾经历、因而无法理解的。我对古代的王国——广袤无垠的疆域、奔腾不息的河流，以及烟波浩渺的海洋——已有一知半解，然而对繁华的都市和聚集的人群，我就一无所知了。我的保护者们所居住的那幢农舍，是我了解人性的唯一学校，而这本书却向我展示了一幅全新的、更为波澜壮阔的人类活动场景。我从书中了解到，那些管理国家事务的人统治或杀戮自己的同类。我感到一股强烈的情感在我心中升腾——对美德的渴望和对罪恶的痛恨。按我的肤浅理解，‘美德’与‘罪恶’这两个概念的含义实际上是相对的，于是我便单纯地对应为欢乐与痛苦。在这些感情的诱导下，我自然而然便对温和的立法者，如努马、梭伦以及莱克格斯心生敬佩，而对罗姆卢斯和提修斯则心生抵触。我那些保护者传统的生活方式使得这些观念在我的脑海中根深蒂固。如果我当初是通过一个好战贪功、疯狂杀戮的年轻士兵来认识人类的话，那么，此时此刻充斥在我心头的感觉也许就另当别论了。

“然而读罢《失乐园》，我心头却是别有一番滋味，它给我的感触要更为深刻。我读这本书时就像我读手头上其他两本书一样，也是把它当作真实的历史故事来读的。它撩动着我的每一根神经，让人不由得心生敬畏。无所不能的上帝与诸神交战的场面真是让人心神荡漾、激动不已。我常将书中一些人物的境遇与自己的窘境相提并论，因为二者有着惊人的相似之处。我与亚当一样，现有的任何生灵都与我毫无干系；但除此以外，他的情形与我的处境可谓有着天壤之别。他是由上帝亲手缔造的一个完美无缺的生灵，幸福快乐、诸事遂愿，同时受到造物主的精心照护。他可以和众神畅所欲言，从中汲取知识；而我却形单影只、无依无靠，处境异常凄惨。我不止一次地感到，撒旦的遭遇才更为贴切地代表了我当前的处境。跟撒旦一样，每当我看到我的保护者们其乐融融，妒忌之情便有如苦涩的胆汁般涌上我的心头。

“还有件事非但证明我对他们的确心存妒忌，还进一步加深了我的这种心理。从你的实验室里出来时，我顺手拿了件衣服，就在我来到这小棚屋之后没过多久，我在那件衣服的口袋里发现了一些手稿。起初，这些手稿并未引起我的注意；可现在，我已能辨认手稿上书写的文字。于是，我便开始用心研究这些手稿。这手稿原来是你在创造我的四个月时间里写的工作日志。你当时在制作过程中所采取的每一个步骤都一字不落地记录在了这几张稿纸上。此外，你在日志里还提及了一些家庭琐事。这些手稿，你自然是不会忘记的。瞧，这就是那些手稿。一切与我那可恶的身世有关的情况都记录在这里面了，还有我是怎样来到人世间的——这一连串令人作呕的制作细节，在手稿中可谓一目了然。你还详详细细地描绘了我这副丑陋无比、令人憎恶的模样，那字字句句都生动形象地描绘了你内心的惊恐万状，读罢让我不禁也心惊肉跳，许久无法忘却。我越看越恶心。‘我恨我来到人世的那一天！’我痛苦地大声喊道，‘该被诅咒的造物者，你为什么要造出一个如此面目可憎的怪物，就连你自己也都心生厌恶，弃我而走呢？仁慈的上帝按照自己的形象将人类塑造得那样英俊迷人，可我这副模样，虽说是你依葫芦画瓢的——与你们长相酷似，却奇丑无比，令人望而生厌。撒旦还有一伙魔鬼与他为伴，崇拜他，鼓励他，而我却形单影只，招人痛恨。’

“在我孤苦伶仃、沮丧颓废的时候，这些念头便不断在心中翻腾。不过，每当我细数这一家人的种种美德，想到他们的和蔼可亲、宅心仁厚，我便说服了自己，一旦他们知道我对他们的美德是如此景仰膜拜，他们就会对我心生怜悯，不会在意我外表上的残缺丑陋。对于一个向他们乞求怜悯和友情的人，不管这个人如何丑陋不堪，他们总不会拒之门外吧？我打定主意，不能自暴自弃，而要充分做好一切准备，让自己具备与他们会面的诸多条件，从而决定自己的最终命运。我将这一计划的实施推迟了几个月，因为这次会面的成败与否对我意义重大。我心里惴惴不安，生怕会无功而返。再说，我发现自己的领悟能力日渐长进，所以我宁愿再多准备几个月，等自己变得更加睿智聪慧，再付诸行动。

“与此同时，农舍里也发生了一些变化。萨菲的到来，给这户人家带来了欢乐；我还发现，他们的日子比以前好了，费利克斯和阿加莎也有了更多的时间消遣聊天了，而且还雇了用人帮他们干活。他们看起来虽然并不富裕，但却非常知足快乐。他们的心绪安详宁静，而我的内心却日益烦躁。知识的增长只能让我愈发清醒地认识到，我这个被人遗弃的可怜虫是多么不幸。我心中原本还抱有一线希望，此言不假，可一看到自己在水中的倒影，或是看到自己月下的身影，我心中残留的一线希望也像水中的倒影或飘忽不定的身影一样破灭了。

“我用心竭力来驱散心中的种种恐惧，尽量让自己坚强起来，以便去迎接我决意要在几个月后去经受的那场考验。有时，我听凭自己那不受理性制约的思绪，在天堂乐土中任意遨游，还胆敢去想象那些可亲可爱的神灵会如何对我心生怜悯，鼓励我摆脱心中的忧郁悲伤，在他们那些有如天使般俊美的脸庞上如何洋溢着抚慰心灵的笑容。然而这一切只是在白日做梦，没有夏娃来抚慰我的心伤，分担我的忧思，我依然是茕茕孑立，形影相吊。我记得亚当曾向他的造物主祈求过，可我的造物主又在哪里？他抛弃了我，让我痛苦万分，我打心底里诅咒他。

“秋天就这样过去了。我惊讶而又忧伤地望着树叶一片片枯萎凋零，大自然又呈现出一片荒凉萧瑟的景象，与我第一次见到那片树林和那皎洁月光时的景象一模一样。然而，我根本不在乎天气转冷，因为我的身体构造更加耐冻，而不大耐热。不过，我生活中最主要的乐趣还是在夏天观花赏鸟，领略大自然生机勃勃的美丽景色。一旦这一切景致消失殆尽，我便将更多的注意力转移到那户人家身上。他们的快乐不会因夏季的结束而减少。他们相亲相爱、互谅互让，他们因可以相互依偎而倍感快乐，因而不会因周围环境的变化无常而有所影响。见他们的次数越多，我就越想得到他们的庇护和善待。我内心十分渴望能被这些可爱的人了解关爱。我平生最大的心愿，就是看到他们能深情款款、情真意切地向我投以甜美的笑容。我真的不敢想象，他们会满脸鄙夷或者大惊失色地弃我而去。他们从未赶走过那些在他们门前驻足乞讨的穷人。诚然，我所乞求的东西远比些许食物、片刻休憩要更为珍贵，我需要善意与怜悯，而且在我看来，我并非完全不值得他们去善待同情。

“冬天来了。自打我睁开眼睛来到这个世上，春去夏来，秋往冬至，四季已经更替循环了整整一个轮回。在此期间，我一门心思想着实现自己的计划——走进我保护者的家里，与他们见面。我反复斟酌了各种方案，最后确定等双目失明的老人独自一人在家的时候再进屋去。我已具有足够的领悟力，十分清楚以前那些人见了我之所以害怕，主要还是因为我长相异常丑陋。我说话虽然粗声大气，但听起来并不可怕；因此我想，要是我能趁着老德拉西的子女不在家的时候，赢得他老人家的好感，并请求他从中斡旋，那么，在他的帮助下，我兴许能够被那两个年轻的保护者接纳。

“一天，阳光洒在满地凋零的红叶上，虽然已经没有多少暖意，但依然让人为之振奋。萨菲、阿加莎和费利克斯结伴外出，去乡间远足，老人自愿留在家中。等孩子们走了以后，老人拿起吉他，弹了几首非常哀婉的曲子。我还从来没有听他弹过如此凄凉悠扬的曲子。他起初还喜形于色，可弹着弹着便心事重重、闷闷不乐。最后，老人将乐器放到一边，坐在那儿，陷入沉思。

“我的心怦怦直跳，这是我行动的绝佳时机；要么我如愿以偿，要么噩梦降临。用人们都去邻近的集市赶集了，屋里屋外静悄悄的，这真是个再好不过的机会了。然而，当我开始按计划行动时，我却腿脚发软、不听使唤，竟然瘫倒在地，但我还是挣扎着站了起来，使足平生力气，搬开遮挡在棚屋前的木板。扑面而来的新鲜空气让我顿时神清气爽。重整旗鼓之后，我朝农舍的门口走了过去。

“我敲了敲门。‘谁啊？’老人问道，‘请进。’

“我走进屋子。‘抱歉打扰您了，’我说道，‘我是个过路人，想找个地方歇歇脚。如果您能允许我在火炉旁待上几分钟，我将感激不尽。’

“‘进来吧，’德拉西说道，‘我很愿意尽量满足您的需要。可不巧孩子们都不在家，我的眼睛又瞧不见了，恐怕很难给您弄点什么吃的。’

“‘不用麻烦您了，好心的主人，我有吃的，只需要烤烤火，休息片刻就行了。’

“我坐了下来，接着一言不发。我知道，现在分分秒秒对我都弥足珍贵，可我还在迟疑不决，不知道以什么方式开始话题。这时，老人又开口说道：‘你我素不相识，可听您的口音，我猜您大概是我的同胞——您是法国人吗？’

“‘不是，不过我是向一家法国人学的，我也只会讲法语，仅此而已。我现在要去找我的朋友，向他们寻求庇护，我打心眼里热爱他们，也有望得到他们的眷顾。’

“‘您这些朋友是德国人吗？’

“‘不，他们是法国人。嗯，还是切入正题吧。我是个生不逢时、遭人遗弃的人，在这个世上举目无亲，无依无靠。我要去拜访的这些好心人与我素未谋面，对我的情况几乎也是一无所知。我好担心，万一我被拒绝，那我在这个世上将永远是个无家可归的流浪汉了。’

“‘别这么灰心沮丧。一个人在世上无亲无友实属不幸，但是只要人们不是出于再明显不过的一己私欲而心存偏见的话，那么，他们还是会满怀仁义之心、友爱之情的。因此，您要相信自己还有希望；如果您那些朋友心地善良、为人厚道，那您就不要悲观失望。’

“‘他们都是好心人，是世上最好的人；可是，非常不幸的是，他们都对我心存偏见。我性情温和，时至今日，还未曾伤害过谁，甚至还或多或少地做过一些便利他人的事情，可他们都被一种致命的偏见蒙住了眼睛，他们本应把我看作是心地善良、有情有义的朋友，可在他们眼中，我只是一个面目可憎、遭人唾弃的魔鬼。’

“‘这实属不幸，但是，倘若您真的没有什么过错，难道您就不能消除他们的偏见吗？’

“‘我正打算这么做。也正是出于这个缘故，我才感到万分恐惧。我深深爱着这些朋友，一连好几个月，我每天都在不被他们察

觉的情况下帮他们做事，可他们却一心觉得我想要伤害他们——这就是我要消除的偏见。’

“‘您这些朋友住在哪儿？’

“‘就在这附近。’

“老人收住话音，顿了顿，又继续说道：‘如果您愿意将这件事情的原委本末毫无保留地告诉我，或许我能帮您消除他们的误会。我双目失明，无法从您的神情做出判断，但听您的谈话，我相信您是真诚的。我穷困潦倒，又被流放异乡，但是，如果我能为别人做点什么，我会由衷地感到高兴。’

“‘您真是个大好人！谢谢您，我乐意接受您的慷慨相助。您的善意将我从卑微中解救出来。我坚信，有了您的鼎力相助，我定会得到您的同胞的同情，不会再被他们排斥拒绝。’

“‘真是天理难容啊！即便您真是个罪犯，他们那样做也只会逼着您铤而走险，而绝不可能鼓励您弃恶从善。我也是个不幸之人，尽管我和我的家人都是清白无辜的，可我们仍然被判有罪。因此，您自己可以做出判断，我是否对您的不幸遭遇感同身受。’

“‘您是我唯一的恩人，对我恩重如山，我该怎样感谢您呢？从您的唇齿之间我第一次听到了亲切慈祥的声音，您的恩德，我将永远感激不尽。您的一片仁慈之心将确保我即将与朋友进行的会面圆满成功。’

“‘您能否告诉我您那些朋友的姓名和住址？’

“我一时语塞，不知该如何回答，心想，这是决定性的时刻——

要么幸福将被从我身边夺走，要么永远与我同在。我拼尽全力，想从容镇定地回答他的问题，然而，我的努力非但没有成功，反而耗尽了我剩下的一点力气。我瘫倒在椅子上，哭出声来。就在此时，我听到了我那年轻的保护者们的脚步声。一刻也不能再耽误了，我一把抓住老人的手大声喊道：'我这就告诉您！求您救救我，保护我！您和您的家人正是我要找的朋友，在这个紧要关头，千万不要抛弃我！'

"'天哪！'老人惊叫一声，'您是什么人？'

"与此同时，农舍的门开了。费利克斯、萨菲和阿加莎走了进来。有谁能描述他们见到我时的惊愕与惶恐？阿加莎吓晕了，萨菲也顾不上照看她的朋友，夺门而逃。这时，我正紧紧抱住老人的双膝，只见费利克斯一个箭步冲上前来，也不知道他是哪里来的蛮劲儿，一把将我从他父亲身边拽开。他勃然大怒，猛地将我扑倒在地，用棍子狠狠抽打着我。我完全可以像雄狮撕扯羚羊那样，将他撕成碎段，可我当时情绪一落千丈，犹如重病在身，因而忍住没有还手。由于浑身剧痛难忍，加之心头悲愤难平，眼看他又举起棍子劈头盖脸地朝我打来，我连忙逃出屋子，趁众人慌作一团的时候，偷偷躲进了我的小棚屋。"

第十六章

“你这该被诅咒的、该死的造物者啊！我为什么还活了下来？为什么不在那个时候，将你率性点燃的生命火花就此熄灭呢？我自己也不知道，但是那个时候我的内心还没有完全被绝望所占据，复仇的怒火在我心中熊熊燃烧。我真恨不得让他们家毁人亡，心满意足地看着他们呼天抢地、痛不欲生。

“夜幕降临了，我走出小棚屋，在林间徘徊游荡。事到如今，我已没有必要再提心吊胆，生怕被人发现了。我发出声声令人毛骨悚然的吼叫，肆意宣泄着心头积郁已久的痛楚与愤懑。我就像一头冲破牢笼的野兽，将挡在我面前的障碍物通通摧毁，像雄鹿一般在林间狂奔疾驰。唉！这是一个多么难熬的夜晚啊！天空中寒星眼睛眨巴眨巴，似乎正在对我讥讽嘲笑，头顶上光秃秃的枝丫随风摇曳，万籁俱寂，只有鸟儿不时发出几声清脆的鸣叫，划破林间的幽静。大地万物都在沉睡，或在尽情享乐，而我却独醒，犹如魔王撒旦，经受着炼狱的煎熬，却没有谁来同情怜悯。我真恨不得把林中的树木连根拔起，将周围的一切夷为平地，然后再坐下来，面对着这一片废墟悠然自得，幸灾乐祸。

“然而，这种感官上的穷奢极欲痛快得了一时，但却长久不了。一路狂奔很快便让我精疲力竭，痛苦绝望更是让我踉踉跄跄，于是我瘫倒在潮湿的草地上。世间芸芸众生，不可胜数，却没有一个对我心生怜悯，对我扶危济困。既然如此，难道非得要我向我的冤家仇敌大发慈悲？决不。从那时起，我便向人类永久宣战，要与他们，尤其是那个将我制造出来，却又将我推向无法忍受的苦难深渊的人血战到底。

“太阳出来了，我听到有人说话的声音，我知道在大白天我是不可能返回自己的藏身之处了。于是，我便钻进浓密的灌木林中躲了起来，决定用接下来的一整天时间好好考虑自己目前的处境。

“和煦的阳光、清新的空气让我的心情稍微平复了一些。我仔细回想了发生在农舍里的一幕幕情景，不禁觉得自己做出的结论过于仓促。我行事欠缺考虑，过于莽撞，这一点毋庸置疑。我的谈话显然引起了德拉西老人的关注，他已经开始替我讲情了，可我却傻乎乎地将自己暴露在他的孩子面前，让他们惊恐不安。我本应该与老德拉西先套近乎，等他的家人对我的到来有了足够的思想准备后，再慢慢与他们见面。不过我不觉得自己的过失已经到了无可挽回的地步。反复考虑之后，我决定重回农舍，找老人说明原委，将他争取过来。

“这些想法让我心情平静下来。到了下午，我竟然昏昏沉沉睡着了。然而，我心中依然热血沸腾，无法酣然入梦。前一天那可怕的情景总在我眼前浮现——姑娘们吓得飞奔逃窜，怒不可遏的费利克斯将我从他父亲的身边一把搡开。等一觉醒来，我已是筋疲力尽。此时夜幕已经降临，我便从藏身之处悄悄爬了出来，去寻找食物。

“填饱肚子之后，我便朝通往农舍的那条非常熟悉的小路走去。四周悄无声息。我偷偷溜进自己的小棚屋，静静地守候那家人平日里起床的时间。他们起床的时间早已过去，太阳也已经升得老高，可这家人还是没有露面。我浑身直打哆嗦，担心这家人遇到了什么不测。屋子里面黑灯瞎火的，一点儿动静都没有。我感到疑惧万分，难以言表。

“过了一会儿，两个农人路过这里。他们在这幢屋子附近收住脚步，闲聊起来。只见他们不停地打着手势，可他们在聊什么，我一句也听不懂，因为他们讲的是当地的方言，与我的保护者们的口音不一样。不久，费利克斯同另外一人走了过来。我暗自吃惊，因为那天早上我没见他从农舍里出来。于是，我心急火燎地等待着，想从他们的言谈中得知这些人异乎寻常的出现究竟意味着什么。

“‘您想过没有，’费利克斯旁边那人说道，‘您得交付三个月的房租，还得白白损失掉园子里的瓜果蔬菜，我可不想乘人之危，占了您的便宜，所以，您还是再缓几日，慎重考虑一下您的决定。’

“‘根本无须再考虑了，’费利克斯答道，‘我们绝不可能在您的房子里继续住下去了。我已对您说过，我家出了这种可怕的事情。现在我父亲还危在旦夕，而我妻子和我妹妹也永远无法摆脱恐惧的

心理阴影。恳请您别再劝我了，还是收回您的房子，让我离开这里，远走高飞吧。’

“费利克斯说这些话时，浑身上下抖得厉害。他与那人走进屋子，在里面待了几分钟便匆匆离开了。自此之后，我再也没见到德拉西一家。

“那天，他们走了以后，我一直待在小棚屋里，神情恍惚，万念俱灰。我的保护者们离我而去，我与这个世界唯一的联系也中断了。有生以来我第一次不再极力克制心中的复仇怒火，而是听凭自己随着这股仇恨的洪流四处激荡，一门心思想着如何行凶。然而，当我想到我那几位朋友，想到德拉西慈祥亲切的话语，阿加莎柔情似水的目光，还有阿拉伯姑娘那精雕细琢的容颜，我便打消了这些恶念，不禁泪如泉涌，泪水涤荡、抚慰着我的心灵；可是，当我想起他们无情地拒绝我、抛弃我，先前那股复仇火焰又重新在我心头燃起。我无法伤害人类，便将心中这股狂怒发泄到那些了无生机的东西上。我趁着夜色，在农舍四周堆放了一些易燃的东西，又把园子里种的植物通通毁掉，然后便耐着性子等待，一旦月落便开始行动。

“夜深了，林间狂风大作，转瞬之间便吹散了天空中的云彩；狂风呼啸而过，摧枯拉朽之势有如排山倒海，让我心神错乱，如癫似狂，挣脱了理性的枷锁，抛开了回忆的羁绊。我点燃了一根枯枝，绕着这幢我曾沉迷痴情的农舍一边手舞足蹈、狂奔乱跳，一边双眼紧盯西边的地平线——月亮快要沉到它的边缘了。终于，月亮的最后一抹光亮也被地平线给遮住了，我挥舞着手中那根燃烧着的枯枝；月亮沉下去了，我尖叫一声，将堆放在那儿的枯草、石南和灌木一一点燃。火借风势，风助火威，霎时间，农舍成了一片火海，很快便被那刀叉般犀利的火舌卷烧吞噬了。

“当我确信农舍里所有的东西都将化为灰烬时，便赶紧离开现场，来到林间另觅藏身之处。

“现在，面对这茫茫人海，我将何去何从呢？我打定主意离开这伤心之地，远走高飞，但是对我来说，所到之处都会受人憎恨，招人鄙夷，任何国家对我来说都同样让我心生忌惮。最后，我突然想到了你。从你那几页日志中，我得知你就是我的父亲，是我的缔造者，投靠谁又能比投靠赐予我生命的那个人更合情合理呢？费利克斯给萨菲讲课的内容里也包括了些地理知识，我从中了解到地球上不同国家之间的相对位置。你曾经提起你的故乡名叫日内瓦，于是我便下定决心去那个地方。

“可我该朝哪个方向走呢？我知道自己必须朝西南方向走才能到达目的地，太阳便是我唯一的向导。我既不知道沿途要经过哪些村镇，又决计不能向人问路。然而，我并没有悲观失望。虽说我对你没有任何感情，有的只是满腔仇恨，可我也只有指望你对我施以援手了。你这无情无义、没心没肺的造物者！你赋予了我知觉和情感，却又将我抛弃，任我流落异国他乡，成为人类嘲弄讥讽的对象，成为人类望而生畏的怪物。可是，只有对你我才有权索求怜悯，索求补偿。我曾经试图让别的人模人样的生灵公平待我，却未能如愿，因此，我下定决心，向你讨回公道。

“由于路途遥远，一路上我历尽千辛万苦。我在原来那个地方居住了很长时间，离开时已是深秋时节。我昼伏夜行，生怕遇到什么人。身边万物已经凋零衰败，阳光也已经失去了往日的温度。大雨滂沱，大雪纷飞，奔涌咆哮的河流也已经千里冰封了；大地变得又冷又硬，荒芜萧瑟，我却连个遮风避雨的地方都找不到。唉，大地啊！多少回，我祈求你降祸于那个赐予我生命的人！我原先善良的禀性早已消耗殆尽，取而代之的只有幽怨心酸。离你的住处越近，我就越强烈地感到复仇之火在我胸中熊熊燃烧。雪花纷飞，河水凝冻，可我并没有停歇脚步。途中偶尔出现的一些情况时常为我指明方向，而且我还随身携带了一张这个国家的地图。不过，我还是经常偏离路线，走了好多冤枉路。伤心痛苦不断折磨着我，让我不得片刻安宁。途中遇到的事情一件件一桩桩都让我感到愤懑悲哀。当我到达瑞士边境时，天已转暖，大地重新披上了绿装。然而这时发生的一桩怪事却加剧了我心头的怨恨与恐惧。

我通常是白天休息，只有到了晚上，趁着夜色掩护——不至于被人发现行踪——才敢上路。一天清晨，我发现自己要穿过前方一片茂密的丛林，便决定冒一次险，在大白天继续赶路。时值初春，阳光和煦明媚，空气中弥漫着阵阵清香，令人神清气爽，心旷神怡。感觉那久违了的温柔喜悦又重袭心头，让人觉得既陌生又惊奇。于是我听凭这股感情洪流在心头泛滥，一时间忘却了自己的孤独与丑陋，竟也壮着胆子高兴了一回。温情的泪水再次沾湿我的双颊，我甚至心怀感激、泪眼蒙眬地抬头仰望那圣洁的太阳，是它赐予了我欢乐。

“我沿着林间的蜿蜒小路继续前行，直至森林的尽头。只见一条深不见底、水流湍急的小河绕林而过，林中不少树木的枝丫伸向河面，枝头绽出的点点新芽吐露着浓浓的春意。我在河边收住脚，不知道该往哪儿走。这时，我听到人说话的声音，便钻到一棵柏树的树荫下躲了起来。我刚藏好，只见一个年轻姑娘嬉笑着向我躲藏的地方跑来，像是在和什么人追逐嬉戏。她沿着陡峭的河岸继续奔跑，突然脚下一滑，掉入湍急的河水中。见此情景，我赶紧从藏身之处冲了出来，费了九牛二虎之力才将她从激流中救起，拖上河岸。这时，她已经昏了过去。我正想全力将她救醒，这时突然来了一个庄稼汉，让我不得不放下手中抢救的活儿。看来，他就是姑娘刚才嬉戏躲闪的那个人了。他一见到我，立刻冲上前来，从我怀里夺过那姑娘，连忙向密林深处跑去。我拔腿便追，尽管连我自己也不知道我为什么要追赶那人。那人见我快要撵上他了，便举起随身携带的枪，瞄准我开了一枪。我一头栽倒在地，而打伤我的那家伙却加快脚步逃进林子里去了。

“我的好心竟换来如此回报！我救了一条性命，可得到的回报却是一粒枪子，打得我皮开肉绽、筋骨寸断，疼得我满地直打滚。我心头刚刚复苏的温柔、善良顿时烟消云散，重拾心头的便是恶魔般的狂怒和咬牙切齿般的仇恨。伤口的剧痛更是火上浇油，我立下毒誓，今生今世与人类势不两立，不报此仇，决不罢休。然而此刻，伤口的剧痛阵阵袭来，感觉连脉搏也都暂时停止了跳动，最终我昏厥过去。

“一连好几周我在林子里苦苦煎熬，想方设法治疗枪伤。那一枪击中了我的肩膀，不知子弹是留在了里面，还是打穿飞了出去，但不管怎样，我都没法子将它取出来。他们冤枉好人，恩将仇报，让我心里憋闷委屈，愈加痛苦。我日日发誓赌咒——定要斩草除根，杀个片甲不留，以雪前仇旧恨，补偿所受遭遇。

“又过了几个星期，我的伤口愈合了，于是我便继续上路。明媚的阳光，和煦的春风再也不能丝毫缓解我的旅途劳顿。一切良辰美景都是对我的奚落嘲弄，都是对我凄惨境遇的讽刺调侃，只会让我更加痛苦地领悟到我生来就与快乐无缘。

“不过，旅途的艰苦跋涉总算快要结束了。两个月之后，我便来到了日内瓦郊外。

“到日内瓦时已是黄昏时分，我便在荒郊野外找了一个隐蔽处暂且藏身，以便心里合计一下该以什么样的方式向你求助。我当时又困又饿，加之心情抑郁，根本无心领略那习习晚风，欣赏雄伟的朱拉山后那落日余晖的壮丽景色。

“后来，我迷迷糊糊地睡着了，暂时将自己从冥思苦想中解脱了出来。不料这时来了个挺漂亮的小男孩将我惊醒。他正好嬉戏打闹、连蹦带跳地朝我休息的那块空地跑了过来。我两眼直盯着孩子，脑袋里突然闪过一个念头。这小家伙思想单纯，不会带有任何偏见；他少不更事，还不知道惧怕丑陋之人。因此，如果我将他逮住，对他教导一番，让他与我为伴，成为朋友，那么，在人世间，我就不会那么孤独凄凉了。

“受这一冲动的驱使，在孩子经过我时我便将他一把抓住，拉到自己面前。孩子一见我这副模样，连忙用双手捂住眼睛，大声尖叫起来。我强行将他的双手扒开，对他说道：‘孩子，你这是何苦呢？我又不想伤害你，你听我说。’

“那孩子拼命挣扎。‘放开我，’他大喊道，‘魔鬼！丑八怪！你想吃掉我，把我撕成碎片——你是个吃人的恶魔——放开我，不然我就告诉我爸爸了。’

“‘小家伙，你甭想再见到你爸爸了，你得乖乖跟我走。’

“‘可恶的魔鬼！放开我。我爸爸是个市政官——他就是弗兰肯斯坦先生——他一定会惩罚你的，看你胆敢把我扣下。’

“‘弗兰肯斯坦！这么说，你也算是我的冤家对头了——我曾发下毒誓，与他不共戴天，那我就先送你上路。’

“那孩子仍在拼命挣扎，嘴里还不停地骂骂咧咧，骂得我心灰意冷、恼羞成怒。我一把攥住他的脖子，不让他出声。不一会儿，他便倒在我的脚下，咽气了。

“我目不转睛地盯着这个被我杀死的牺牲品，幸灾乐祸，狂喜不已。我拍着巴掌大声叫道：‘我也可以让别人尝尝孤独凄凉的滋味，我那冤家对头也并非没有软肋命门，这孩子的死，定会让他痛不欲生；而日后折磨他的还有千灾百难，直至让他一命呜呼。’

“我凝眸注视这孩子，突然发现有件东西在他胸前闪闪发亮。我解了下来，打开一看，原来里面是一帧画像，画像中的女人容貌秀丽。虽说我满怀恶意，但这帧画像还是让我心肠一软、为之吸引。我兴致勃勃地凝视着她那双黑眼睛，睫毛又密又长，还有她那迷人的嘴唇，娇艳欲滴。但是我心中的恼怒很快又重新袭来——想到自己永远无权享受这些如此曼妙的女子所赐予的欢乐；我还想到，我这会儿端详着她的容貌，而如果她看见我，她脸上温柔圣洁的神情定会霎时变得鄙夷惊恐，花容失色。

“想到这些，我不禁怒火直冒。这不足为奇吧？可唯一让我奇怪的是，当时为什么自己只是以狂呼怒吼和痛苦呻吟来发泄自己心中的怨恨，而没有冲进人群之中，杀个片甲不留，再与他们同归于尽。

“我心中充满怨恨，愤然离开了杀人现场，打算找一个更为隐蔽的藏身之处。我走进了一间谷仓。我原以为这屋子空无一人，可里面却有个女子躺在草堆上睡觉。这是个年轻姑娘，论长相的确没有我手中那帧画像上的那个女人漂亮，不过她倒也生得端庄秀美，讨人喜欢，浑身洋溢着少女的青春气息和健康活力。我暗自思忖，她也属于那种能一笑解千愁的女人——她们愿对所有的人眉开眼笑，而唯独将我排斥在外。我俯下身子，轻声唤道：‘醒来吧，绝色美人儿，你的情郎就在你身旁——只要你含情脉脉地看上他一眼，他便愿为你舍生忘死！我亲爱的，快醒醒！’

“姑娘微微动了动身子，我立刻吓得浑身哆嗦。万一她真的醒过来看见我，会不会诅咒我，痛斥我这个杀人凶手？如果她睁开那双黑眼睛看到我，她肯定会这么做的。这个想法让我丧心病狂，歹意顿生——该遭受痛苦的不应该是我，而是她。我之所以会干杀人的勾当，是因为我被剥夺了她能给予我的一切，她理应赎罪。这桩罪行的根源在她，她必须受到惩罚！多亏了费利克斯给我上的课，也多亏了人类那些血淋淋的法律，我现在也学会了嫁祸于人。我弯下腰，将那帧画像妥妥帖帖地塞在她衣服的褶层里。见她又动一下身子，我吓得拔腿便逃。

“一连几天，我都去事发地点晃荡转悠。有时想撞见你，有时又想痛下决心，离开这个世界，永远摆脱人世间的痛苦。最后，我信步朝这崇山峻岭走来，穿过这巨大幽深的山谷。我内心充斥着一种炽热强烈的情感，将我折磨得不能自已，而唯有你，才能满足我。在我们分手之前，你必须答应我的要求。我形单影只，孤苦伶仃，任何人都不会与我为伴。但是，一个与我同样丑陋、同样可怕的生灵，是无论如何也不会拒绝我的。我的伴侣必须与我同类，与我有同样的缺陷，你必须造出这样一个生灵来。”

维克托·弗兰肯斯坦接续前言，故事曲终人散

第十七章

那怪物讲完之后，便目不转睛地盯着我，等待我的回答。可我脑子里乱作一团，蒙头蒙脑，一时间无法理清思绪，弄不明白他到底想要什么。他接着说道：“你得再给我造一个异性伴侣，这样我便可以与她相依为命。这件事只有你能办得到，而我有权向你提出这一要求，对此，你绝对不能拒绝。”

方才听他说起他与那户人家相安度日，我心中的怒火便开始渐渐平息，然而，听到后面他那些所作所为，心中又怒火重燃。现在又听他提出这般要求，我便再也按捺不住心头熊熊燃烧的怒火了。

“这件事我是绝对不会答应的，”我回答道，“任你怎样折磨我，也休想逼我答应。纵然你可以让我沦为世上最为不幸之人，我也决不屑去干这等卑鄙勾当。你要我再造一个你的同类，好让你俩狼狈为奸，毁了这个世界，是不是？滚开！我已经答复你了，你尽可来折磨我，而我是绝对不会答应你的。”

“你想错了，”这魔鬼回答道，“我不会逼你就范，只想和你讲讲道理。我之所以心狠手辣，是因为我时时处处都遭遇不幸。所有的人都对我恨之入骨，唯恐躲闪不及，难道不是这样吗？而你——我的缔造者，竟也要将我碎尸万段，诛之而后快。这你总该不会忘记吧？我倒要你说说，为什么人类不可怜我，反而要我去可怜他们呢？假如你将我扔进冰山峡谷，将你亲手制造的杰作摔个粉身碎骨，你绝对不会将这称为谋杀。人类轻侮蔑视我，难道还要我对他们心怀敬重不成？如果人类能够与我和睦相处，能够接纳我，我一定会对他们感激涕零，对他们涌泉相报，绝对不会伤害他们。但这是不可能的事。人类的理智是我与他们结交不可逾越的障碍，而我的理智也决不允许自己卑躬屈膝、奴颜媚骨。我要有仇必报，如果我不能唤起绵绵爱心，那我就要人人自危，而你是我的缔造者，是我的头号敌人，我与你仇深似海，誓与你不共戴天。你最好小心点，我会处心积虑，置你于死地，不把你折磨得痛不欲生，我决不善罢甘休，一定要让你诅咒自己为什么要来到这个世上。”

他说着说着开始暴跳如雷，怒不可遏，他那张脸也变得极度扭曲，着实骇人。不过，他很快便平静了下来，接着说道：“我原本想和你平心静气地理论，这样气急败坏对自己没有丝毫好处，因为你还没有认真反思，我这般意气用事，完全是因你所致。如果有人肯对我抱以仁爱之心，我一定会百倍千倍地报答他，就算是看在他一个人的分上，我也要与整个人类相安无事！然而，这只是我一厢情愿、白日做梦而已。我对你的要求完全合情合理，一点儿也不过分。我要求得到一个异性伴侣，但须与我一样面目丑陋。我的这点儿心愿实在微不足道，尽管我所能得到的也就这么一丁点儿，但如果能如愿以偿，我也就心满意足了。当然，我和我的伴侣将成为与世隔绝的怪物，然而，正因为如此，我们才会更加彼此相依。虽说我们将来的生活不会很幸福，但至少我们不会去伤害别人，也不会像我现在这样去忍受别人的伤害。哦！我的造物主，赐予我幸福吧，让我为你的善举心怀感激吧！让我亲眼看到我激发了一个大活人的同情心，千万不要拒绝我的请求。”

我的心被他打动了。可我一想到自己一旦答应他的要求可能会产生的后果，我就不寒而栗，然而，我又觉得他这样据理力争倒也合理公平。他的经历，以及他此刻流露出来的感情，说明他还是个通情达理的生灵。作为他生命的缔造者，难道我不应该力所能及地让他幸福吗？他觉察出我的感情发生了微妙变化，便继续说道：“如果你同意的话，从今以后，无论是你还是其他任何人，都再也不会见到我们了——我将去南美洲的广袤原野；我的食物与人类的食物不同，我不会捕杀小羊羔、小山羊什么的以饱口福；各种橡果和浆果就能够为我提供足够的营养。我的伴侣的生活习性也将和我一模一样，我吃什么，她自然也不例外。我们将以枯叶为床。太阳普照人类的同时，也将哺育我们，让我们的作物成熟。我向你描绘的这幅情景宁静祥和、充满人性，你一定能感受得到。只有你良心完全泯灭，滥用生杀予夺的大权，你才会拒绝我的请求。尽管你向来对我铁石心肠，但是现在你眼里却流露出一丝怜悯。我绝不会让这个大好机会从我身边溜走，我劝你回心转意，满足我这个强烈愿望吧。”

“你的意思是，”我回答道，“远走高飞，离开人类居住的地方，到荒山野岭安家落户，与那儿的野兽为伴，不再与世人来往？但是，你一贯渴望得到人类的关爱与同情，又怎么肯心甘情愿地过那种与世隔绝的生活呢？你终究还是会回来，再次祈求人类善待于你；结果呢，你还是会受到他们的唾弃厌恶。到头来，你心中那些邪念肯定会卷土重来。到了那时，你身边还多了一个帮凶，与你携手，共同作恶；我决不允许这种情况出现。你不要再狡辩了，我是不会同意的。”

“你的感情竟如此反复无常！刚才你还被我的言辞所打动，为什么一转眼就变得铁石心肠，对我的苦诉无动于衷？我对着我所栖居的地球发誓，对着你——我的缔造者发誓：我将带着你赐予我的伴侣，远离人世，在最为荒芜蛮夷的地方藏形匿影。我心中的邪念将烟消云散，因为我将得到伴侣的同情安慰！我将默默地终了此生，而在我弥留之际，我不会诅咒我那生命的缔造者。”

他这番话让我心中产生了一种异样的感觉。我同情他，有时还产生了一种想去抚慰他的冲动。然而，当我注视着他，看到这个面目可憎的大块头在眼前晃来晃去、喋喋不休的时候，就觉得恶心作呕，恻隐之心顿时化作厌恶憎恨。我试图抑住这种感觉，心想，尽管我无法对他心生怜悯，但他所要求的那些许幸福却是完完全全掌握在我的手中，而我无权将其剥夺。

“你发誓说不会再伤害人，”我说道，“可就凭你以前做的那些伤天害理的事情，我能相信你不会再心生歹念吗？你如此信誓旦旦，惺惺作态，无非是想肆意报复，扩大事态，扩大战果吧？”

“你这是什么意思？我可不是随便闹着玩的，我要你明确答复我。如果我无牵无挂又冷血无情，那我这辈子肯定会愤世嫉俗、作恶多端，然而，另一个人对我的爱心将会消弭我作恶的根源，我从此将销声匿迹，不为任何人所知。我之所以为非作歹，究其原因也是因为我对孤独深恶痛绝却又深受其害！如果我能与我的同类共同生活，我心中自然会萌生善念。我将感受到这个善解人意的异性生灵的柔情蜜意，从此融入世间万物，不像现在这样被排斥在外。”

我一时沉默无语，仔细琢磨着他刚才谈到的每一句话，以及他辩解时的种种理由。我心想，从他生命之初的情况来看，他有可能成为一个心地善良、品德高尚的生灵，他曾对他的保护者们心怀崇敬仁爱，可是后来，却遭到他们的厌恶鄙夷，因而那些善良本性也通通被扼杀了。当然，我还不得不顾忌他所具有的威力以及他对我发出的恫吓；他可以在冰川窟窿里生存，能在无人涉足的悬崖峭壁间藏身，以躲避人类的追捕，他有这等本领，和他斗无异于以卵击石。我沉思良久，最后下定决心：为了不让我的其余同胞无辜蒙难，也为了还他本人一个公道，我理应答应他的要求。于是，我转过身来，对他说道：“我同意你的要求，但你必须郑重起誓，一旦我将你的女伴交到你手中，你必须立刻带着她离开欧洲，离开人类居住的所有地方，从此浪迹天涯，永世不得返回。”

“我发誓，”他大声喊道，“我对着太阳，对着苍天，对着我心中燃烧着的爱情之火，庄严起誓：如果你应允我的恳求，那么，只要太阳昭昭耀世，苍天高高在上，爱火熊熊燃烧，你就永远不会再见到我。你现在就回家去，开始工作吧。我将满怀无比期待的心情，密切关注你的工作进度。不过，你不用担心，只要你还没完工，我就不会现身。”

兴许是害怕我改变主意，说罢，他趁我不备，拔腿便走。只见他沿着山坡飞奔而下，速度之快，连翱翔长空的苍鹰也望尘莫及，转眼间便消失在连绵起伏的茫茫冰海之中。

他的故事讲了整整一天，待他离开时，夕阳已经沉到地平线上了。我心里很清楚，得赶紧下山，否则我就会被夜色所笼罩。可是我心事重重，不断回想着白天发生的事情，加之山间小道，蜿蜒崎岖，下山时，每走一步都须小心翼翼，真是举步维艰。等我下到半山腰，坐在山泉边歇脚时，夜已深了。朵朵云彩从空中飘游而过，点点繁星在云间时隐时现；眼前是黑黝黝的一片松林，断裂倒伏的松树随处可见，呈现出一幅诡异、肃穆的景象。见此情景，我心头涌动着种种莫能名状的感觉，不禁哭出声来。我沉痛地握紧拳头，放声高呼：“哦！繁星、流云、清风，你们都要嘲笑我。如果你们真的同情我，就把我的感觉和记忆通通抹去，让我化作乌有；否则，你们就走吧，走开吧，让我一个人留在黑暗之中。”

这些想法真是近乎疯狂、近乎悲哀，然而我却无法向您形容。天空中那恒久璀璨闪耀的繁星有如千斤重负沉沉压在我的心头，而耳畔传来的阵阵风声则好似那阴郁险恶的西洛可风，它正呼啸而来，试图将我吞噬。

等我到沙穆尼村时，天已经亮了。我顾不上休息，马不停蹄地赶回日内瓦。我心里究竟是什么样的感觉，连我自己也说不清楚，只觉得有如一座大山压在心头，而我原先的痛苦也被这千钧重负压得粉碎。我就这样回到了家里，进了屋，来到家人面前。我无精打采，灰头土脸；家人惶恐不安，纷纷询问，可我什么也不愿回答，几乎是一声不吭。我觉得自己似乎被人下了诅咒——似乎无权要求他们的同情——似乎再也不能与家人朝夕相伴了。即便在这个时候，我仍然深深地爱着他们，敬仰他们，为了拯救他们，我决心全力以赴投入到那让人深恶痛绝的工作中去。想到此事，其他任何事情在我眼前只不过是浮云幽梦，转瞬即逝，而唯独这桩心事，才是实实在在、真真切切的人生要务。

第十八章

回到日内瓦后，时间一天天、一周周地过去，我却一直无法鼓起勇气开始自己的工作。我惶惶不可终日，唯恐那恶魔会因心生失望故而前来报复，然而心中却怎么也克服不了对这个强加于我的差事的抵触情绪。我发现，要给他制造一个异性同伴，我必须得再次花费几个月的时间，潜心钻研，刻苦探究。我听说有一位英国科学家搞了几项新发明，涉及的知识对我该项研究能否成功至关重要。因此，我有时想，需征得父亲的同意，为此事去一趟英国。然而后来，我又总是以种种缘由迁延时日，始终不愿迈出行动的第一步，渐渐地，去英国一事也似乎并不是那么迫在眉睫、势在必行了。与此同时，我自己也的的确确发生了一些变化：前一阵子我日渐憔悴的身体，现在已经明显恢复；而且只要自己不去想那令人不快的承诺，我的情绪也比以前振作多了。父亲注意到我的这一变化，心里由衷地高兴。于是，他便转念考虑如何寻找一个最为有效的办法，彻底祛除我心中的忧郁；因为这毛病仍时有发作，它如同一团乌云，不时会遮住天上的太阳，吞噬眼前的曙光。每当我郁闷难耐时，我便离群独处，找一个僻静幽深的地方来熬过这段时间。我往往一连好几天独自泛舟湖上，凝望白云悠悠，倾听湖水潺潺，显得无精打采，寡言少语。不过，湖区空气清新，阳光明媚，还是让我心情平静了不少。返回家时，遇到朋友招呼致意，心情还不至于太糟，还能勉强挤出一丝笑容来。

一天，我从湖边散步归来，父亲将我叫到一边，对我说道：“亲爱的孩子，我很高兴看到你又恢复了往昔的那些兴致，恢复了你从前的样子。不过，你仍然不太开心，仍然在回避我们。我琢磨了很久却怎么也猜不出个中缘由。不过，昨天我突然想到了一件事情兴许与你有关，如果你觉得我言之有理，那么，我还是劝你如实承认。在这件事上遮遮掩掩非但毫无益处，反而会给全家带来更大的痛苦。”

听了父亲这段开场白，我不禁浑身战栗。父亲继续说道：“孩子，说实话，我一直盼着你和我们亲爱的伊丽莎白喜结良缘，因为你俩的结合维系着我们全家的幸福，而我也就可以安享晚年了。你俩促膝并肩，两小无猜，而且志趣相投，性格般配。然而，靠经验往往容易让人看走眼，我以前就曾做过一些事情，以为可以成全某事，可到头来往往事与愿违。兴许你把伊丽莎白看成是自己的妹妹，从未想过要娶她为妻。恐怕事情还不止如此，你也许心里已经另有所属，但念及与伊丽莎白有约在先，因而左右为难，这恐怕就是你现在极度痛苦不安的原因所在吧。”

“亲爱的父亲，您尽管放心，我对表妹一往情深，从无半点虚情假意。我从未遇到过任何女子，能像伊丽莎白这样激起我心中最热烈的钦慕与爱恋。我的前途和希望将与我俩的结合息息相关。”

“亲爱的维克托，你在这个问题上表明了自己的态度让我倍感欣慰。我有好一阵子没有像现在这样高兴过了。如果你果真这么想的话，那么，不管眼下的一些事情会给我们带来怎样的忧愁哀思，我们终究会开心起来的。但是，你的心灵似乎早已被这种忧愁牢牢占据，我真希望替你将它消除。因此，我希望你能告诉我，你是否同意立即为你俩的结合举行一个隆重的婚礼？这段时间我们一直时运不济，近来发生的一些事情更是弄得人人不得安宁，我虽已年迈体衰，却也无法安享晚年。你还年轻，又有一份相当可观的财产，因此我觉得，不管你为将来拟定好了怎样的宏图大略，早一点成家绝不至于妨碍你日后功成名就。不过话又说回来，你不要以为我是在逼你成婚，也不要以为你延迟结婚会让我深感不安。不要曲解我的意思，我只希望你能够开诚布公、信心满怀地回答我。”

我默默地听完父亲的话，愣了好半晌也说不出话来。我脑子里如翻江倒海般闪现过无数念想，希望能拿定主意。天啊！要我立即和伊丽莎白成亲，这个想法真让我感到惊恐沮丧。我被一个郑重的承诺牢牢束缚，直到现在还没有兑现，更不敢有丝毫违背，如果我不守信用，那我本人和我深爱的家人将要遭受多么不幸的灾难啊！我颈上系着性命攸关的千斤重担，我又岂能佝偻着身躯走进婚姻的殿堂？我必须首先履行诺言，让那恶魔带着他的女伴远走高飞，然后才能安享婚礼的欢乐祥和。

同时我还想到，有一件事我必须完成，要么亲自去英国一趟，要么与那里的几位科学家保持长期的书信往来，因为他们所掌握的知识和研究成果对于我目前的工作是不可或缺的。如果我采用后一种办法来获取自己所需的信息，需要花费很长的时间，而且收效也很难尽如人意。再者，一想到要一边在家里干这种令人作呕的勾当，一边还要与家人朝夕相处，我就感到深恶痛绝。我心里清楚，到时可能会发生许许多多可怕的事情，哪怕是稍有纰漏，也会泄露天机，让身边的亲朋好友闻风丧胆。另外，我心里一清二楚，这项不可告人的工作会让人痛苦不堪，会让人情绪失控，难以掩饰。因此，我在干这种勾当时，必须避开我深爱的家人。我一旦开始干起来，就会速战速决，这样我就能无牵无挂地与家人团聚。只要我兑现了诺言，那怪物便会离开，一去不返，没准（这只是我痴心妄想而已）他在此期间会遇上什么意外从而一命呜呼，那我受奴役的日子也就到了尽头。

怀着这样的心情，我给父亲回了话，说自己想去英国一趟，不过其中缘由我并没有据实以告，而是找了个不会引起任何怀疑的借口，以掩饰自己的本愿；与此同时，我还煞有介事地慷慨陈词，结果轻而易举地征得父亲的同意。长久以来，我一直沉浸在悲伤之中，几近疯狂。现在，我竟然兴致勃勃地想去游历一番，父亲自然感到喜出望外。他也希望我在回国之前，能靠着环境的变化和途中各种游玩消遣从而完全恢复健康。

至于我将在英国待多久，这一点则完全由我自己决定。我考虑在那儿逗留上几个月，最多不超过一年。做父亲的总是思虑周详，关怀备至，他还特地为我找了一个旅伴。不过他事先并未对我提及此事，只是和伊丽莎白商议了一下，便安排克莱瓦尔在斯特拉斯堡与我会合。我本来一心想单独行事，父亲如此安排，自然打乱了我的计划。不过，在初始阶段，我的朋友还不至于妨碍到我，恰恰相反，我还由衷地感到高兴，因为这样我在数小时的旅途中就不会陷入顾影自怜、惹人心烦的胡思乱想之中了。不仅如此，亨利兴许还能让我那冤家对头有所顾忌，不敢前来骚扰我。如果我只身前往，那丑八怪岂不是会频频现身，提醒我别忘了那门子事儿，或者两眼紧盯着我的工作进度不放。

就这样，我准备起程前往英国了。我心知肚明一回来就得马上和伊丽莎白结婚。父亲年事已高，极不情愿见到婚期推迟。至于我，我也对自己许下诺言，我之所以不辞辛苦地干这令人作呕的苦差，为的就是一份回报——对我所遭受的无以复加的苦难的一丝慰藉，因为当我顺利完工，摆脱奴役之时，便是我向伊丽莎白求婚之日，而我与她的喜结良缘将会让我忘却过去的一切。

我开始为旅途打点行囊，可总有一种感觉在我心头挥之不去，让我感到惶恐不安。我的亲朋好友压根儿就不知道他们身边还有这么一个冤家对头的存在，而我这么一走，便没人能保护他们不受这家伙的攻击了，说不定他还会因为我出门远行而恼羞成怒。不过，他曾信誓旦旦地向我表示，无论我走到哪里，他都会跟到哪里。那么，他这次会不会跟着我去英国？这么一想，我不禁毛骨悚然，但同时又松了口气，因为这样我的亲朋好友便会安然无恙。所以，我反而担心他有可能不跟我一起去英国了。在我受制于那怪物，任他摆布的这段时间里，我总是听凭自己的一时冲动行事，而现在我有一种强烈的预感，觉得那怪物一定会来跟踪我，因而我的家人还不至于有惨遭毒手的危险。

时值九月下旬，我再次离开了自己的国度。这次外出旅行完全是我自己的意思，伊丽莎白也只好默许。但是，一想到我离开她后，风餐露宿，吃苦受罪，还要忍受哀伤悲痛的侵袭，她就寝食难安，怎么也放心不下，于是便安排克莱瓦尔与我结伴而行。男人总是粗枝大叶，对许多细微的事情都视而不见，需要女人的悉心照料才行。她很想叮嘱我尽快返回家中，但她心里非常矛盾，思绪万千，最后竟无语凝咽，挥泪惜别。

我一头钻进载我起程的马车，几乎不知自己要去何方，也无心观赏车窗外的风景。我只是记得吩咐下人将我的化学仪器打包装好，随车同行，想到这些，我就痛苦不堪。沿途风景雄伟壮丽，令人目不暇接，我却目光呆滞，视若无睹，脑袋里充满了阴郁惨淡的幻景。我唯独能想起来的就是我此行的目的地，以及在此期间我所要从事的工作。

一路上我始终显得无精打采、暮气沉沉。经过几天的长途跋涉，我终于到达了斯特拉斯堡。我在那儿待了两天，等候克莱瓦尔与我会合。他来了。天哪，我俩的情形真是有着天渊之别！他对每一处新的景致都是那样意兴盎然：看到夕阳西下，他会兴高采烈；看到旭日东升，新的一天开始，他更是会欢呼雀跃。他一会儿指给我看那色彩斑斓、千变万化的自然风光，一会儿又叫我观看天空中气象万千、美妙无穷的景象。“这才是生活啊！”他大声喊道，“现在我是多么热爱生活！可你呢，我亲爱的弗兰肯斯坦，为什么会如此心灰意懒、落落寡欢呢？”一点儿也不错，我的确是愁肠百结，既看不到晚星的下沉，又看不见莱茵河上泛起的金色阳光。因此，我的朋友，如果您看了克莱瓦尔的日志，您会觉得比听我在这儿絮叨往事要有趣得多，因为他是用一种饱含热情、轻松愉悦的心情来观赏景物的。而我却是个苦命人，魔咒缠身，挥之不去，将每一条通往快乐的途径都给通通封死阻断了。

我俩商议好，先从斯特拉斯堡乘坐小船，沿莱茵河顺流而下，到鹿特丹之后再换乘轮船去伦敦。沿途，我们经过了一个个绿柳成荫的岛屿和一座座风景如画的小镇。我们在曼海姆逗留了一天，并在离开斯特拉斯堡的第五天到达了美因茨。过了美因茨，莱茵河畔风光旖旎，引人入胜，湍急的河流在群山之间迤逦而下。这些山峰虽然不高，但却是山势陡峭，山形俊美。悬崖峭壁上还矗立着不少古城堡的断壁残垣，城堡周围林木参天，郁郁葱葱，触不可及。莱茵河在这一段的确是精彩纷呈、别具一格，只见连绵群山，层峦叠翠，古城荒堡屹立于万仞绝壁，幽深的莱茵河从山涧奔腾而过，忽而又峰回路转，眼前豁然开朗，只见葡萄园枝繁叶茂、河堤绿意满坡、河流蜿蜒曲折、城镇人山人海。

我们此次旅行正值葡萄收获的季节，轻舟顺流而下，沿途田间地头农夫的歌声不绝于耳。即便像我这样一路上总是郁郁寡欢、黯然神伤的人也不禁喜上心头。我躺在甲板上，凝眸远望，只见天空蔚蓝，万里无云，仿佛陶醉在这一片久违了的宁静安详之中。我的心情尚且如此之好，亨利此时此刻的心情又有谁能描述？他感到自己似乎已经步入仙境，品尝着世所罕有的幸福滋味。“我已经领略过，”他说道，“瑞士最美丽的山川河流！我曾游览过卢塞恩和尤里的大小湖泊，那里的雪山陡立于湖水之中，在湖面上投下黑魆阴森的倒影。若不是那些小岛郁郁葱葱，色泽明快，光看那倒影还真会让人心生忧郁，倍感凄凉。我曾见过暴风雨在湖面上兴风作浪，当时狂风卷起阵阵巨浪，让人联想起汪洋大海上怒涛汹涌的场面；滔天巨浪来势汹汹，猛烈拍打着山脚，而相传有位牧师和他的情妇就是在那儿遇上了山崩，葬身于乱石丛中。据说，直到现在，每当夜里风平浪静之时，在那山脚下依然能听到他俩临终前的垂死哀鸣。我也曾见过瓦莱州和沃州的崇山峻岭，可是，维克托，这个国家的山山水水比我之前见过的所有美景奇观更让人心旷神怡。瑞士的群山雄伟壮观，千奇百怪，但是，在这条美妙的河流两岸，却有着一种独有的魅力，没有任何地方可与之相媲美。你瞧，远处那座屹立于悬崖之上的古堡，还有岛上的那座，几乎都要被那些枝叶婆娑、青翠可爱的树木遮挡住了。你再瞧那些从葡萄园里走出来的农夫，还有那座掩映在山坳里的村落。嘿，没的说，居住于此并守护这方乐土的神灵，比起故土那些只会垒造冰川、遁迹潜行于绝壁险峰的神灵，更懂得与人类和谐相处。”

克莱瓦尔！我亲爱的朋友！即便到现在，当我记下你的这些话，对你大加赞誉——你如此卓尔不群，这些赞誉实至名归——我心里依然是那样高兴。“诗的灵性”对他来说是与生俱来的，他那热情洋溢、狂放不羁的想象经过他那颗聪慧的心灵的磨砺，铅华褪尽。他内心炽热，对朋友忠贞不渝，世所罕有。那些老于世故的人会告诉你，这样的友情也许只存在于幻想之中，在现实中根本找不到。然而，即便是人类所有的同感共鸣也无法让他那颗如饥似渴的心灵得到满足。对于大自然的美景，人们只是赞美羡慕而已，但他却是如痴如醉——

> 瀑布飞溅，声声轰鸣，
> 如激情般萦绕心间：
> 巨石，高山，幽暗深林，
> 那色彩，那姿态，在他心中，
> 都曾是一种渴望，一种情愫，一种爱恋，
> 其幽远魅力，
> 无须思索添辉，
> 无须志趣增色，
> 全凭视线所及。[1]

① 引自华兹华斯的《听潭寺》。（这里将诗中的“我”换成了“他”。）——原注

然而他现在又在何方？这位温文尔雅、可亲可爱的人儿难道就这么永远消失了吗？他的心灵满是真知灼见，他的想象总是瑰奇壮丽，他的心灵、他的想象便构成了一个世界，而这个世界依附于其缔造者的生命——这样的心灵难道也随之消逝了吗？难道它现在仅存在于我的记忆之中吗？不，绝不是这样。你那巧夺天工、光彩照人的躯体虽然零落成泥，可你的灵魂仍时常飘然而至，来造访你这不幸的朋友，给他带来些许安慰。

请原谅我的不胜哀思。我这番话只是聊表自己对亨利卓尔不凡的精神财富的赞誉之情；虽然已于事无补，但却能抚慰我这颗因缅怀亨利而破碎不堪的心灵。现在还是让我继续讲我的故事吧。

过了科隆，我们进入了荷兰平原；余下的路程我们决定改乘驿车，因为风向陡转，水流平缓，无助于我们继续水路航行。

接下来这段行程中，我们没有再领略到美丽的自然景色，因而显得意兴阑珊；好在没过几天我们便到了鹿特丹，在那儿改乘海轮去了英国。那是十二月下旬的一个早晨，天气晴朗，我平生第一次见到了不列颠的白色岩礁。泰晤士河两岸则呈现出一幅全新的景象，一马平川，沃野千里，几乎每一座城镇都流传着一段令人难忘的传说故事。一看到蒂尔伯里要塞，我们便联想起西班牙的无敌舰队；而格雷夫森德、伍尔维奇和格林尼治等地方，我还在国内时便早有所闻。

最后，我们总算看到了伦敦城内高耸林立的教堂尖顶，这其中要数圣保罗大教堂的尖顶最为雄伟，而伦敦塔则在历史上最负盛名。

第十九章

眼下，我们暂时在伦敦安顿了下来，打算在这座闻名遐迩、令人称奇的都市里待上几个月。克莱瓦尔迫不及待地想结识那些才华横溢、名噪一时的贤达之士，而这对我来说并非头等大事；我主要忙着通过各种渠道获取研究所需的资料，从而履行我的诺言。随身带来的几封写给当时最为声名显赫的几位自然科学家的介绍信很快便派上了用场。

如果是在无忧无虑的学生时代进行这样一次旅行，那定会给我带来无以言表的快乐。可是，由于我在生活中蒙受不幸，因而此次拜访这些名家大师，纯粹是为了从他们那里获取我苦心孤诣研究所需的资料。我生性不爱与人交往，在我独处时，我会异想天开，满脑子都是空中地上的各种奇观异景。好在亨利的欢声笑语给我以慰藉，让我可以自欺欺人般地获得片刻的安宁。但是，那些好管闲事的人那令人厌烦的张张笑脸却又将我重新拉回绝望之中。我发现在我与我的同类之间隔着一道不可逾越的厚障壁，这是一道以威廉和贾丝婷的鲜血凝成的障壁。只要我回想起与这两个名字有关的那些事情，我心里就痛苦不堪。

在克莱瓦尔身上我看到了我以前的影子。他有着强烈的求知欲，渴望增长见识，急需高人点拨。他在这里所目睹的那些异域风情，对他来说，是增长见识和获得乐趣的不竭源泉。与此同时，他还打算去实现自己酝酿已久的梦想——去印度旅行。凭着他对当地的各种语言的熟练掌握以及他对印度社会的独到见解，他相信自己一定能大大促进欧洲殖民事业和贸易事业的发展。只有在英国他才能进一步实施自己的计划。眼下，他总是东奔西跑，忙得不亦乐乎；唯一影响他快乐开心的，就是我时常愁容满面，神情沮丧。于是我尽量掩饰自己心头的哀思，不至于扫了他人的兴致，因为他才刚刚开启一种全新的生活，没有什么愁情烦事，也没有什么不堪回首。我经常借故有约在身，婉拒与他一同外出，以便能独处片刻。从那时起，我已经在搜集制作新的人体所必需的各种材料。对我来说，这项工作无异于一种折磨，犹如水滴石穿般敲打着我的脑门。每念及此，心中都会痛苦异常；稍有提及，嘴角便颤抖不已，心中便怦怦乱跳。

在伦敦待了几个月之后，我们收到了一个苏格兰人的来信。写信人以前曾来日内瓦拜访过我们。他在信中提到苏格兰美丽的风光，并询问我们那些美景是否具有足够的魅力，能吸引我们多跑些地方，到他远在北方的居住地珀斯游览一番。克莱瓦尔急不可耐地想接受这个邀请，至于我，虽然落落寡合，不喜欢交际，但也希望能再有机会观赏一番名山大川，领略自然之神在自己千挑万选的居住之地精雕细琢的景致。

我们是前一年十月初抵达英国的，而眼下已经是来年的二月份了。于是，我们决定下月底北上游玩。这次远行，我们不打算沿大路去爱丁堡，而是去温莎、牛津、马特洛克、坎伯兰湖区等地，并决定于七月底左右结束这次旅行。我把自己的化学仪器和搜集到的各种研究资料通通打包装好，决定在苏格兰北部的高地上找个隐蔽偏僻的角落来完成这项工作。

我们于三月二十七日离开伦敦，在温莎逗留了几天，每天都在美丽的森林中徜徉漫步。对我们这两个惯于登山的人来说，这儿的风景别有一番情致，让人耳目一新。伟岸参天的橡树、各种各样的飞禽走兽，还有威武庞大的鹿群，这一切都让我们感到新鲜好奇。

离开温莎之后，我们便去了牛津。当我们踏进这座城市时，一个半世纪以前发生的那些往事便立刻浮现在我们的脑海里。查理一世就是在这里集结了他的军队。当全体国民摒弃了他的大业，投身国会与自由的麾下时，唯独这座城市对他依然忠心耿耿。回想起那位命运多舛的国王和他手下那些臣僚，回想起温顺和善的福尔克兰和趾高气扬的戈林，回想起王后及王子，城中每一处他们可能住过的地方都显得那样意趣盎然。这儿古风遗韵犹存，我们便兴致勃勃地追寻着它的足迹。即便我们不能从述古追怀中获得满足，单是这座古朴典雅的城市本身就足以让我们为之赞叹。这儿的几所高等学府历史悠久、风景如画，条条街道简直可以用华丽壮观来形容，城畔秀美的伊希斯河[1]绕城而过，流经块块青翠欲滴的草地之后，河面逐渐开阔起来，形成一泓碧波清潭，城内参天古木掩映下的鳞次栉比的高塔、尖顶和圆形拱顶建筑群无不倒映其中。

眼前的美景让人赏心悦目，然而，每当我回首往事，抑或展望未来，原本欢喜的心情随即变得苦涩起来。我从小就喜欢平静而快乐的生活。在我的少年时代，我从来都不知"不满"为何物，即便有时候感到百无聊赖，但只要看一眼大自然的美景，或是读一点文人墨客精彩绝伦、出神入化的作品，便会兴致盎然、心情开朗。然而，我却是一棵被惊雷劈开的枯木，雷电击中了我的灵魂。那个时候我觉得自己应该继续活下去，向世人展示自己不久便要结束的一种状态—— 一种惨遭摧残的可悲的人性。这种人性在他人看来值得怜悯，而对我自己来说却不堪忍受。

我们在牛津逗留了相当长的一段时间，到城郊漫步，努力辨认每一处可能与英国历史上最为活跃的那段时期有关的古迹遗址。我们本打算就近稍做游玩，而沿途层出不穷的景致却让我们的行程一拖再拖。我们瞻仰了功勋卓著的汉普顿的陵园，以及这位爱国者当年血洒战场、为国捐躯的故地。眼前这些景物就是纪念这位爱国者不朽功勋的丰碑。一时间我的灵魂得到了升华，超脱了沉沦而痛苦的恐惧，开始思索自由与自我牺牲的崇高信念。在这一瞬之间，我大胆抖落禁锢自己的铁链，以自由而崇高的心灵环顾四周；然而这铁链早已深深嵌入了我的肉体之中，我浑身战栗，心如死灰，重新陷入了自怨自艾之中。

---

① 伊希斯河（Isis），即泰晤士河（在英格兰牛津）。——原注

惜别牛津，我们继续前往下一个落脚点——马特洛克。这个村庄附近的田园风光与瑞士的景色颇为相似，只是一切都显得更为小巧些。苍翠的群山，少了阿尔卑斯山那悠远洁白的银冠，而在我的故里，这顶银冠总是和松柏丛生的群山相依为伴的。我们游览了当地一个奇妙无穷的洞穴，参观了几个小型的自然历史博物馆；馆内奇珍异品的陈列方式居然与塞沃克斯和沙穆尼那儿的博物馆如出一辙。当亨利说出沙穆尼这个地名时，我浑身上下感到不寒而栗，于是我催着赶紧离开了马特洛克，那地方让我联想到了那可怕的一幕。

我们从德比出发，继续北上，在坎伯兰和威斯特摩兰逗留了两个月。在那期间，我几乎以为自己置身于瑞士的连绵群山之中。那残留在北边山坡上小块的积雪，那大大小小的湖泊，那在岩缝中奔流的山涧，在我眼前都显得那么熟悉，那么亲切。我们在这里也结识了一些新朋友，他们想尽办法逗我开心。相形之下，克莱瓦尔自然要比我快活得多。与才华横溢的人交往，让他开阔了眼界，让他意识到自己竟然还蕴藏着更大的潜能和才智，而这在他与那些能力不及他的人交往时是无法想象的。“我可以在这里待上一辈子，”他对我说，“置身于这些群山之中，我几乎不再怎么为离开瑞士和莱茵河而感到遗憾了。”

不过他发现，旅行者的生活不光是有很多乐趣，同时还有不少苦楚。他的情绪总是处于十分紧张的状态。每当他的心情逐渐平静下来时，他便发现自己不得不舍弃那些让他心旷神怡的东西，去追求新的事物，而当新事物再次吸引了他的注意力时，他随即又将它抛弃，再次去寻求别的新奇事物。

我们还没来得及游遍坎伯兰和威斯特摩兰的大小湖泊，也没来得及和那里的居民建立起感情，我们与那位苏格兰朋友约定的会面日期便近在眼前了。于是，我们便离开那些地方，继续北上。对我来说，这没有什么好遗憾的。在这段时间里，我并未将自己的承诺放在心上，因而惴惴不安，生怕那恶魔会在失望之余有所举动。也许他此刻还留在瑞士，将他报复的魔爪伸向我的亲戚家人。这个念头一直萦绕在我的脑海中，每当我想稍事休息，或是想让自己的心绪安宁片刻，这个念头便缠着我、折磨我。我心急火燎地等待着家里的来信。如果信件迟迟不来，我便心神不宁、担心万分，等信收到了，见到信封上伊丽莎白或父亲的签名落款，自己又几乎没有勇气将信封拆开，生怕自己所担惊受怕的厄运得到印证。有时我想，那恶魔可能一路上跟着我，还有可能出于对我旅途的懈怠的惩罚从而杀了我的旅伴。每当这些想法盘踞在我心头时，我就一刻也不离开亨利，而是如影随形地保护他，以免那恶魔一怒之下，平白无故将他杀了。我感到自己就像犯下了什么弥天大罪，这种想法始终在我脑海里徘徊。我才是无辜的，可我的确给自己招来杀身魔咒，而这魔咒与弥天大罪一样可以置人于死地。

即便是最为不幸的人也会对爱丁堡这座城市充满兴趣，而我却是目光呆滞，神情恍惚。在克莱瓦尔看来，爱丁堡不及牛津那样有趣，因为他更喜欢牛津的古朴风味。不过话又说回来，爱丁堡是座新兴的城市，环境优美，布局整齐，它那富有浪漫气息的城堡，世所罕有的城郊风光，还有亚瑟王的座椅，圣伯纳特古井，以及彭特兰丘陵等名胜古迹，对克莱瓦尔来说，到此一游也算是对人走景移的一种补偿，因而他满心欢喜，惊羡不已。不过我却心急如焚，想尽快赶往此次旅行的终点。

一个星期以后，我们离开了爱丁堡，经库珀尔、圣安德鲁斯，再沿泰河前往珀斯，我们的朋友将在那儿等候我们。不过，我丝毫没有兴致与陌生人谈笑风生，也不可能像主人期望的那样，与他们一起兴致勃勃地讨论游玩计划。因此，我告诉克莱瓦尔希望能独自一人游览苏格兰。“你自己玩得开心点，”我说道，“以后我们就在这儿会合。我可能要离开一两个月，不过我求你别问我为什么，让我独自一人平心静气地待一段时间，等我回来时，我希望自己心情能更轻松些，能与你更心境相投些。”

亨利本想劝我打消这个念头，可他见我主意已定，便不再劝我了。他恳求我常给他写信。“我与这些苏格兰人素昧平生，”他说道，“与其和他们一起游玩，还不如留下来陪你，就咱俩散散步也挺好。既然这样，亲爱的朋友，那你就快去快回吧，等你回来，我心里才能踏实些，你不在我身边，我怎么都觉得不自在。”

与我的朋友告别之后，我决心去苏格兰找个偏远僻静的地方，独自完成工作。我一点也不怀疑那恶魔会一直在暗中跟踪我，只要我一完工，他便会立刻现身，在我的眼皮底下将他的女伴接走。

打定主意之后，我便穿越北部高地，最后将我的工作场所定在奥克尼群岛最偏远的一个小岛上。说是岛其实差不多就是一块岩礁，高处坡面常年受到海浪的冲击，很适合我做这项工作。岛上土壤荒芜贫瘠，几乎连几头瘦得皮包骨头的奶牛吃的青草和当地居民赖以糊口的燕麦也长不出来。这儿的居民一共只有五个人，个个食不果腹，骨瘦如柴，由此可见他们的生活多么贫苦。如果他们要享受蔬菜、面包等奢侈品，他们就得从五英里开外的大陆上去运，就连淡水也都得如此。

整个小岛上只有三座茅草屋，座座破旧不堪。我去的时候其中有一座还是空着的，于是我将它租下了。屋里只有两个房间，四壁萧然，空无一物，一派赤贫的景象。那茅草屋顶已坍塌凹陷，四周墙壁没涂灰泥，房门上的铰链也已松脱。我找人将茅草屋修葺一番，又购置了些家具，便住了下来。我在此租房一事原本会引起本地人的好奇关注，但这些居民食不果腹，衣不蔽体，一贫如洗，早已完全麻木了。事实上，我住在那儿，没有任何人会注意我，也没有任何人来打扰我；我送给他们一点少得可怜的食物和衣服，他们也几乎没对我表示什么感谢。生活的苦闷甚至已将这些人最起码的感觉都给磨钝了。

每天早上我都将自己关在茅草屋里工作。到了傍晚，如果天气允许的话，我就去乱石遍布的海滩上散步，倾听海浪向我脚边汹涌而来时的呼啸声。这里的景色既单调，又在不断变化。我不禁想起了瑞士。故乡的风光与这荒凉凄清、阴森恐怖的景色真有天渊之别。故乡的丘陵坡地藤缠树绕，平原上幢幢农舍星罗棋布，美丽的湖泊倒映出柔和湛蓝的天空；即便狂风乍起，吹皱湖水，与汹涌澎湃的浩瀚汪洋相比，也只不过是一个活泼可爱的婴儿在嬉戏玩耍罢了。

我刚到那里的时候，每天就这样安排工作，打发时日；但是，随着手头工作的不断深入，我对它的恐惧和厌恶也与日俱增。有时一连几天，我都没法说服自己钻进做实验的屋子去，而有时，为了早日完成这项工作，我又没日没夜地埋头苦干。说句老实话，我干的这活儿的确污秽肮脏。我上一次尝试这项实验时，被那股盲目的狂热冲昏了头脑，并没有意识到干这勾当有多么恐怖，我一心想着如何实验成功，对实验过程中的毛骨悚然视而不见。可现在，我已不再心血沸腾，只要一想起手头的工作便打心底里反感厌恶。

身居此地，干着最让人深恶痛绝的勾当，深陷与世隔绝的凄苦孤寂之中，没有任何东西能够将我的注意力从我眼前的景象中片刻分散转移。于是，我的心理失去了平衡，变得坐卧不宁、焦躁不安，整天提心吊胆，时时刻刻都怕撞见那个亡命之徒。有时我坐在那儿，两眼痴痴地盯着地面，不敢抬头，生怕一抬头就会看到那个让我望而生畏的东西。我不敢去那些岛上居民视线之外的地方散步，生怕在我独自一人时，他会突然出现在我的眼前，向我索要他的女伴。

与此同时，我手头上的这项工作仍在继续，而且还取得了相当大的进展。我怀着忐忑不安的心情，急切地盼望这事儿尽快完工——我不敢探究自己为什么会有如此矛盾的心理，只是觉得这种期盼之中隐隐约约夹杂着一种不祥之感。

第二十章

一天傍晚，我坐在做实验用的茅草屋里。太阳已经西沉，月亮刚刚从海平面升起。由于光线不足，已无法继续工作，我便闲坐着，心中合计，是到此为止，还是干脆一干到底，索性将她完成？我静静地坐着，一连串的思绪接踵而至，让我不得不思量现在的所作所为将来会产生什么样的后果。三年前，我曾做过同样的事情，造出了一个暴虐无比的魔鬼，让我陷入凄凉悲怆的境地，心中永远充满了苦涩与悔恨。眼下，我又将造出一个怪物，而我对她的脾气秉性同样一无所知。兴许她会比她的同伴恶毒千倍万倍，为了一己之私，为非作歹，杀人取乐。她的同伴曾信誓旦旦，要远离人类社会，遁迹于荒漠之中。可她并没有发誓赌咒，而且她还很有可能成为一个具有思辨、具有理性的怪物，因而完全有可能拒绝履行别人在她出世之前所订的契约。他们还有可能会彼此厌恶。这个已出世的怪物一直嫌弃自己相貌丑陋，如果他眼前再出现一个同样丑陋不堪的异性同类，他会不会对自己的丑模丑样更加怀恨在心？同样，她也可能会因他的相貌丑陋而嫌弃他，转而追求长相俊美的男子。说不定她会弃他而去，让他再度孤苦伶仃。这样一来，他便会因遭自己的同类遗弃而恼羞成怒，新仇旧恨一并清算。

即使他们离开欧洲，栖居于美洲的戈壁荒漠，也不能算是万事大吉，那怪物一直渴望能有人与他惺惺相惜，可这种爱情最直接的后果便是他们后代的诞生出世。从此妖魔孽种便会在地球上繁衍不息，从而危及人类的生存，陷人类于惶恐之中。难道我有权为了一己之私而将这无穷祸患强加于子孙后代？我所创造的那个怪物巧舌如簧，我曾因他的诡辩而变得心慈手软，也曾因他的穷凶极恶而吓得神志不清。可现在，我如梦初醒，发现自己对那个怪物许下承诺简直是罪大恶极。我将遭到子孙万代的诅咒唾弃，他们会诅咒我是害群之马，自私自利，为了换取个人的片刻安宁，竟不惜牺牲整个人类的生存。

想到这些，我就不寒而栗。我不经意间一抬头，借着朦胧的月光，突然发现那恶魔就站在窗外。我吓得快要停止心跳，浑身上下颤抖不已。他咧着嘴，冲我狞笑，眼睛直盯着我，盯着我椅子边那个他指派我为他制作的伴侣。不错，他一路上一直都在跟踪我。他时而在森林中游荡，时而在山洞里隐藏，时而又在旷野中栖息。而现在，他又跑来查看我的工作进展，催我履行自己的诺言。

我打量着他，只见他目露凶光，一副阴险奸诈的嘴脸。一想到自己竟然还答应要给他造一个同类，我就狂怒不已，气得浑身发抖，我一把抓起那个正在赶制中的怪物，撕成碎段。这个倒霉鬼原本把自己的幸福寄托在这个将要出世的异性伴侣身上，现在眼睁睁地看着我将她毁掉，顿时发出一声充满绝望怨恨、让人毛骨悚然的号叫，扭头跑掉了。

我离开做实验的这个小屋，锁上了门，暗自郑重起誓——今后决不重操旧业。然后，我双腿打战，踉踉跄跄地朝自己的卧室摸索过去。屋里只有我一个人，身边没有人能替我排解心中的忧愁，也没有人能将我从苦苦压抑的梦魇中解救出来。

几个小时过去了，我依然伫立在窗前，凝望着大海。海上风平浪静，大地万物都在静谧的月色中酣然入眠，只有几叶扁舟点缀着海面。时而微风吹拂，隐隐约约飘来渔民们相互吆喝招呼的声音。我感觉到四周一片静谧，尽管我全然没有意识到这样的静谧是何等的深沉。突然，耳鼓传来一阵船只快要靠岸时的划桨声，紧接着有个人在我屋子附近的地方上了岸。

几分钟以后，我听见大门吱吱嘎嘎地响起来，好像有人想偷偷推门而入。我浑身上下直打哆嗦，来者是何人我已有预感。我真想去离我不远的茅舍叫醒个村民，却又感到无助至极，这就像噩梦中时常有的那种感觉——眼看大难临头，你想要拼命地挣扎逃跑，可双脚却被牢牢地钉在原地，动弹不得。

不一会儿，我听到走廊上传来一阵脚步声。房门开了，那个让我心惊肉跳的坏家伙出现在眼前。他顺手将门关上，朝我逼近，压低嗓门说道：“你都已经开始干了，可又半途而废，将她毁掉，你究竟是何居心？你胆敢出尔反尔，背信弃义？我历尽千辛万苦，随你一起离开瑞士。一路上我蹑足潜行，沿着莱茵河畔，穿过一座座绿荫蔽日的岛屿，翻越一片片连绵起伏的丘陵，在英格兰的荒野里和苏格兰的沙漠中待了数月之久。我历尽千辛万苦，忍受饥寒交迫，你竟敢扼杀了我的希望？”

“滚开！我的确是食言了，可我决不愿再造一个跟你一样面目丑陋、心地歹毒的东西。”

“你这个卑鄙小人，我以前还和你讲道理，可你的所作所为已证明你根本不配让我那样抬举你。别忘了，我有的是蛮劲儿。你觉得你够痛苦的了，可我要叫你痛不欲生，让你不愿重见天日。你是创造了我，可现如今我才是你的主子。你得听我的！”

“你现在大可耀武扬威，我已不再像以前那样优柔寡断了。不管你怎么威胁，我都不会向你屈服，去干丧尽天良的事情。你的威胁只会让我痛下决心，不再会为你造个帮凶，让她助纣为虐。我岂会在自己头脑清醒的时候，将一个专以杀人为乐、作恶为欢的魔鬼放到人间？快滚！我意已决，你再啰唆只会给我火上浇油。”

这怪物见我神情坚毅，铁了心肠，气得咬牙切齿，但也无可奈何。“每个男人，”他大声喊道，“都可以娶个老婆拥入怀中，每个动物都可以找到配偶，成双成对，难道就偏偏要我孤此一生不成？我也曾对人满腔柔情，可换来的却是别人的憎恨嘲讽。小子！你可以恨我，但你可要当心，你会在诚惶诚恐、痛不欲生中度此余生。你马上就要大祸临头，从此再无欢愉可言。我在痛苦的深渊苟且偷生，又岂能让你逍遥自在，安享快活？你可以灭掉我的七情六欲，可我的复仇之心坚不可摧。从今往后，哪怕再怎么暗无天日，再怎么忍饥挨饿，我也不会忘记报仇雪恨！我也许会活不了，但是在我死之前，先得让你这个恣意折磨我的暴君去诅咒那老天瞎了眼，对你的痛苦视而不见，让你痛不欲生。你给我小心点，我可是天不怕地不怕，我浑身上下有使不完的蛮劲儿。我会像毒蛇一样时时盯着你不放，待我毒液蓄满之后便会瞅准时机，猛咬你一口。小子，到那时，你会对曾经伤害过我追悔莫及。”

“魔鬼，住口！休得在此污言秽语。我已经向你表明了决心，我不是贪生怕死之辈，岂能被你这几句大话给吓倒。马上给我滚开，我是绝不会有半点动摇的。”

“也罢，我走；但你给我记住了，在你新婚之夜，我定会前来捧场。”

我朝他猛扑过去，大声吼道：“恶棍！你想给我下死亡令，先保住你的狗命吧！”

我本想一把揪住他，可他一闪身，飞快地跑了出去。只见他转瞬之间便登上一叶扁舟，箭一般掠过海面，瞬间消失在碧波之中。

四周又是一片死寂，可他的话仍在我耳边不断回响。我怒火中烧，恨不得追上前去，将那个害得我心绪不宁的恶魔捉住，抛入大海之中。我焦急烦躁地在屋里踱来踱去，脑海里浮现出千百种那怪物折磨我、撕咬我的惨状。为什么我不追上去和他拼个你死我活？倒是眼睁睁地看着他溜之大吉，看着他朝陆地方向划船而去。这家伙复仇心切，不知谁会成为他下一个牺牲品。想到这些，我不禁浑身战栗。这时，我又想起了他的话："在你新婚之夜，我定会前来捧场。"照此看来，我的新婚之夜必将是我的命运终结之时。我在那一刻死去，从而让他的复仇心理立刻如愿以偿，与此同时，他的邪念也将随之烟消云散。想到这些，我并没有心生畏惧，可当我想到我心爱的伊丽莎白，一旦她发现自己的心上人被如此蛮横无情地从身边夺走，一定会泣涕涟涟，肝肠寸断。想到这些，我禁不住泪如泉涌。好几个月以来，我还是第一次这样伤心落泪。我下定决心，不与我的冤家仇敌拼个你死我活决不在他面前轻易倒下。

黑夜终于过去了。太阳从海平面冉冉升起，我的心情也稍稍平静了一些——如果盛怒之后的无尽绝望也可以称之为平静的话。我离开住所——那个昨夜发生激烈争吵的恐怖之所，来到海滩上散步。我把大海视作是横在我和我的同胞之间的一道几乎不可逾越的障碍。不，我暗自忖道，但愿大海的阻隔能证明我眼前的现实。我愿在贫瘠荒芜的岛礁了此余生。诚然，这样的生活将会索然无味，但也会非常平静，不会遭受任何飞来横祸。如果我回去，要么自己命丧黄泉，要么眼睁睁地看着自己的亲朋好友惨死在自己亲手制造的怪物的魔爪之下。

我像一个已与骨肉至亲生离死别的孤魂野鬼，惶惶不可终日地在岛上东飘西荡。正午时分，艳阳高照。我躺在草地上，浓浓睡意向我袭来。昨晚由于神经极度紧绷，我彻夜未眠；由于高度警戒，加之伤心流泪，两眼布满血丝。现在睡了一觉，精神恢复了不少。醒来之后，我又感到自己好像重新回到了与自己一模一样的人类中间了。我开始更为冷静地思考昨晚发生的一切。然而，恶魔的话语仍像丧钟般在我耳边回响，如同虚无缥缈的梦幻，却又是明明白白的现实，让人苦闷、压抑。

太阳早已西沉，我依然坐在海滩上，狼吞虎咽地啃着一块燕麦饼——我早已饥肠辘辘了。这时，只见一条渔船在附近靠了岸。船上有人给我送来一件包裹，里面有一封来自日内瓦的信件，还有一封是克莱瓦尔写来的。信中他恳求我到他那儿去，说他在那儿无所事事，纯粹是虚度光阴。他说他在伦敦结识的那些朋友曾写信给他，敦促他尽快赶回伦敦，以便敲定印度之行的相关事宜。他不能再耽搁了，必须马上动身。而且，由于他回伦敦以后，将很快起程去更为遥远的印度，动身日期可能比他现在预计的还要早，他恳请我尽可能多地抽点时间与他相聚。因此，他要我离开这座孤岛，去珀斯与他会面，好一同南下。这封信在很大程度上让我又重回现实之中，于是，我决定两天后离开小岛。

然而，在离开这里之前，我还有一件事要做，一想到这件事，我就浑身直打哆嗦——我必须把带来的那些化学仪器打包装箱，为此我不得不再次迈进我原先干那肮脏勾当的实验室，亲手搬弄那些看了让人恶心作呕的器具。第二天清晨，破晓时分，我壮着胆子打开了做实验的那间屋子的门。那具刚完成了一半就被我撕毁的躯体的残肢断臂横七竖八地散落一地，给人的感觉仿佛是我肢解了一个活生生的人体。我驻足片刻，定了定神，然后走进屋里，双手战战兢兢地将那些化学仪器搬出房间；但我又想到，我不能将那具残骸留在屋里，以免引起村民的惶恐和猜疑。于是，我便将这些残肢断臂装进一只箩筐里，又在上面压上许多石块，然后将箩筐拖到一边，打算于当天晚上将它扔进海里。随后，我坐在海滩上，清洗、整理那些化学仪器。

自从那晚魔鬼现身之后，我的心理状态便发生了翻天覆地的变化。我以前一直怀着阴郁、绝望的心情对待自己的诺言，把它看成是一件无论结果如何都得去兑现的事情，而现在，我仿佛觉得那层云遮雾罩的薄膜已被拨开，让我第一次看得真真切切、明明白白，心里再也没有动过重操旧业的念头。虽然我听了那恶魔的恫吓之后感到如千斤重担压在心头，但我并未想过要主动做点什么来逃灾避难。我早已想清楚了，如果我再造一个跟我先前造出的那个一模一样的恶魔，那将是最为卑鄙、最为恶劣的自私行径，我决不允许自己另起他念，从而改变了自己的主意。

凌晨两三点钟的时候，月亮冉冉升起。这时，我把箩筐搬到了一条小船上，然后划到离岸四英里左右的海面上。这里一片萧瑟孤寂，只有零星几条小船正往岸边驶去。我划动小船，绕开了他们，仿佛自己是在干一件让人心惊胆战、忐忑不安的罪恶勾当，生怕被什么人给撞见。那夜本来一直是皓月当空，可有段时间突然阴云密布，笼罩住了月亮，四周漆黑一片，我赶紧趁机将箩筐扔进海里，只听见箩筐咕咚咕咚地沉了下去，之后，我便划着小船匆忙离开了现场。这时，天空虽然阴云密布，可空气却依然十分清新。尽管海面上刮起了东北风，给人丝丝寒意，可我却感觉神清气爽，十分惬意。于是我决定在海上再多待一会儿。我将船舵对正，然后舒展身子，躺在船里。云层遮住了月亮，四周一片朦胧，一片寂静，耳边只传来轻舟的龙骨破浪前进的声音。那缓缓的水声催人入眠，没一会儿，我便沉沉睡去。

我不知道自己这样睡了有多久，等我一觉醒来，太阳已升得老高了。那时风急浪高，海浪时时威胁着小船的安全。我发现风是从东北方向刮过来的，船乘风势，此时离出发时的海岸一定很远了。我竭力想改变小船的航向，可我很快便意识到，如果我再这样折腾下去，顷刻之间，海水便会涌进船舱。事已至此，唯一可行的办法便是顺风航行。说句老实话，我当时心里还真有点发慌。我没有带罗盘，对这一带的地形几乎一无所知，太阳定向也帮不了多少忙。我有可能会被风刮进浩瀚无边的大西洋，要么在那儿活活饿死，要么被周围无边无际汹涌咆哮的海浪吞噬，葬身鱼腹。我在海上一连漂流了好几个时辰，感觉喉咙烟熏火燎，焦渴难忍，而这还只是我即将遭受的其他种种苦难的前奏。我仰望苍穹，只见流云朵朵，随风飘逝。我又俯瞰大海，它将是我的葬身之地。“魔鬼，”我大声喝道，“你已经如愿以偿了！”我想到了伊丽莎白，想到了父亲和克莱瓦尔，他们被我通通抛下，那恶魔会在他们身上满足自己嗜血成性、凶残歹毒的复仇欲望。这个想法顿时将我抛进了绝望恐怖的深渊。即便时至今日，一切都将成为过眼烟云，但是每每回忆起这段情景，我依然会不寒而栗。

几个小时就这样过去了，太阳在西边的地平线缓缓沉了下去，狂风也逐渐减弱，变为习习凉风，海面上的惊涛骇浪也渐渐平息。然而此时，海上出现了大片连绵起伏的潮涌，让人感到头晕恶心，几乎连舵也抓不稳。恰恰在这个当口，我突然发现了向南延伸开去的一线陆地。

我在惊涛骇浪中命悬一线、苦苦挣扎了好几个钟头，几乎已是心力交瘁、精疲力竭了。然而，当一线生机如此真切地出现，宛如一股幸福的暖流涌入我的心田，两行热泪不禁夺眶而出。

人的心理真是瞬息万变，即便是在最让人痛不欲生的时候，对生命的眷恋依然是那样强烈，真是不可思议！我从衣服上扯下一大片布重新做了一张帆，驾着小船急切地向陆地驶去。这片陆地远远看上去异常荒凉，乱石遍布，但等船靠近之后，我一眼便看到有耕作过的痕迹，我还看到海岸附近有船只在活动。眼前的景象让我突然感到自己重新回到了人类文明社会之中。我小心翼翼地沿着弯弯曲曲的海岸线向前划去，终于看见一座尖塔从小小的海岬后面露了出来，我立刻欢呼起来。由于我的身体已经极度虚弱，我决定径直朝小镇方向划去，因为那儿应该最容易弄到吃的东西。幸亏我身上还带了点钱。当小船绕过那个海岬，映入眼帘的是一座整洁干净的小镇，这里同时还是个条件不错的港口。我将船驶进港口，心里高兴得怦怦直跳，真想不到这次还能死里逃生。

正当我忙着拴好小船、收整风帆时，有几个人朝我围拢了过来。他们似乎对于我的到来感到十分惊讶，非但没有过来帮我，反而凑在一起一边小声议论一边用手比画。这要是在别的时候，我早就高度警惕了。实际上，我当时只注意到他们在用英语交谈。于是，我就用英语向他们问候致意。“各位亲爱的朋友，”我说道，“能否请你们告诉我，这座小镇叫什么名字，我这是到了什么地方？”

“你很快就会知道了，”一位男子粗声大气地回答道，“这里可能不大合你的胃口，但是，跟你挑明了，你甭想从我们这里打听到半点风声。”

这个陌生人如此粗暴无礼的回答着实让我惊得目瞪口呆，与此同时，我发现与他同来的人个个都是横眉冷对，怒目圆睁，我就更觉得惶恐不安。“您为何要对我如此出言不逊？”我回答道，“对初来乍到的客人如此不友好，这显然不是你们英国人的习惯吧？”

“英国人的习惯是什么，我不知道，”那人答道，“可疾恶如仇却向来是爱尔兰人的一贯做法。”

这场莫名其妙的对话在继续进行，与此同时，我发现围观的人数量猛增，他们个个脸上露出既好奇又愤懑的神情，这既让我感到大为恼火，又有点惊恐不安。我问他们去客栈该怎么走，可谁都对我不理不睬，于是我便自己向前走去。这群人将我前拥后簇，团团围住，边走边窃窃私语。这时，一个长得凶神恶煞的男子走上前来，拍了拍我的肩膀，说道：“来吧，先生，你得跟我到柯温先生那儿走一趟，把你自己的身份来历交代清楚。”

“谁是柯温先生？我为什么要向他说明自己的身份来历？难道这儿不是一个自由国度吗？”

“哎呀，先生，对于安分守己的人来说，这里有的是足够的自由了。柯温先生是这儿的镇长，昨晚有人发现有位绅士在这里遇害了，你必须对此做出解释。”

他的这番回答让我大为惊骇，可我很快便镇定下来。我是无辜的，这一点很容易得到证实。于是，我一言不发地跟着那人向镇上最漂亮的一幢房子走去。我当时已经疲惫不堪，饥饿难忍，随时都有可能瘫倒在地；然而，被这么一大群人簇拥着，我想还是打起精神，以免被人误以为是做贼心虚、害怕受到惩罚因而腿脚发软。我当时全然没有意识到，一场飞来横祸竟会如此之快地降临到我的头上，让我将所有因耻辱与死亡而产生的恐惧通通抛却，只留给我无尽的痛苦与绝望。

故事讲到这里，我必须得歇一会儿，因为接下来我需要鼓起全部的勇气，才能将我所能回忆起的那段令人恐怖的往事原原本本地讲给您听。

第二十一章

我很快便被带到镇长面前。镇长已上了年纪，面容慈祥，举止温和而又安详。然而，他打量我的时候，目光中还是流露出几分严厉。他转过身去询问带我来的那些人，问谁能当场就此事做证。

大概有五六个人站了出来，镇长指定了其中的一个人出来问话。这人便做证道，昨天晚上，他和儿子及妹夫丹尼尔·纽金特一起出海捕鱼，十点钟光景，他们发现海面上开始刮起强劲的北风，于是便收帆归港。那时月亮还没升起，四周漆黑一片。他们没有把船停靠在港内，而是照例停在下游两英里处的一个小湾里。他第一个上岸，扛了一部分捕捞用具，那两个同伴跟在后面，离他不远。他在沙滩上走着走着，突然脚被什么东西绊了一下，摔了个结结实实，他的同伴赶紧跑过来将他扶起，借着提灯的光亮，他们发现他刚才摔倒在一个男人的身上，那人显然是已经断气了。他们起先推测，那人是在溺水身亡之后被海浪冲卷上岸的，但仔细察看之后，他们发现那人的衣物没有被海水打湿，而且尸体尚残留有体温。他们赶紧把那人抬到离出事地点不远的一个老太太的家里，竭尽全力抢救，可还是没能救活他。死者是个青年男子，长得俊朗清秀，年纪大约二十五岁。他显然是被人掐死的，因为除了他脖子上的瘀青色指痕外，身上再没有任何伤痕。

他这段证词的前半部分丝毫没有引起我的兴趣，然而当证人提及指痕时，我便想起了弟弟威廉遇害时的情形，心里顿时变得极度焦躁不安。我四肢抽搐不停，眼前雾蒙蒙一片，连站都站不稳，只得斜靠在椅子上。镇长敏锐地观察到我此时竟如此失魂落魄，自然会认定我心中有鬼。

儿子证实了他父亲的陈述，而当丹尼尔·纽金特被传唤出来做证时，他信誓旦旦，在他的同伴被绊倒之前，他亲眼看见离岸不远的海面上有一条小船，船上有一人，而据他判断，他当时在依稀星光下所看到的那条船，正是我乘坐上岸的那一条。

有位妇人做证说，她家在海滩附近，在听说发现尸体前约莫一小时，她正站在自家门口，守望渔夫们出海归来。这时，她看见一条船，船上只有一人，正匆匆驶离随后发现尸体的那段海岸。

还有位妇人证实了有关几个渔夫将尸体抬到她家里进行抢救的陈述，说那具尸体当时还并没有凉透。他们把尸体抬到床上，不断揉搓，丹尼尔还跑到镇上去找药师，可那人早就咽气了。

镇长还就我乘船上岸一事询问了几个人。他们一致认定，由于当晚刮起了北风，风势猛烈，我很有可能在海上挣扎了好几个钟头，最后不得不又折回到我原来离开的那段海域附近。此外，他们还声称，从当时的情况来看，这具尸体是我从别的地方偷运过来抛弃于此的，而且，由于我对这段海岸地形似乎并不熟悉，所以我在进港避风时可能压根就不知道这座小镇离我抛弃尸首的地方究竟有多远。

柯温先生听完这些人的陈述之后，决定带我去停放尸体的房间，以观察我见到尸体之后会有何反应。刚才那些人提及凶手的作案手段时，我曾表现得极度焦躁不安，也许正是因为这一点吧，镇长才想出这么个主意。于是，镇长和其他几个人将我领到一家小客栈。一晚上竟然有这么多事情阴差阳错地接连发生，真是让人颇感蹊跷。不过，我心里很清楚，发现尸体那会儿，我正在我居住的那个小岛上与几个村民交谈，因此，这件事究竟会后果如何，我心里非常地平静、坦然。

我来到停放尸体的房间，他们将我带到灵柩跟前。我怎样才能描述自己当时见到那具尸体时的心情呢？只觉得自己惊恐之下咽焦舌燥，如炙炭火，即便是现在回想起来，那一刻依然让人不寒而栗，肝肠寸断。当我见到亨利·克莱瓦尔的尸体直挺挺地横在我面前时，什么别人会对我察言观色，什么在场的镇长还有那些证人，通通如浮云幽梦从我的脑海中消失了。我大口喘着粗气，一头扑在克莱瓦尔的尸体上，失声痛呼：“我最亲爱的亨利啊，是不是我干的那些伤天害理的罪恶勾当把你也给害死了？我已经害了两条人命了，其他的不幸的人儿还在等待他们的厄运宿命；可是你，克莱瓦尔，我的朋友，我的恩人……”

肉身凡胎已无法再承受我所忍受的痛苦，我浑身抽搐得厉害，被人抬出了房间。

接着我便开始高烧不退，一连两个月卧病不起，时时刻刻都在死亡线上徘徊。后来我听说，我发烧时神志不清，胡言乱语，着实骇人。我自称是杀害威廉、贾丝婷和克莱瓦尔的凶手。有时我还央求照看我的人助我一臂之力，杀了那个没完没了折磨我的恶魔，有时我又会感到那怪物的魔爪已经死死掐住我的脖子，惊恐之下我声嘶力竭地痛苦哀号。幸好我说的是本国语言，只有柯温先生能听得懂；不过，我胡乱挥舞的手势和痛苦不堪的呼叫足以让其他那些目击者心惊胆战。

我为什么不当即暴毙身亡呢？既然我所承受的不幸世所罕有，为什么我不就此陷入遗忘，就此永久安息呢？死神夺走了多少朝气蓬勃的孩子的性命，夺走了他们垂垂老矣的双亲的唯一希望！还有多少新婚宴尔的妻子，多少风华正茂的恋人，今朝还是身康体健，青春焕发，明日却成了坟冢之中腐臭难闻的躯壳，成了尸虫竞相掠食的对象！我究竟是用什么材料铸造成的，竟然在经受了那么多令人眼花缭乱的巨大打击之后还能挺过来？

可我终究还是难求一死。两个月之后，我从噩梦中醒来，发现自己已身陷囹圄，直挺挺地躺在一张破旧不堪的床上，周围尽是看守、狱吏、铁栅栏以及土牢里那让人毛骨悚然的刑具。我记得当时清醒过来时是个早晨，对以往具体发生了什么事已记得不太清了，只觉得自己突然被什么巨大不幸给击垮了。但是，当我环顾四周，看到装有栅栏的铁窗，看到自己这间又破又脏的牢房，以前发生的一切又一幕幕闪现在我的脑海中，我不禁痛苦呻吟起来。

一位正在我身旁椅子上迷糊打盹的老妇人被我的呻吟声给惊醒了。她是这儿一个牢头的老婆，受雇来此充当看护，她那嘴脸流露出那个阶层的人所具有的典型的恶劣品质。她的脸部轮廓显得僵硬而粗糙，一看就是那种看惯了别人受苦受难、毫无恻隐之心的人。她说话的腔调也显示出她对人的全然冷漠。她用英语跟我说话，我突然想起，在痛苦昏迷中曾听到过这个嗓音。“你好些了吗，先生？”她说道。

我也同样用英语回答，显得有些有气无力，说道：“我想是好点了。不过，如果这一切都是真的，如果我不是在做梦的话，真是遗憾，自己还苟活于世，还得承受痛苦与恐怖的煎熬。”

“至于那件事，”老妇人回答道，“如果真是你杀害了那位先生，我看你还不如死了的好，否则料你往后日子也不大好过！不过，反正这不干我的事，他们叫我来护理你，让你尽快康复，我只是凭良心做事，尽到我自己的责任，如果人人都能像我这样，那就好了。”

这位老妇人对一个刚从死亡边缘活过来的人竟能说出如此冷酷无情的话，让我顿时心生厌恶，于是便转过身去不再理她，只觉得自己无精打采，无力去思考过去所发生的一切。这半辈子亲历的诸多事情对我来说恍然如梦，有时我不禁怀疑这一切到底是真是假，因为我心里面对这一切从来都没有一种实实在在、真真切切的感觉。

随着浮现在我眼前的那些形象变得愈发明朗清晰，我的心情也随之变得愈发焦躁不安，只觉得周围黑魆魆一片向我逼近，身边没有谁会用温柔呵护的话语来安慰我，也没有谁会伸出关爱之手来扶我一把。医生来过，给我开了药方，那老妇人随即为我准备药去了；可我看得出，那医生脸上流露出一副漫不经心、不屑一顾的样子，而那老妇人则满脸凶恶，毫无怜悯之心。除了能马上从我身上赚几个铜子的绞刑行刑官以外，还有谁会在意一个杀人犯的命运呢？

这些就是我一开始时的想法。然而不久我便得知，柯温先生一直对我极为通融，他把监狱里最好的一间牢房安排给了我（这最好的一间竟也如此破败不堪），医生和护士也是他为我找的。他很少来看我，尽管他热切地希望减轻每一个人的痛苦，但也不愿站在一个杀人犯的面前，亲眼看着他痛苦不堪，亲耳听着他凄惨呓语。因此，即便他有时来牢房，也只是看我是不是被落在一边无人照看，而且他每次来的时间都很短，间隔的时间却很长。

我的身体正在渐渐恢复。一天，我坐在椅子里，双眼微睁，面色铁青，有如死人一般，感到忧郁难耐，痛苦不堪。我时常动了念头，想一死了之，不愿再在这个满眼不幸的人世间苟延残喘。有那么一阵子，我还在想要不要索性认罪伏法，也算是罪有应得，不像是贾丝婷完全是含冤而死。我正这么想着，牢门打开了，柯温先生走了进来，脸上流露出同情怜悯之情。他在我身边拉过一把椅子坐下，然后用法语对我说道："这个地方恐怕会让您大皱眉头吧，我能做点什么，能让您感到舒服一些？”

“谢谢您，不过，您提到的情况对我来说根本无所谓，因为在这个世上，已经没有什么地方能让我有舒服可言了。”

“我知道，对于像您这样一个身受如此离奇打击的人来说，我这个陌生人所能给予的同情很难缓解您心头的痛楚。不过，我希望您能很快离开这个让您伤心欲绝的鬼地方；因为我们可以轻而易举地找出些确凿证据，从而让您无罪获释。”

“我根本不关心此事。遭遇了这一连串颇为蹊跷的事情后，我现在已成了世上最为不幸的人了。我过去历尽磨难、受尽残害，即便此刻也仍在吃苦受罪，死亡对我来说又算得了什么？”

“的确没有什么事情比近来接踵而至的阴差阳错、莫名其妙的事情更让人倍感痛苦了。不知是什么稀奇古怪的事情把您给弄到这一带海岸上，而这儿的人素来以好客闻名，他们立刻把您抓了起来，指控您犯了谋杀罪。接着您上岸之后第一眼看到的就是您朋友的遗体，他遇害身亡，死得不明不白，而且死后尸身还被什么穷凶极恶之徒横放在您的必经之路上。”

柯温先生的一番话触及了我的辛酸往事，尽管我心烦意乱，焦躁不安，但同时我又感到大为惊诧，因为他对我的情况竟如此了如指掌。也许是看出了我满脸疑虑，柯温先生连忙解释道：“就在您病倒时，您随身携带的书信文件便随即被呈交到我手上，我仔细审阅了这些书信文件，想从中找出一些线索以便与您的亲属家人取得联系，将您所遭受的不幸和您的病情转告他们。我找出了几封信件，其中有一封，从寄信人的落款来看，是令尊写给您的。我当即写了一封信寄往日内瓦。信寄出去快两个月了。不过，您现在还未痊愈，直到现在您还在抖个不停，任何情绪激动对您都将极为不利。”

“您让我的心就这样悬着，这比听到哪怕是最可怕的噩耗还要糟糕上千倍。快告诉我最近又发生了什么命案，我这次又该为谁的不幸遇害而痛苦哀悼？”

“您的家人全都安然无恙，”柯温先生温和地说道，“而且还有个人，是您的一位朋友，要来看望您。”

一个念头顿时在我脑海中闪现——我不知它究竟是如何从一连串的思绪中冒出来的——难道那杀人凶手已特地赶来，要嘲弄我的不幸？想借克莱瓦尔的死来再一次折磨我，刺痛我，逼我就范，满足他邪恶的欲望。我双手蒙住眼睛，痛不欲生地大声疾呼：“哦！把他赶走！我不能见他，看在上帝的分上，别让他进来！”

柯温先生一脸不解地看着我，他见我这么大呼小叫，也不禁觉得我有失体统。于是，他声色俱厉地说道：“年轻人，我倒认为，令尊的到来应该受到您的欢迎，而不应该引起您如此强烈的反感。”

“我父亲！”我大叫一声，五官四肢、浑身上下的肌肉不再紧绷，心里不再感到痛苦忧郁了，转而变得轻松愉悦。“真是我父亲要来了吗？太好了，这真是太好了！可他现在在哪儿，为什么不赶紧来看我？”

见我的态度转瞬之间判若两人，镇长是又惊又喜。他也许认为我刚才那样大呼小叫只不过是一时的神经错乱，因此他的表情又马上转回先前那种慈祥宽容。他站起身来，和看护一起离开了房间。不一会儿，父亲便走了进来。

此时此刻，没有什么比父亲的到来更让人感到高兴的了。我向他伸出双手，哭喊道："这么说，您一切都安然无恙？对了，伊丽莎白呢？还有，欧内斯特呢？"

父亲一再安慰我，说他俩一切都好，叫我大可放心。他将家中那些让我感兴趣的事情一五一十地说给我听，想让我重新振作起来。然而他很快便发现，牢房的确不是个能让人开心起来的地方。"我的孩子，瞧你住的是个什么地方！"他一边说着，一边满眼忧伤地扫视了那些装了栅栏的铁窗，还有牢里那些惨不忍睹的景象。"你外出游玩原本是为了寻求开心快乐，可是厄运不幸却对你如影相随，还有可怜的克莱瓦尔——"

一提起克莱瓦尔的名字，提起我这位惨遭毒手颇为不幸的朋友，我心里就开始翻江倒海，虚弱的身子再也无力承受，不禁潸然泪下。

"唉，父亲，您说得不错，"我回答道，"最为恐怖的那种厄运始终悬于头顶，我之所以苟活于世，就是要将这苦难受尽，否则，我肯定早就死在亨利的灵柩旁了。"

由于我当时的身体状况随时有可能出现反复，经不起大喜大悲的情绪波动，所以，我们没能进行长时间的交谈。这时，柯温先生走了进来，一再让我不要过于劳心费神，以免精疲力竭。不过，父亲的到来，有如心地善良的天使从天而降，守护在我的身旁，渐渐地，我的身体康复了起来。

疾魔驱除以后，我却身陷极度忧郁和悲伤凄凉之中无法自拔。克莱瓦尔遇害时那惨白的面容总是浮现在我的眼前。这些浮想联翩不禁让我惊恐万状，因而不止一次地让我那些朋友担惊受怕，生怕我会旧病复发，危及性命。唉！他们为何要保全一条痛不欲生、遭人厌弃的性命呢？我一定能了结自己的宿命，而我的宿命也行将结束了。哦，用不了多久，死神便会让我这颗悸动的心脏永久安息，将我从不堪承受的痛苦中解脱出来，在秉公裁决、替天行道时，我也将长眠于地下。然而，死亡离我仍然十分遥远，尽管我从未断过想死的念头。我经常一连好几个钟头呆呆坐着，一动不动，一声不吭，幻想着会发生一场风起云涌、天翻地覆的巨变，将我和我那滥杀无辜的冤家对头一同埋葬在废墟之中。

法院巡回审判的日子眼看就要到了。我身陷囹圄已有三个月之久，尽管我的身体依然十分虚弱，而且随时都有旧病复发的危险，可我仍然不得不长途跋涉，到将近一百英里以外的郡政府所在地接受审判。柯温先生主动承担起为我寻找目击证人、安排辩护律师等一切相关事宜的职责。由于我这个案子并未提交至决定生死的法庭上审判，因此无须以罪犯的身份在大庭广众之下亮相，从而免遭一番羞辱。大陪审团驳回了对我的起诉，因为有人能够证明，在发现我朋友的遗体时，我还在奥克尼群岛。在被押至郡政府所在地两个星期之后，我被无罪释放了。

父亲见我免于牢狱之灾，又能够自由自在地呼吸新鲜空气，而且还可以重回故里，不禁欣喜若狂。然而，我却丝毫没有办法分享父亲此时此刻如释重负的心情，对我来说，不管是土壁泥墙的地牢还是金碧辉煌的宫殿，都一样让我心生厌恶。生命这杯美酒已被染上剧毒，永远也无法挽回了。虽然太阳照耀着普天之下幸福的人们，也同样照耀在我的身上，可是我什么也看不见，只觉得四周漆黑一片，不见一丝光亮，让人毛骨悚然，唯有一双扑闪扑闪的眼睛透过黑暗注视着我。有时，我觉得是亨利那双善于传情达意的眼睛，他已奄奄一息，他那乌黑的眼珠几乎就要被眼睑和那道又黑又长的睫毛给遮住了；有时，我又觉得是恶魔那双湿漉漉、灰蒙蒙的眼睛，跟我在因格尔施塔特卧室里第一次见到的那双眼睛一模一样。

父亲竭力想唤醒我心中的柔情。他跟我讲起日内瓦——我不久将要返回那里，跟我讲起伊丽莎白和欧内斯特。然而，他这些话只会引起我内心深处的痛苦呻吟。说真的，有时候我也渴望幸福，也会怀着悲喜交集的心情思念我那心爱的表妹；有时候，我又怀着浓浓的思乡之情，渴望能再次见到儿时那碧波荡漾、让人心驰神往的湖泊和水流湍急的罗纳河。可是总的来说，我的心情处于一种麻木迟钝之中，坐大牢也好，置身于大自然那无比秀丽的风景中也好，都一样让我意兴阑珊。除了突如其来的悲哀和绝望，我几乎一直处于这种麻木的心理状态之中。每每这个时候，我常常想方设法来了却我这条可恶的性命，因而需要有人在我身边时时守护、处处防范，才能阻止我做出疯狂恐怖的事情来。

然而，我还有一项任务亟待完成，一想到这个，我最终克服了那种顾影自怜、自怨自艾的心理。我必须立即返回日内瓦，一刻也不能耽搁，去守护那些我所深爱的亲人，并且严阵以待，静候那杀人凶手的到来，如果碰巧发现他的藏身之处，或者他胆敢再次现身，对我寻衅恐吓，我便向他瞄准，一枪打死这恶魔——我不仅给了这个恶魔一个丑陋无比的模样，我还给了他一副更为凶狠歹毒的心肠。父亲仍想再缓几日动身，担心我受不了一路上的舟车劳顿，因为我当时已经形容枯槁，骨瘦如柴，浑身一点儿力气也没有，高烧日夜不退，侵蚀着我日渐衰竭的身躯。

尽管如此，我还是急不可耐、焦躁不安地催促父亲尽快离开爱尔兰。父亲转念一想，觉得还是顺从我的心愿为好。于是，我们登上了一艘开往格雷斯港的轮船，乘着顺风驶离了爱尔兰海岸。夜半时分，我躺在甲板上，遥望着满天繁星，倾听着海浪喧嚣。我向这无边黑夜欢呼致意，它让爱尔兰从我视线中消失。一想到很快便要回到日内瓦，我欣喜若狂，心跳加速。往事在我眼中犹如一场噩梦，可我乘坐的这艘轮船，将我吹离那可恶的爱尔兰海岸的习习海风，还有这四周无边无际的大海，一切都向我发出强劲的声音，我没有受任何幻觉的欺骗，而克莱瓦尔——我的朋友，我最亲爱的伙伴，已经成了我的受害者，成了我亲手制造的那个魔鬼的牺牲品。我沉浸在记忆中，默默回首自己的一生——我想起了自己与家人住在日内瓦时的那段幸福宁静的日子，想起了母亲的撒手人寰，以及我奔赴因格尔施塔特求学时的情景。我又战战兢兢地回想起当初我是怀着怎样疯狂的热情没日没夜地赶造出那个面目狰狞的冤家对头，还想起了那恶魔初到人世的那个夜晚。我简直无法追寻自己的思绪继续回想下去，心头百感交集，不禁失声痛哭起来。

自从退烧之后，我就摆脱不了每天晚上都要服用少量阿片酊的恶习，因为只有借助于这种药物，我才能获得维系生命所必需的睡眠。往昔的诸多不幸时时袭上心头，压得我喘不过气来，我那天竟吞下了两倍于平时的剂量。没过多久，我便昏昏睡去了，然而睡眠并没有让我摆脱痛苦的思考。千奇百怪的令人恐惧的东西时时出现在我的梦境之中。临近清晨时，一场噩梦缠住了我，只觉得那恶魔死死掐住我的脖子，让我动弹不得，呻吟声和哭喊声在我耳边乱作一团。一直守候在我身边的父亲，见我睡梦中狂躁不安，便叫醒了我。周围是汹涌澎湃的海浪，头顶是阴雨连绵的天空，而那恶魔却不见了踪影。我心中涌起一种安全感——在当下与那不可抗拒的、灾难重重的未来之间，我还有那么一段时间可以相安无事。于是，我心安理得地忘却了一切。人类的大脑，就其构造而言，是特别容易因心绪安宁而将一切抛在脑后的。

第二十二章

海上的行程结束了。上了岸后，我们继续向巴黎进发。没过多久，我便发现自己已经严重体力透支，必须好好静养才能继续上路。父亲对我悉心照料，无微不至，可他并不知道我的痛苦究竟源自何处，因而无法对症下药，来治愈我这不治之症。他希望我去些社交场合散散心、解解闷，可我讨厌跟人见面。哦！我不是讨厌！他们都是我的兄弟，我的同胞，即便是他们中最为面目可憎的人，也如同天使般可爱，如同圣洁的生灵一样对我有吸引力。只是我觉得自己无权与他们交往，我将一个冤家仇敌释放到他们中间，而这恶魔专门以杀人放血取乐，以将他们置于痛苦呻吟之中而拍手称快。如果他们知道我干的那些伤天害理的勾当和由我一手造成的累累罪行，他们定会同仇敌忾，对我恨之入骨，就算我亡命天涯，他们也会穷追不舍！

父亲最终还是听从了我的意愿，不再执意让我与人交往，还苦口婆心，让我不要再悲观失望。有时，他以为我是因为被指控犯了谋杀罪，不得不应诉抗辩，因而感到颜面尽失，于是他就千方百计向我证明，人的自尊是多么虚无缥缈。

“唉！父亲，”我说道，“您太不了解我了。如果像我这样卑鄙无耻的人也配得上拥有自尊的话，那么，整个人类，以及他们的诸多情思，他们的满腔热忱，可就真的要通通蒙羞掉价了。贾丝婷，可怜、不幸的贾丝婷，她跟我一样清白无辜，被指控的罪名也跟我一模一样，却因此命赴黄泉，而我才是罪魁祸首。威廉、贾丝婷，还有克莱瓦尔——他们的死都是我一手造成的。”

在我被监禁期间，父亲时常听到我如此自责。后来，当我这般引咎自责时，他有时似乎很想听我解释其中的原委，有时又好像把我这种举动归咎为谵妄发作的后遗症，认为在我患病期间，我脑海中产生了这种自责的念头，康复之后，这一念头依然残存在我的记忆之中。我对此避而不谈，而对自己造出的那个恶魔也是保持沉默，只字不提。我总觉得，要是大家都认为我疯了那才好呢，这样我就可以永远缄口不语了。再者，我也根本不能泄露这个秘密，因为谁听了都会惊恐万状，心有余悸。因此，尽管我急于博得别人的同情，我还是强抑住心头这种渴望；而每当自己意气用事，想把这一性命攸关的秘密公之于世时，总是极力克制，不吐露半点口风。尽管如此，有时候上面提到的那些话仍然会不由自主地从我嘴里蹦出来，对此，我也无从解释。不过，那些话的确是我的真情流露，因而在某种程度上也减轻了我内心那份莫能名状的痛苦。

可这次，父亲无比惊愕地说道：“我最亲爱的维克托，你究竟是中了什么魔障？亲爱的孩子，我求求你，以后不要再说这些胡话了。”

“我没有中邪，”我扯开嗓门大声喊道，“日月苍天目睹了我的所作所为，它们可以做证，我说的绝无半点虚假之词。是我暗中害死了那些清白无辜的受害者，是我干下了伤天害理的勾当，把他们给害死了。要是我能挽回他们的性命，我情愿被千刀万剐。但是，父亲，我不能，我真的不能危害整个人类。”

我最后这番言辞让父亲深信，我已经是神经错乱了。于是，他马上换了个话题，试图把我的思绪引到别的事情上去，他尽力让自己忘却在爱尔兰所发生的一切，此后再也没有提及那些事情，也没有再让我谈起那些不幸的遭遇。

随着时间的流逝，我的心情渐渐平复。虽然痛苦仍牢牢占据我的心灵，但我已不会再像以前那样语无伦次地历数自己的罪行，自己心知肚明，这就足够了。我那骚动不安、痛苦不堪的心声，有时还想挣脱我的喉咙向世人疾呼呐喊，我于是便以最为极端自虐的方式将它强抑下去。自从我去冰海以来，我的言谈举止还从未像现在这样平静、镇定。

在我们离开巴黎赶往瑞士的前几天，我收到了一封伊丽莎白写来的信件，内容如下：

我亲爱的朋友：

收到表叔从巴黎寄来的信，我真是喜不自胜。你已不再是那样远在天边了。兴许不出两个礼拜我就能见到你了。我可怜的表哥，你一定是吃尽了苦、受尽了罪！等我见到你时，你没准比离开日内瓦时还要病容满面、憔悴不堪。这个冬天最为冷清、最为难熬了，我一直在惦记着你的安危，心急如焚。不过，我还是希望能见到你的表情平静、安详，希望能见到你的心头仍有一丝慰藉、片刻安宁。

然而，我依然忧心忡忡，生怕一年前那种痛苦之情依然笼罩在你的心头，而且，说不定随着时间的推移，还会变本加厉。我不想在这个时候来打扰你，但是，在表叔离家之前，我曾和他深谈过一次，觉得有必要在我们重逢之前向你解释一番。

解释！你也许会说，伊丽莎白会有什么需要解释的呢？如果你真的这么说，那我也就无须再问什么，我所有的疑虑也就烟消云散了。可是，你现在身处遥远的异国他乡，对于我的解释，你也许会心存恐惧，但也有可能会暗自高兴。既然你有可能感到高兴，我就不敢再耽搁，必须马上给你写信，向你倾诉衷肠，可就是一直没有勇气开这口。

你心里清楚，维克托，我俩自小青梅竹马，因而我俩的结合一直是表叔表婶的心愿。在我们还青春年少的时候，大人们就对我们提及此事，要我们把这种结合看作势在必行的事情，要我们对此翘首以待。孩提时代，我俩一起玩耍嬉戏，情深意笃；随着年龄的增长，我相信我俩都将彼此看作是亲密无间、弥足珍贵的朋友。然而，兄妹之间虽有深情厚谊，可他们从未想过要把这种关系变得更为亲昵；我俩的情况不也正是如此？我最亲爱的维克托，请你告诉我，为了我俩的幸福，我恳求你实情以告——你是不是另有所爱了？

你身处异乡，在因格尔施塔特待了数年之久。我的朋友，我想开诚布公地对你说句心里话。去年秋天，当我见你闷闷不乐，离群索居，不愿与任何人往来，我不禁暗自揣测，兴许你对于我俩的关系难以释怀——尽管你父母不赞成你的主意，同时你又觉得出于孝义，你应该满足他们的心愿。当然，我对你这样妄加揣测有些不妥。我的朋友，我向你敞开心扉，我爱你，而且在我对未来虚无缥缈的梦想憧憬中，你已经成为我形影不离的朋友和伴侣。我希望你能够获得幸福，同时也希望我自己能够幸福，因此，我在此向你表明，除非是你心甘情愿，否则，我俩的婚姻将会让我陷入永远的痛苦之中。即便此刻，当你被世间最为残酷的厄运折磨得心灰意冷之时，我依然会泪水涟涟地对你说，单凭这“孝义”二字，你就会扼杀对爱情和幸福的一切希望，而只有这份爱情和幸福才能让你重新振作起来。我对你的爱光明磊落，我决计不会对你碍手碍脚，让你无法实现自己的意愿，让你内心备受折磨。唉！维克托，你尽可以相信，作为你的表妹和儿时的玩伴，我对你的爱至真至诚，我这么寻思揣测时，真是肝肠寸断，伤心欲绝！愿你幸福快乐，我的朋友，如果你答应我这唯一的请求，那你尽可放心，世上再也没有什么事情会让人揪心不已，让人心绪不宁了。

别让这封信扰乱了你的心绪。如果你觉得回信会让你感到痛苦，那你不必在明天或者后天给我回信，甚至等你回来时也不必给我一个答复。有关你的健康状况，表叔会写信告诉我的。待到重逢之时，如果我这封信，或者我所做出的其他努力能让我看到你的嘴角流露出一丝微笑，那么，我此生便幸福足矣。

伊丽莎白·拉凡瑟

一七××年五月十八日于日内瓦

这封信让我回想起了已快淡忘的事情——那魔鬼的恫吓之词：“在你新婚之夜，我一定前来捧场！”这就是对我的宣判，到那天晚上，那恶魔将会无所不用其极，对我痛下毒手，将我强行掳走，不让我看一眼能给我那受伤的心灵带来些许安慰的幸福光景。在那天晚上，他将以我的惨死作为他滔天罪行的收场。哼，这样也好，届时肯定会有一场殊死搏斗。如果他获胜，我自然会殒命安息，而他也就无法再对我施展淫威；如果他被我击败，那我将从此重获自由。唉！那将是什么样的自由？就好比一个农夫亲眼看着他的家人被害，家园被焚，耕地荒芜，而他自己也是颠沛流离，无家可归，孤苦伶仃，身无分文，却重获自由。我的自由也将如此，只是我还有一个世所罕有的宝贝——伊丽莎白。哎！与此相对应的，是我心中常人难以想象的悔恨与内疚，让我至死不得安宁。

温柔可爱的伊丽莎白！我一遍又一遍地读着她的来信，丝丝柔情从我心底油然而生，它们竟敢窃窃私语，小声谈论梦中那爱情与欢乐的天堂；可是，禁果已被偷食，天使羽翅挥动，驱散了我所有的希望。然而我宁愿死去，也要让伊丽莎白幸福。如果那恶魔将他的口头威胁付诸实际行动，那我将难免一死。我再三考虑我的婚礼是否会让自己的灭顶之灾快点到来。我的毁灭也许真的会提前几个月来临，但是，倘若折磨我的这个家伙对我起了疑心，认为我之所以推迟婚期是被他给震慑住了，那他肯定会寻找新的、更为恐怖的手段加以报复。他曾发誓，在我的新婚之夜，一定前来捧场。可他并不认为，在他发出威胁的同时，他自己也有义务安分守己，不再寻衅杀人，因为他在威胁恫吓之后，立即杀死了克莱瓦尔，这似乎是在向我表明：他依然嗜血成性。因此，我痛下决心，倘若我与表妹即刻成婚，表妹或者父亲就能获得幸福，那么，不管我的冤家对头打算如何加害于我，我也不会将婚礼推迟片刻。

我正是怀着这样的心情给伊丽莎白写了回信。我信中语气显得沉着镇定，字里行间却显得温情脉脉，充满柔情。“我亲爱的姑娘，”我写道，“我们在这个世上恐怕已没有多少幸福可言；但是，倘若有朝一日我还能享受到幸福的话，那我的幸福也是一门心思扑在你的身上。打消你心中那些没有来由的顾虑吧，我要将我的一生，以及我对幸福的孜孜以求都只奉献给你一个人。伊丽莎白，我有一个秘密，一个十分可怕的秘密，一旦我向你吐露这个秘密，你一定会吓得浑身上下直打哆嗦。到那时，你根本顾不上对我的遭遇感到惊讶，你只会惊讶我历经磨难居然还能幸存下来。等到我们举行婚礼后的第二天，我将把这段让人心酸而又胆寒的经历向你和盘托出。亲爱的表妹，我俩必须推心置腹，互不猜疑。不过在此之前，求你千万不要对任何人提及或暗示此事。我真诚地恳求你，我想你会答应的。”

在收到伊丽莎白来信大约一星期后，我们便回到了日内瓦。这可爱的姑娘温情脉脉地欢迎我的归来，然而，当她看到我身体瘦弱憔悴、双颊猩红滚烫时，不禁热泪盈眶。我也发现她有了些变化。她比以前消瘦了些，她以前那股让我非常着迷的天使般的活泼劲儿也失去了不少。不过，她举止文雅，温柔娴静，目光中满含怜惜，现如今的她更适合陪伴在我这样一个屡遭不幸、备受折磨的人身旁。

我感受到的这份平静并没有持续太久，回忆又让我变得疯狂。一回想起往事，我着实就会变得如癫似狂。有时我气得暴跳如雷，怒火中烧；有时又变得意志消沉，心如死灰。我跟谁也一声不吭，对谁也一眼不瞧，只是一动不动地坐着，苦难接踵而至，让我变得神情恍惚，呆若木鸡。

唯有伊丽莎白才能让我从这种骤然发作的疯癫中解脱出来。当我躁动不安时，她的柔声细语便给我些许慰藉；而当我陷入麻木、萎靡不振时，她又激发起我内心所固有的人类情感。她与我一同哭泣，也为我伤心落泪。当我恢复理智后，她就悉心劝导，竭力劝我要忍耐，要我听天由命。哎！让不幸的人听天由命固然不错，可对于一个罪人来说心头却永无安宁可言。无尽的悲哀有时倒也能让人享有片刻安宁，可这难得的片刻安宁也被悔恨和痛苦给破坏了。

我回来之后不久，父亲便提起我与伊丽莎白的婚事，要我们马上举办婚礼。我默不作声。

“这么说，你是另有所爱了？”

“绝无此事。我爱伊丽莎白，而且满心欢喜地盼着我俩能够结为夫妻。那么，把日子定下来吧，到了那天，为了表妹的幸福，无论是死是活，我都愿意奉献出自己的一切。”

“亲爱的维克托，快别这么说。虽然我们灾难深重、屡遭不幸，但我们还是应该把那些所剩无几的幸福抓得更牢，把我们对逝者的爱转移到生者身上。我们这个圈子不大，但是，浓浓亲情和共同不幸的纽带却让我们紧紧相连、相互依偎。时间将抚平你的创伤，到那时，需要我们去关心爱护的新生命将会诞生，来取代那些被残忍地从我们身边夺走的亲人。”

这些便是父亲对我的谆谆教诲。不过，我脑海里却又回想起了那恶魔的恫吓威胁——对此您不必大惊小怪，这个恶魔一门心思专干那杀人放血的勾当，可谓无所不能，在我看来，他简直就是战无不胜。他曾威胁我说，“在你新婚之夜，我一定前来捧场”，我自然会觉得自己危在旦夕，在劫难逃了。不过，倘若与失去伊丽莎白相比，那么，死亡在我看来便没什么可怕可言。因此，我面带笑容，心满意足地答应了父亲，说如果表妹没有什么意见的话，婚礼将在十天后举行。看来，我的宿命就要这样了结了。

上帝啊！如果我能事先料到——哪怕能有一时半刻料到那恶魔的险恶用心，我宁愿一辈子背井离乡，做个无亲无友、无家可归的流浪汉，四处漂泊，也决不答应这门不幸的婚事。然而，那恶魔似乎有一种魔力，蒙蔽了我的双眼，让我看不到他的真实企图。我原以为我只是一门心思在为自己的死亡做准备，孰料我却正加快速度把一个我更心爱的人儿推上绝路。

当婚期日渐临近的时候，不知是出于心生胆怯，还是出于某种不祥预感，我总觉得自己的情绪越来越低落。但我还是强作欢颜，极力掩饰自己的悲观情绪。父亲见我这样自然是笑逐颜开，可我却没法瞒得过目光更为敏锐、无时无刻不留神观察我的伊丽莎白。她心平气静、心满意足地等待着我们的婚礼的到来，与此同时心中也不无担忧——这是往昔的种种不幸在她心中留下的创伤印迹。她担心眼前看来确凿无疑、唾手可得的幸福，转瞬之间会化为虚无缥缈的梦境，消失得无影无踪，只留下无穷无尽、无比沉痛的悔恨。

大家都忙着张罗婚事，接待前来贺喜的宾客，所有人都笑容满面，喜气洋洋。我尽量按捺住心中那快要将我吞噬的焦虑不安，装出一副兴致勃勃的样子按照父亲的安排行事，尽管这些安排可能只是我人生悲剧的点缀装饰而已。经过父亲的努力，本该由伊丽莎白继承的一部分遗产已由奥地利政府归还给了她本人。在科莫湖畔有一小块地产归伊丽莎白所有了。我俩商定，等办完婚礼，我们便即刻前往拉凡萨别墅，在别墅附近那片风景秀美的湖畔共度蜜月。

在此期间，我格外小心，采取一切防范措施以免那恶魔明目张胆地向我发起攻击。我始终随身携带着几把手枪、一把匕首，每时每刻地提防那恶魔的阴谋诡计。这样一来，我也安心了不少。说实话，随着婚期的临近，那恶魔的威胁恐吓似乎也渐渐变成了一种幻觉，不再搅得我心绪不宁、让我耿耿于怀。举行婚礼仪式的日子越来越近了，我所企盼的婚姻幸福也愈发显得确定无疑。我也听到人们纷纷谈论此事，说无论发生什么事情，看来都是无法阻止这门亲事了。

伊丽莎白看上去心情不错，她见我举止从容，心绪安然，心里也就安定了许多。然而，就在我了却夙愿、了结宿命之日，她却变得忧心忡忡，心中满是不祥预感。也许她也想到了那个我曾允诺在婚后第二天便向她吐露的可怕秘密。父亲那天倒是乐不可支，忙着操办我们的婚礼，把侄女的神情忧郁权且当作是新娘的腼腆羞怯。

婚礼仪式结束之后，亲朋好友齐聚父亲家中，不过按照我们的事先约定，我和伊丽莎白将由水路出发，开始我们的蜜月旅行，当晚在埃维昂歇息，次日继续我们的水上航行。那天阳光明媚，和风习习，所有人都兴高采烈地目送我们开始蜜月之旅。

这是我一生中所享受到的最后一段幸福时光。我们乘风破浪，疾速航行。头顶骄阳似火，于是我们借着船篷遮蔽日光，欣赏着这优美的湖光山色。有时在湖的一侧，我们看到塞勒夫峰和蒙塔莱格山坡上秀丽的风光；远处，美丽的勃朗峰高耸入云，俯瞰万物，引得四周无数雪山竞相与之争锋，却是徒劳枉然。有时，船又沿着湖的另一侧航行，我们看到雄伟的朱拉山脉，其山阴一侧阻挡住一切企图叛离祖国的野心，而对那些妄图奴役这个国家的入侵者而言，它又是一道不可逾越的屏障。

我拉起伊丽莎白的手说："你心里闷闷不乐，我亲爱的。哎！如果你知道我以前承受了怎样的苦难，今后还将会遭受怎样的折磨，那你一定会尽力帮我摆脱绝望，让我体味这安宁与自由的滋味。至少在今天，我还是能享受这安宁与自由的。"

"你还是开心些吧，我亲爱的维克托，"伊丽莎白回答道，"我希望没有什么事情会让你感到沮丧；你尽管放心，虽然我并未喜形于色，可是我心里还是非常满足的。我好像隐隐约约听到有个声音，叫我不要过分寄希望于眼前的良辰美景。不过，我是不会听信这个阴险邪恶的声音的。瞧我们的船走得多快，瞧那天上的云朵，时而遮住勃朗山峰，时而又冉冉升起，越过山顶，使得这美丽如画的景致更加引人入胜。你再瞧，无数的鱼儿在清澈的湖水中尽情畅游，湖底那一块块卵石清晰可见。多么美好的一天啊！世间万物都显得那么快乐，那么恬静！"

就这样，伊丽莎白尽量将自己和我的思绪从那些令人忧郁悲伤的事情上引开。然而，她自己的情绪却很不稳定，眼中偶尔也会闪现出欢乐的光芒，但还是时常心不在焉，胡思乱想，陷入绵绵沉思。

太阳渐渐下沉。我们经过德朗斯河，只见德朗斯河在高山峡谷和丘陵沟壑中蜿蜒穿行。这儿的阿尔卑斯山离湖区较近，我们的船已驶近阿尔卑斯山东麓的一片群山。群山连绵环绕，宛如一个天然的圆形剧场。埃维昂城内那座尖塔在四周的绿树掩映下显得熠熠生辉，尖塔的后面层峦叠嶂，连绵不绝。

一路上，劲风吹着船儿疾速前行。日落时分，这股劲风渐渐变弱，化作习习微风。这温柔的风儿在水面掀起阵阵涟漪，当我们的船驶近岸边时，一阵花草清香随风扑面而来，沁人心脾，只见树影婆娑，赏心悦目。我们上岸时，太阳已经沉到地平线下面去了。我的双脚一落地，忧虑和恐惧又袭上心头，它们会很快将我牢牢攥住，时时刻刻对我死缠不放。

第二十三章

八点钟的时候，我们上了岸，我们先在湖畔散了一会儿步，欣赏了一会儿夕阳残照，随后便来到客栈休息。我们来到窗前，伫立凝望眼前这片美丽景色——碧波荡漾的湖水、郁郁葱葱的树林、层峦叠嶂的山峰在夜色的笼罩下都渐渐变得朦胧暗淡，只剩下黑魆魆的轮廓。

先前那股劲风在南边平息之后，现在又从西边刮起，而且风势很猛。月亮已升至中天，即将开始下沉。片片流云飞速掠过月亮，速度之快，胜似鹰击长空，时不时遮住月亮的光辉。天空中这幅变幻莫测的景象倒映在湖面上，而此时湖面上也开始风起浪涌，使得那幅倒影显得愈发纷繁杂乱。突然间，狂风骤起，暴雨滂沱。

整个白天，我的心情一直都很平静，可一旦夜幕降临，夜色笼罩了周围的景物，万般恐惧便齐齐向我袭来。我右手紧紧握住藏在怀中的那把手枪，惴惴不安地四下张望，任何风吹草动都会让我心惊肉跳。不过，我已打定主意，就是死也要死得其所；不与那个冤家对头拼个你死我活，决不轻易退缩。

有一阵子，伊丽莎白忐忑不安地在一旁默默注视着我，她见我焦躁不安，眼神中流露出几分慌张，便战战兢兢地问道："什么事情让你如此心烦意乱，亲爱的维克托？你究竟在害怕什么？"

"哦！镇定，要镇定，亲爱的，"我回答道，"只要过了今晚，一切都将平平安安，不过今晚却是可怕的，是非常可怕的。"

就这样，我在惶惶不安中挨过了一个钟头。突然，我意识到这场我时刻等待着的殊死搏斗对我的妻子来说将是多么可怕。于是，我急切地恳求她先去休息，自己则打定主意，等摸清了对手的情况之后再回她那儿一起休息。

伊丽莎白离开我先去休息了，我则继续在客栈的各条走廊里来回巡视，并仔细检查了我那对手可能藏身的每一个角落，但并未发现他的踪迹。这时，我开始暗暗庆幸起来，兴许我撞上了什么好运，什么事情阻止了那恶魔，让他无法施展淫威。然而就在此时，我突然听到一声震彻心扉的凄厉惨叫，这惨叫声正是从伊丽莎白就寝的房间里传出来的。听到这惨叫声，刹那间我恍然大悟。我颓然垂下双臂，每一块肌肉，每一根纤维都僵住了，我甚至可以感到血液在我的血管里汩汩流淌，感到足尖指端阵阵刺痛。这种状态转瞬之间便消失殆尽。这时又传来一声尖叫，我立刻冲进屋子。

我的天啊！为什么我没有当场毙命呢！为什么我还要活着，在这里述说这一切？曾经最美好的希望就此破灭了，世上最纯情的人儿香消玉殒了。伊丽莎白就在那里，一动不动，毫无生息地横卧在床上，脑袋耷拉着，头发披散着，半掩住她那毫无血色、痛楚扭曲的脸庞。直到现在，无论我视线投向何方，那副惨状都历历在目——她那惨白的双臂，她那被凶手杀害后抛在婚床上——此刻竟已变成了棺架——瘫软的身躯。目睹了这副惨状，我还能苟活于世吗？唉！生命这东西太过于偏执，你越是痛恨生命，你偏偏活命越久。一眨眼工夫，我便昏了过去，毫无知觉，轰然倒地。

当我苏醒过来时，我发现自己周围满是客栈里的人，个个屏气凝神，惊恐万状。然而，别人的恐惧似乎只是对我心中五味杂陈的一些拙劣模仿，宛如镜中幻影而已。我仓皇离开众人，回到停放伊丽莎白尸体的房间。伊丽莎白！我的心上人，我的爱妻，刚才她还是好好的，充满生机，那么可爱，那么高贵。她的尸体已经被挪动过了，已不是我第一次看到时的那个姿势了。此刻，她躺在那儿，头枕在手臂上，要不是脸和脖子上盖着一块方巾，我还真以为她熟睡了。我扑到她跟前，热烈地拥抱着她，可她已毫无生气。她那冰凉的四肢告诉我，此刻躺在我怀里的已不是我曾经百般珍爱、万般怜惜的那个伊丽莎白了。她的脖子上残留着那恶魔掐死她的印记，她的唇间已没有任何气息。

我依偎在伊丽莎白的身旁，万念俱灰，悲痛欲绝。不经意间，我抬起头来，这房间里的百叶窗原本是关上的，可这会儿却能看到惨淡昏黄的月光射了进来，把房间给照亮了。我不由得心头一惊。百叶窗给掀开了，一种莫能名状的恐惧油然而生，只见敞露的窗户旁伫立着一个身影——正是那个丑陋至极、可恶至极的身影。那怪物脸上露出一丝狞笑，他用那魔鬼般的手指朝我妻子的尸体指了指，似乎是在嘲讽我。我一个箭步冲到窗前，从怀里掏出手枪朝他射击，可他纵身一跃，跳离原地，躲过了子弹，紧接着以疾如闪电的速度冲向湖边，一头扎入湖中。

听到枪响，众人立即冲进我的房间里来。我指了指那怪物消失的地方，紧接着与众人登上船跟踪追击。我们向水中撒了网，试图将其困住，捕捞了一阵，但结果是一无所获。搜寻了几个钟头以后，众人均感到灰心失望，只好无功而返。同去的人中多半认为那东西只是我一时的幻觉而已。上岸之后，大家又分成几路，继续在乡间的树林与藤蔓中搜寻。

我也想和大家一起去搜寻，可刚迈出屋子没多远，只觉得昏昏沉沉、天旋地转，步子踉踉跄跄、跌跌撞撞，跟喝醉了酒似的，最后筋疲力尽，瘫倒在地。眼前像被蒙上了一层薄雾似的，模模糊糊，浑身发着高烧，皮肤像被炭火炙烤着一样。就这样，我又被人给抬了回来，放到床上，至于外面发生了什么事，我几乎是一概不知。只是目光在屋中四处游移，好像在寻找什么业已丢失的东西。

过了一会儿，我醒了过来，站起身来，似乎是出于本能，我拖着沉重的脚步踉踉跄跄地走进停放我爱妻遗体的房间。几位妇人围在那儿啜泣流泪，我俯身凝望着伊丽莎白冰冷的尸体，与她们一起痛哭流涕。此时此刻，我头脑里一片混乱，万千思绪，飘忽不定。我胡思乱想着自己的种种不幸遭遇并开始追根溯源，一时间，满脑子浑浑噩噩、懵懵懂懂，心里面阴霾密布、惊恐错愕。威廉被害了，贾丝婷被处以绞刑，克莱瓦尔也被谋杀了，现在又是我妻子遇难了。即便到了这个时候，我依然不知自己那些所剩无几的亲人是否安然无恙，是否能免遭那恶魔的毒手。也许此刻父亲正在他的魔爪下苦苦挣扎，而欧内斯特则可能已经惨死在他的脚下。一想到这些，我不禁浑身战栗，意识到自己必须马上行动。我蓦地站起身来，当即决定尽快返回日内瓦。

由于一时半会儿弄不到马车，我只好乘船从水路返回。不巧的是，当时船只遇上了顶头风，天空中又下着瓢泼大雨，不过，这时天还没有亮，按照估计有望在天黑之前赶到日内瓦。我雇了几个水手帮我划船，自己也抄起一只桨，因为我以往总是习惯了以身体上的劳顿来缓解精神上的痛苦。然而此刻，我胸中的痛苦如洪水泛滥，内心极度烦躁，根本使不出一点儿力气。我扔下船桨，脑袋耷拉在手上，任凭各种忧伤思绪在脑海中翻腾。只要我抬起头来，我在往昔那段还算快乐的时光里所见过的一幅幅熟悉的景象便会映入我的眼帘。就在前一天，我和爱妻还一同观赏过这些美丽的景致；可现在，她已化成了幻影，变成了追忆。想到这些，我不禁泪如泉涌。雨已停了一阵儿，只见鱼儿仍像几个钟头以前那样在水中嬉戏游玩。那个时候，伊丽莎白还在观赏着它们呢！没有什么比遭受这种突如其来的重大变故更让人痛苦的了。太阳可以重放光芒，云儿也可以再度阴沉，可对我来说，一切都已是物是人非，前一天的美好光景，再也不会出现了。那恶魔已经攫取了我对未来幸福的一切憧憬。古往今来没有人会像我这样痛苦凄惨，人类史上如此恐怖可怕的遭遇也绝无仅有。

既然刚刚发生的这件事情对我来说是最为沉重的打击，我又何必向您喋喋不休那些在此之后发生的事情呢？我的故事充满了恐怖，而且其恐怖程度已登峰造极，而我下面要讲的只会让您感到厌烦。您已经知道，我的亲人一个接一个地相继遇害，只留下我一人孤苦伶仃。我已经精疲力竭，不过，我还得再啰唆几句，把这个可怕的故事讲完。

我回到了日内瓦。父亲依然健在，欧内斯特仍然活着，但父亲听到我带回来的噩耗，顿时一蹶不振。父亲当时的模样此时此刻又浮现在我的眼前——多么深明大义、多么令人尊敬的老人啊！只见他当时目光游离，恍然空洞——父亲失去了不是女儿却胜似女儿的伊丽莎白，眼神中已不见了往昔的光彩与欢乐。他疼爱伊丽莎白，在她身上倾注了一个老人的全部关爱。父亲已到垂暮之年，所牵挂的人已寥寥无几，因而对身边活着的人愈发疼爱眷恋。那个该死的、该千刀万剐的恶魔！是他给我白发苍苍的父亲带来了苦难，让他注定要在晚境凄凉中度过余生。恐怖的事情在他身边接踵而至，他已没法继续在这种心惊胆战中活下去。生命之泉突然断流干涸，他一病不起，没过几天便在我的怀里告别了这个尘世。

我当时是什么情形我现在也无从得知。我当时失去了知觉，唯一能感受到的就是压在心头的沉重的锁链和无尽的黑暗。说实在的，我有时梦见自己和儿时的伙伴在鲜花盛开的草地上散步，在风景怡人的山谷中游荡；可当我从梦中醒来，却发现自己身处牢笼，随之而来的便是伤感忧郁。不过，我终于渐渐清晰地意识到了自己的处境和所遭受的苦难，于是被人从“监狱”里释放了出来。人们原以为我疯了，后来我才听说，他们将我一直单独关在斗室之中，一关就是好几个月。

倘若我神志清醒却不去想着报仇雪恨，那么，自由对我来说只是一种毫无用处的馈赠。对往昔不幸经历的回忆重重地压在我的心头，我开始思量，造成这种种不幸的根源就是那个由我一手造出来的怪物，那个由我带到人世间来毁灭我自己的卑鄙无耻的恶魔。一想起他，我便怒不可遏，气得发狂；我热切企盼，虔诚祈祷，但愿我能将他逮住，将他那该被诅咒的脑袋砸个稀烂，以雪我心头之恨。

我心中的怒火并没有只停留在于事无补的空想妄想之中，我开始考虑如何用最为行之有效的法子逮住这恶魔。为此，我在被释放出来约莫一个月后，便去找了本镇的治安官，对他说我要起诉，我知道是谁杀害我的家人，恳请他全力以赴，将凶手缉拿归案。

治安官和颜悦色、神情专注地听取了我的诉讼。“请放心，先生，”他说道，“我将竭尽所能、不遗余力地去追捕这个恶贯满盈的凶犯。”

“谢谢，”我回答道，“那么就请您听一听我不得不向您交代的实情吧。这的确是件古怪离奇的事情，其中的情节尽管不可思议，却是有据可循，不容置疑，若非如此，您恐怕很难相信。整件事情严丝合缝，环环相扣，绝非痴人说梦；再者，我也无意编造谎言。”我在对他讲这番话时，神情镇定自若，语气感人至深。我早已暗下决心，定要将那恶魔置于死地。这个念想让我渐渐平息了心中的痛楚，得以暂且偷生。我开始述说自己的经历，虽然简明扼要，但是语气坚定，措辞准确，把每件事情发生的日期交代得清清楚楚，自始至终没有什么恶语谩骂，也没有什么大呼小叫。

治安官起初满脸疑云，根本不相信我所说的话，但随着我不断深入地讲述，他开始变得神情专注，兴致盎然。我看到他时而吓得浑身战栗，时而又惊得目瞪口呆，再也没有表现出不相信的神情。

陈述完毕之后，我说道："我要指控的就是这样一个东西，我希望您能全力以赴将他捉拿归案，严加惩处。作为治安官，这是您的职责所在，而作为普通人，我相信，同时也希望，您的个人情感不会妨碍到您在这个案子上履行自己的职责。"

我这番话让这位听者的面部表情发生了很大的变化。他刚才听我讲这件事情时也只是半信半疑，就像听什么灵异鬼怪故事一样；而一旦我要求他就此事正式采取行动时，他心中的疑虑便又如潮水般重新涌了回来。不过，他的回答倒也十分婉转："我很乐意向您提供一切援助，帮您缉拿凶手，但您所说的这个怪物似乎威力无比，即便我使出浑身解数，也奈何不了他。这个畜生能穿越冰海，能栖身无人敢闯的山洞兽穴，谁能追得上他？再说，距离他行凶作歹已过了数月之久，现如今谁也无法得知他浪迹何方，也无从知晓他目前藏身何处。"

"他总是在我居住的地方晃荡，对此我毫不怀疑。即使是他躲进了阿尔卑斯山，我们也可以像围捕小羚羊那样将他追捕，像杀死猛兽那样将他击毙。不过，我看穿了您的心思，您并不相信我所讲的那些事情，也无意去追捕我的仇敌，让他得到应有的惩罚。”

我说着说着，两眼怒火直冒。这可把治安官给吓了一跳。“您误会了，”他说道，“我将尽力而为，如果能逮住这个怪物，您尽管放心，我定会将他绳之以法，严惩不贷。不过，根据您刚才所描述的情况来看，他如此神通广大，要想抓住他恐怕也不大切合实际。因此，即便我会采取一切切实可行的措施，您心里也要做好失望而归的准备。”

“这不可能。不管我怎么说，也是白费口舌；我的报仇雪恨对您来说无关痛痒。我承认复仇是一种罪恶，但我可以坦白地告诉您，仇恨吞噬了我所有的欲念，我现在一门心思只想着报仇。我一想到自己亲手释放到世间的那个杀人魔头依然逍遥法外，我心头的愤怒就无以言表。您拒绝了我的正当要求，我只能孤注一掷了：不管是死是活，我都要豁上自己这条性命，将那恶魔除掉。”

我说这些话的时候，由于过于激动，浑身颤抖不已。我的言谈举止着实有些疯狂，而且，毫无疑问，其中还带着些古代殉道者们所具有的那种高贵的舍生取义的劲儿。然而，对于一名日内瓦的治安官来说，他头脑里考虑的东西远非献身精神和英雄气概，因而，在他眼里，这种灵魂的升华与疯癫其实别无二致。他就像保姆哄孩子那样极力安慰我，还说我所讲的一切皆是谵妄发作，胡言乱语。

“唉，”我长叹一声，“您自以为什么都懂，殊不知您还无知得很哪！算了吧，您就连自个儿在说什么都不知道。”

我心烦意乱，愤愤不平地冲出了那间屋子。回到家中，我冥思苦想，打算采取某种别的行动。

第二十四章

我目前的状况是：头脑中一切意念全都被抑制了，全都荡然无存了。愤怒驱使着我，唯独复仇的欲念才能给我以力量，让我思绪镇定。复仇之念锻造了我的铁石心肠，让我变得老谋深算，沉着冷静。否则，我早就神经错乱或者命归天国了。

我首先做出的决定便是永远地离开日内瓦。当初我生活幸福，备受关爱，故土在我眼中是多么亲切可爱；而如今我身处逆境，屡遭不幸，她又变得那么面目可憎。我带了一笔钱，又带上了母亲的少许珠宝首饰，离开了故土。

自此，我开始了四处漂泊的生活，只要我一息尚存，这种漂泊的生活便永无终点。我穿越了大半个地球，凡是旅行者在沙漠戈壁或荒蛮之地常遭受到的各种艰难困苦，我都亲历过了。我究竟是怎么化险为夷的，连我自己也说不清楚。不知有多少回，我四仰八叉地瘫倒在茫茫沙漠上，祈求死神快点降临。然而复仇之念让我又重燃求生欲望，我决不能就此死去，让我的仇敌逍遥法外。

离开日内瓦后，我所做的头等大事便是搜寻线索，以便跟踪追击，找到那恶魔的下落。但是我还没有一个明确的计划，因而在城郊徘徊了数小时之久，不知道该沿哪条路走。夜幕渐垂，我发现自己不知不觉地来到了公墓的入口处，威廉、伊丽莎白和父亲就在此安息。我走进墓地，来到刻有他们名字的墓碑前。周围一片死寂，唯有树叶在晚风轻拂中沙沙作响。天快全黑了，眼前的景象即便是对一个毫不相干的旁观者来说，也显得悲凉肃穆。逝者的灵魂仿佛就在四周穿梭游荡，在悼念者的头顶眼前投下一道幻影，虽则看不见，却能感觉到。

此情此景让我内心悲怆不已，但很快这种悲怆便化为愤怒与绝望。他们都已逝去，我却依然活着，而杀害他们的凶手也还在人世间逍遥自在；为了干掉这个恶魔，我不得不苟延残喘。我跪倒在草地上，亲吻着泥土，双唇颤抖着，大声呼喊道："对着我膝下的这块神圣的土地，对着我周围游荡的魂灵，以我终生铭记的切肤之痛，我郑重起誓；哦，黑夜，我向您，向主宰您的神灵起誓，我一定要找到那造成这一切不幸的恶魔并与他决一死战，不将他消灭，誓不罢休。为达此目的，我得活下去，我要再次迎着冉冉升起的朝阳，踏着绿草茵茵的大地，去报这血海深仇，如果不能报仇雪恨，这一切将永远在我眼前消失。我祈求你们——逝者的魂灵，也祈求你们——四处游荡的复仇之神，在我行动之时，助我一臂之力，指引我完成复仇大任。让那该死的、令人深恶痛绝的魔鬼饮下自己酿下的苦酒，让他也感受一下此刻折磨我的绝望吧。"

我开始起誓时神情肃穆，心中充满了敬畏之情，以至于几乎让自己确信，我那些惨遭毒手的亲人的亡灵已经听到了我的誓言，对我的赤胆忠心深表赞许。但快要结束时，我已是怒火中烧，气得哽咽，再也说不出话来。

这时，一阵魔鬼的放声狂笑打破了黑夜的静谧，仿佛是对我的誓言做出回应。这笑声久久不息，震彻山谷。一时间我仿佛觉得自己身陷地狱，四周全是些面目狰狞的妖魔鬼怪在恣意狂笑，热嘲冷讽。若不是自己的誓言在耳边响起，若不是想到自己还须活下去以报仇雪恨，当时我肯定会被逼得心神错乱，了此残生。那狂笑渐渐平息。此时，一个颇为熟悉而又让人心生厌恶的声音传来，这声音显然就在我耳边响起，他低声说道："这正合我意，你这个可怜虫！你决心要活下去，这可正中我的下怀。"

我向声音传来的地方猛冲过去，可那恶魔一闪身便溜掉了。突然，一轮圆月跃上了夜空，照亮了他那丑陋不堪、让人毛骨悚然的身躯。只见他以常人无可比拟的速度转眼间逃得无影无踪。

我穷追不舍，一追就是好几个月。我循着一些蛛丝马迹，沿罗纳河蜿蜒曲折的河道追了去，可是一无所获。只见湛蓝的地中海也呈现在我的眼前。这时，出于机缘巧合，我竟然在无意间看到那恶魔趁着夜色潜身于一条开往黑海的船只上。于是，我也赶乘这条船，可不知怎的，他又溜之大吉了。

在鞑靼和俄罗斯的旷野上，尽管他对我躲闪逃避，可我还是寻踪查迹，紧追不舍。有时，一些撞见这具可怕的幽灵、被他吓得魂飞魄散的农夫会告诉我他的去向；有时，这个恶魔会故意留下些许踪迹让我继续追赶，唯恐我失去他的一切行踪后会悲观绝望，一死了之。大雪纷飞，飘落在我的头上，我便循着那白雪皑皑的原野上他留下的硕大的脚印继续追赶。您刚刚踏上人生的征程，尚未经历人生的忧患，还不知道痛苦的滋味，又怎能体会到我当时的心情和此刻的感受？寒冷、饥饿和疲劳这些我注定要遭受的诸多苦难算是最微不足道的。我遭到魔鬼的诅咒，无论走到哪里，身上永远背负着一座地狱。好在善心的天使总是如影相随，为我指引前行的方向。当我怨气满腹、叫苦连天时，她便会出人意料地将我从看似无法摆脱的困境中解救出来。有时，当我备受饥饿折磨，体力难以支撑时，荒漠之中却有为我准备的食物，供我恢复体力，振作精神。当然，这些食物与当地农夫的食物一样粗糙，难以下咽，但我深信不疑，这些食物是我曾经祈求过助我一臂之力的那些神灵安放在那儿的。而且经常会发生这样的事情：天空万里无云，大地一片干涸，正当我唇干舌燥之时，天空中便会出现一小片乌云，洒下几滴甘露，给我一线生机，随即便消失得无影无踪。

我尽量沿着河道前行，可那恶魔却常常避开河道，因为那儿人口密集，别的地方则人烟稀少。我一般都以猎取途中的野物为生。我把随身携带的钱财分给了村民，跟他们交上了朋友。要是我随身带了捕获的猎物，我总是只给自己留下一小部分，而将其余的送给那些供我炊具让我烧煮的村民。

这样的日子真是让人心生厌恶，只有在进入梦乡之后我才能体会到片刻的欢愉。啊，这天赐的酣眠！我常常在痛苦不堪时沉沉睡去，梦境让我全然忘记了自己的苦痛，甚至让我心醉神迷，飘飘欲仙。是护卫我的神灵给我带来了短暂的快乐，或者说得更确切些，给我带来了几个时辰的欢愉，让我养精蓄锐，走完这朝圣般的漫长旅程。倘若没有这些喘息之机，我早就被这些艰难困苦所压垮。白天我跋山涉水时，对夜晚的期待便支撑着我，激励着我，因为在梦境中我能见到我的挚友，我的爱妻，还有我所眷恋的故土，我还能见到父亲那慈祥的面容，听到伊丽莎白那银铃般的嗓音，看到身强力壮、青春洋溢的克莱瓦尔。当我长途跋涉、疲惫不堪时，我便时常安慰自己，我这会儿是在做梦，等夜晚来临，我便能在亲朋好友的怀抱之中享受到真真切切的欢愉。我爱他们爱得好苦哟！我多么眷恋他们那亲切的身影，即便是在我醒着的时候，他们的身影也时常在我心头萦绕，让我自己相信他们依然活着！每当这时，原先在我心中熊熊燃烧的复仇之火便悄然熄灭。我此刻前去消灭那恶魔，与其说是出于我心灵深处的热切渴望，还不如说是替天行道，抑或是出于某种下意识的、机械的冲动。

至于我一路跟踪追击的那个恶魔他此刻心情如何，我就不得而知了。有时，他居然会在树皮上留几道印记，或在石头上刻一些记号，给我指路，也想借此激怒我。有一次他在留言中明目张胆地写道：“你仍然在我的掌控之中，你还活得好好的，而我浑身上下也有使不完的劲儿。跟我来吧，我要去常年冰天雪地的北极，你将在那儿领略天寒地冻的滋味，而我却可以连眉头都不皱一下。如果你不是过于拖拉，走得还不算太缓慢的话，你会在这附近找到一只死兔子，把它给吃了，好补充点体力。来吧，我的冤家对头，我们还要殊死搏斗一番。不过，在此之前，你还得吃尽苦头，熬够时日。”

你这恶魔，竟敢如此奚落我！我再次发誓，一定要报此深仇大恨，一定要让这个卑鄙无耻的恶魔受尽折磨，一命呜呼。只要那恶魔一日不除，只要我还一息尚存，我就决不会善罢甘休。然后，我将满怀喜悦去陪伴我的伊丽莎白和我那些逝去的至爱亲朋——即便此刻，他们已经在做准备，为我这次长途跋涉、历尽苦难给予犒赏。

我继续北上，一路上的积雪越来越厚，气温也越来越低，冻得我几乎难以承受。农夫们全被困在家里，只有少数身体最为壮实的汉子才敢冒险出门狩猎，追捕那些饥饿难耐、不得不离开藏身之所出来觅食的野兽。河面都结了冰，根本没法捕鱼，这么一来，我赖以为生的主要食物来源就给断了。

由于我的前行变得愈发步履维艰，因而我那仇敌也变得愈发得意扬扬。有一次，他竟留言道：“你可要做好准备，你的苦头才刚刚开始，裹上皮衣，备好口粮，我们很快就要进入下一段行程，在那儿你将吃尽苦头，以解我心头绵绵之恨。”

这些嘲弄讥讽反倒激发了我的勇气和意志，我下定决心，不达目的誓不罢休。我一边祈求上苍助我一臂之力，一边继续以毫不减退的斗志穿越茫无边际的荒漠，直至遥远的大海映入眼帘，那就是地平线的终点了。唉！这里的海与南方湛蓝的海大相径庭！海面上覆盖着厚厚的冰层，看上去与陆地别无二致，只不过比陆地更加荒凉冷清，更加崎岖不平。希腊人在登上亚洲的群山之巅，眺望地中海时心花怒放，喜极而泣；他们为自己完成了艰苦卓绝的长途跋涉而欢呼雀跃。我虽未曾流泪，却跪倒在地，满怀虔诚地向为我指引行程的神灵致以谢意，感谢她将我平安地带到了目的地。尽管一路上我的对头百般嘲弄，可我最终还是来到了这个地方，希望能在此与他狭路相逢，决一死战。

几个星期以前，我弄到了一驾雪橇和几只雪橇犬，这样我便能在雪地上飞奔疾驰，速度之快，简直让人难以想象。我并不知道那恶魔是否也搞了驾雪橇，但我发现，以前我追赶他，每天都要被甩开一大截，可现在我加快了速度，已逐渐迫近他，我第一次见到这里的大海时，他只比我领先了一天的行程。我希望在他抵达海滩登陆上岸之前将他截住。于是，我又重新鼓起勇气，继续拼命追赶，两天后便到达了海边一座破败不堪的小村落。我向村民打听了那恶魔的去向，掌握了他的确切讯息。村民们说，前一天晚上村里来了一个硕大无比的怪物，手上提着一杆长枪，身上还佩戴着好几把手枪。那怪物面目狰狞，将一所僻静处农舍里的人全给吓得夺路而逃。他把这家人储备过冬的粮食通通搬到一驾雪橇上，还抓了好些只训练有素的雪橇犬，给它们套上挽具。对于那些惊魂未定的村民来说，令他们倍感庆幸的是，这怪物于当天晚上便离开了村子，驾着雪橇穿越大海，朝着一个没有陆地的方向疾驰而去。村民们估计，用不了多久，他就会因冰层断裂而葬身海底，或者是被活活冻死在终年不化的冰天雪地之中。

听村民们这么一说，我一下子感到有些绝望。他又把我给甩掉了。我又得穿越连绵起伏、漫无边际的冰海，踏上自取灭亡的旅程；这里天寒地冻，就连土生土长的当地人也很少有人能长时间地忍受这种酷寒，而我这样一个打小在阳光明媚、气候宜人的地方长大的人，自然是没有指望活下去的。然而，一想到那恶魔还逍遥于世、耀武扬威，原先的愤怒和复仇的欲念便有如滔滔洪水在我心头重新涌起，淹没了其他一切念想。我稍稍休息了片刻——在此期间，逝者的魂灵在我身边徘徊萦绕，激励我排除万难，去为他们报仇雪恨——便开始为这次旅行打点行囊。

我把自己那驾陆用雪橇换成了一驾专门用于坎坷不平的冰海上行驶的雪橇，购足了补给物资，然后离开了陆地。

自出发后至今究竟走了多少天，我自己也估摸不清了，然而我历尽艰辛，若非心中那股熊熊燃烧、永不熄灭的复仇之火，我绝不可能忍受这样的艰难困苦。巨大的冰山此起彼伏，绵延不绝，时常挡住我的去路，而且我还经常听到冰层下海水发出雷鸣般的轰隆巨响，让我时刻都有生命危险。但是不久严寒再次袭来，海面上行走又变得安全可靠了。

从我吃掉的口粮来看，我估摸自己已在海上走了足足有三个星期了。我一想到这么迁延时日，何时才能了却心愿，不禁心灰意冷，黯然神伤，流下了酸楚苦涩的泪水。绝望女神已几乎胜券在握，用不了多久，我便会被这场灾难所吞噬。有一次，这些雪橇犬使出浑身气力，好不容易才将我拉上一座陡峭的冰山顶峰，其中一条由于筋疲力尽，倒地身亡。我望着这一片无边无际的冰海，心中满是痛苦悲凉。突然我发现在灰暗的冰原上有一个小黑点，我极力睁大眼睛，想看清个究竟。终于，我发现那是一驾雪橇，上面坐着的正是那个非常眼熟、非常丑陋的身躯。我不禁欣喜若狂地大喊一声。啊！希望犹如洪流再一次在我的心头汹涌！热泪噙满我的双眼，但我赶紧拭去泪水，生怕它模糊了我的视线，让我看不见那恶魔的身影。然而，滚烫的泪水还是迷离了我的双眼。我再也无法抑制自己心头积郁已久的复杂情感，失声痛哭起来。

然而，仇敌就在前方，刻不容缓。我将雪橇犬与它们死去的同伴分开，又让它们饱餐一顿。尽管我心急火燎，不愿在此耗费时间，但也不得不稍做调整，经过一个钟头的短暂休息，我又继续赶路了。那驾雪橇依然清晰可见，除了偶尔被冰石峭壁一时挡住之外，它始终没有逃脱我的视线。我明显逼近了它。经过近两天的拼命追赶，我看到那冤家对头离我已不足一英里的距离，我的心开始狂跳了起来。

追踪至此，眼看那仇敌就要落入我的手掌心了，我的希望却突然破灭了——那家伙一下子逃得无影无踪了；而这次不同于以往，居然没有留下任何蛛丝马迹，着实让人束手无策。冰川下的大海在咆哮，海水在我脚下翻涌、高涨，发出巨大的轰鸣，每时每刻都变得愈发凶险恐怖。我加紧赶路，全速前进，但已无济于事。狂风骤起，海浪咆哮，犹如发生强烈的地震一般，海面上的冰层在一声震耳欲聋的巨响中断裂开来。这一切来得如此之快，顷刻之间，浩瀚奔腾的海水便将我和我那仇敌阻隔开来。我被抛在一块浮冰上，随着海浪漂流，而这块浮冰不断消融，越来越小，看来等待着我的将是可怕的死亡。

我就这样胆战心惊地煎熬了好几个小时。几条雪橇犬死了，就在我自己也快要经受不住这接踵而至的打击将要葬身冰海时，我看到了您停泊在水面上的轮船，我心中重新燃起了希望，觉得自己能够获救，死里逃生。我从未想到轮船竟能航行至如此遥远的北方，看到您的船，着实让我大吃一惊。我连忙从雪橇上拆下几条木板做船桨，使出浑身力气，拼命将我脚下这块浮冰划向您的船。我当时便铁了心，如果您是向南航行，那我依然要朝北而去，宁愿在海上听天由命，也决不放弃我的既定目标。我原本打算说服您给我条小船，让我继续追赶我的敌人，好在您也是向北航行。您在我精疲力竭时将我救上船，要是再晚些，我定会葬身于这险象环生的冰海之中；不过，眼下我还不想死，因为我的使命还尚未完成。

噢！为我引路的神灵，您何时才能指引我找到那恶魔，从而赐予我梦寐以求的安宁？难道我终究难逃一死而他注定要逍遥于世？如果我命该如此，沃尔顿，您得向我起誓，定不会让那恶魔溜之大吉；定要将那恶魔逮住，碎尸万段，为我报仇雪恨。我胆敢要求您像我这样长途跋涉，历尽艰辛？不，我还没有自私到那种地步。不过，等我死了之后，如果他再次出现，如果复仇之神将他带到您的面前，您要发誓，一定要把他干掉，决不能让他在我所遭受的巨大苦难面前幸灾乐祸，耀武扬威，决不能让他继续留在世上为非作歹。他巧舌如簧，能言善辩，就连我也曾被他的花言巧语打动过；您千万不要相信他。他的心灵与他的外表一样丑陋不堪，阴险奸诈，毒如蛇蝎，您别信他那一套。您要乞求威廉、贾丝婷、克莱瓦尔、伊丽莎白、我父亲，还有我这不幸的维克托的亡灵保佑您，将您的利剑刺进他的胸膛。我会在您身边徘徊，指引您将利剑准确无误地刺进他的心窝。

罗伯特·沃尔顿致姐姐
——英格兰的萨维尔夫人的信（续）

玛格丽特，读罢这个离奇而又惊悚的故事，你是否也跟我一样吓得魂不附体，好像血液凝固了一般？时至今日，我依然心有余悸。有时，他胸中会涌上一股锥心之痛，让他无法继续讲述下去；而其余时候，他的声音有些哽咽但却十分犀利，一字一句费力地倾吐着自己满腹的辛酸。他那双明亮可爱的眼睛时而炯炯发光，迸射出愤怒的火花；时而又黯然失色，流露出忧郁沮丧、无限悲哀的神情。有时候他会竭力控制住自己，面不改色，语调平稳。即便是讲起那些最令人毛骨悚然的事情，也是非常地沉着镇定，丝毫没有流露出任何的痛楚不安；然而，没过一会儿，他脸色就会风云大变，有如火山爆发一般，盛怒之情溢于言表，尖叫着诅咒那个迫害他的怪物。

他将这个丝丝入扣的故事娓娓道来，像是在讲述一个再简单不过的事实一样。不过，我得对你说句心里话，我之所以相信他所讲的事情，倒并不仅仅因为他讲得头头是道、认真诚恳，更重要的是他曾给我看过那几封费利克斯和萨菲的书信，而且我们在船上也亲眼见到过那个幽灵般闪现的怪物。世间竟果真有这等怪物！对此我虽深信不疑，却又惊讶不已。有时我千方百计想从弗兰肯斯坦嘴里打探些有关他制造那怪物的详细情况，可他对此绝口不提，不愿透漏半点消息。

“你疯了吗，我的朋友？”他说道，“换个问法，就是你那愚蠢的好奇心将会把你引向何方？难道你也想为自己和这个世界制造一个十恶不赦的敌人不成？冷静！从我所遭受的种种苦难中吸取教训，不要再自寻烦恼，无端地给自己增添痛苦。”

弗兰肯斯坦发现我把他所讲述的亲身经历记录了下来，便要我把记录给他看，并在许多地方做了修改和补充；主要是补全了他与那怪物的几番对话，使之更为真实、生动。“既然你已经把我的口述记录了下来，”他说道，“我就不想给后世留下一份残缺不全的记录。”

就这样，我花了一周的时间，听完了这个将人类的想象力运用到极致才能想到的最为曲折离奇的故事。这故事本身和弗兰肯斯坦超凡脱俗、温文尔雅的言谈举止让我对这位来客产生了极大的兴趣，我脑海之中的万千思绪，心灵深处的各种情感都为之深深吸引。我真想劝慰他几句，可是对一个历尽苦难、心灰意冷，几乎不指望得到任何慰藉的人来说，我又如何能劝说他继续活下去？噢，我真是爱莫能助！眼下，他唯一能感受的快乐便是让他安然归西，让他那颗破碎不堪的心灵得以平静。不过，还有一件事情能够让他得到些许安慰，那就是他一个人独处，沉浸于谵妄梦幻之中。他相信，在梦境中，他可以和他的至爱亲朋交谈，并从这种情感的交流中得到慰藉，从而消除他心中的痛楚；或者让他受到某种鼓舞，从而激励他去报仇雪恨。他相信这绝非他本人的幻觉，而是他的亲朋好友从另外一个遥远的世界来看望他了。这一信念为他的神情恍惚平添了一抹庄严的色彩，因而在我眼里，他那些梦幻好像是确有其事一般，瑰玮奇特，引人入胜。

我和他的谈话也不总是局限于他的亲身经历和不幸遭遇。对普通学科的方方面面，他都展现出渊博的学识、敏捷的思维和精辟的见地。他善于言辞，说话令人信服，富有感染力。当他讲起某件哀婉凄凉的事情，或是想激起听话人的同情与爱怜，我总是禁不住潸然泪下。他现在身陷绝境，面临毁灭，尚能如此志趣高洁，超凡入圣，想必当年他意气风发、如日中天之时，定是气宇轩昂、光彩照人。他似乎也感觉到了自己的价值所在，意识到他的毁灭将给我们带来巨大的损失。

“年轻的时候，”他说道，“我坚信自己注定会成就一番伟业。我感情深沉，判断问题沉着冷静，这为我在事业上成就辉煌提供了必要条件。我意识到了自身性格的价值，并从中收获信心和勇气，倘若换作他人早就会被压得喘不过气来。我认为，空自悲切而不去施展才华、造福同胞，这无异于犯罪。当我想到自己完成的那件作品——想到自己亲手缔造了一个有感情、有理性的生命——我就认定自己绝非碌碌平庸之辈。这种想法在我事业之初曾给我以信念支撑、精神鼓舞，然而现在却只能让我自惭形秽、无地自容。我的一切苦思冥想和抱负理想都毫无意义。我就像那个一心渴求无上权威的天使长[1]一样，被永久禁锢在了地狱之中。我的想象力非常丰富，更有极强的分析能力和实际运用能力。正因为我集诸多才华于一身，我才会萌生出创造一个人的想法并且付诸实施。时至今日，每当我回忆起当时制作过程中的那些奇思妙想，都会激动不已。那时，我时常异想天开，时而会自鸣得意，觉得自己才华出众；时而又会心焦如焚，急切地想看到会有何结果。自打儿时起，我就志存高远，可如今却一落千丈！噢！我的朋友，如果你以前在我志得意满时认识我，现在见我如此潦倒落寞，你哪里还会认出我？我以前很少有悲观失望的时候，命运眷顾，似乎要青云直上，结果从云端重重地跌了下来，再也爬不起来了。”

难道我真要失去这样一位让我钦佩仰慕的人吗？我一直渴望获得知心好友，一直在寻觅一位与我志趣相投、与我有真情挚谊的知己。瞧，在这浩渺苍茫的大海上，我终于觅得了这样一位知音。不过，恐怕我刚刚结识他，刚刚了解到他的弥足珍贵，便很快又要失去他。我劝他不要轻生，要好好活下去，可他对我的好意却心存抵触。

“谢谢你，沃尔顿！”他说道，“感谢你对我这个不幸之人的一番好意；可是，当你提到新的纽带、新的情感时，你可曾想过，有谁能替代那些已长眠于地下的亲朋挚友呢？在我心目中，有哪个男人能与克莱瓦尔相提并论，又有哪位女子能与伊丽莎白相媲美？

---

① 指弥尔顿《失乐园》中的撒旦。——原注

即便当初我们固守着高尚的道德情操，没有让我们的感情更进一步，但儿时的伴侣也永远会在我们的心灵中占有某个位置，这是日后结交的朋友几乎无法替代的。这些孩提时代的伴侣了解我们儿时的习性，长大以后不管我们如何改变，儿时的习性都不会消失殆尽的；因此，他们能够更加确凿无疑地判断我们的一举一动是否动机纯良。兄妹之间绝不会怀疑对方欺骗自己，或者对自己图谋不轨，除非种种迹象早就暴露了出来；然而换作其他朋友，无论你对他感情有多深，你都会不由自主地对他怀有戒备之心。不过我还是喜欢结交朋友；朋友的珍贵不仅仅在于相互的习惯和彼此的交往，更在于各自的美德。无论我在哪里，伊丽莎白那令人宽慰的声音和克莱瓦尔那饶有兴致的谈话总是在我耳边回响。尽管他们都已离开了人世，不过，在这样一种孤苦境地中，仍有一个信念能支撑我继续活下去。如果我从事的是一项造福人类的崇高事业或宏伟计划，我就需要活下去从而为之奋斗。然而我的命运却并非如此，我必须去追赶那个我亲手制造出来的怪物，将他除掉。到那时，我的命数也将完结，我也就可以安息了。”

一七 ×× 年八月二十六日

我亲爱的姐姐：

我给你写信时正身处险境，不知此生还能否再次回到亲爱的英格兰，再次见到那些让我无比眷恋的亲朋挚友。我已陷入冰山的重重包围之中，生还机会渺茫，我的船时时刻刻都有被巨大的冰块摧毁的危险。当初被我劝说来一同出海的那些勇敢的水手此时也都眼巴巴地看着我，盼我能救他们脱离险境，可我也是一筹莫展。我们的处境十分凶险，但我并未完全丧失希望、丧失勇气。尽管如此，一想到这么多人的性命皆是因我而危在旦夕，一丝恐惧便直袭心底。如果我们葬身海底，皆是因为我当初疯狂的计划酿成了今日的苦果。

玛格丽特，届时你的心情将会如何？你无法得到我葬身海底的噩耗，依然在万分焦急中苦苦盼望我的归来，斗转星移，年复一年，你将一次又一次地在希望与失望之间惆怅徘徊、备受煎熬。唉，我亲爱的姐姐，一想到你心急如焚地盼我归来，却总是杳无音讯，直至万念俱灰、心灰意冷，这种情景简直比我自己死去还要让人心痛。好在，你还有丈夫，有活泼可爱的孩子，你会幸福的，愿上苍保佑你，赐福于你！

那位不幸的客人对我的处境无比同情，他竭力鼓励我，让我满怀希望。听他的谈话，他仿佛将生命看作是一件自己非常珍惜的财产。他提醒我说，以往试图在这一海域行船的其他航海家，也时常会遭遇到类似的意外情形。他向我说起了许多好兆头，让我在不知不觉中精神为之一振，就连水手们也因他富有感染力的谈话而备受鼓舞——他说话时，水手们原先悲观失望的情绪便荡然无存。他鼓起了他们的干劲，听了他的一番话，他们便相信这些巨大的冰山只不过是些鼹鼠山丘，终究都会在人类的坚强意志面前消融瓦解。然而，这些想法转瞬即逝；尽管水手们苦苦企盼，可我们的处境却迟迟不见好转，因而个个显得诚惶诚恐；与此同时，我也提心吊胆，生怕这种绝望情绪会引发一场哗变。

九月二日

就在不久前，这里发生了一件非同寻常的事情，尽管这些信件很有可能到不了你手上，但我还是忍不住要将它记录下来。

我们依然处于冰山的重重包围之中，冰山之间相互碰撞，随时都有可能让我们粉身碎骨。天气寒冷异常，同行的人中已有不少不幸葬身于这荒芜苍凉的冰海之上。弗兰肯斯坦的身体每况愈下，尽管他的双眸依然闪烁着热情的光芒，可他已经精力耗尽，羸弱不堪，只要他偶尔稍稍动弹一下，很快便会再次陷入萎靡不振、毫无生气的状态之中。

在此前的一封信中我曾提及担心哗变一事。今天上午，我坐在这位朋友的身旁，端详着他那苍白的面容——他眼睛微闭着，手臂无力地低垂着——就在此时，突然听见五六个水手嚷嚷着要进船舱。他们进来之后，为首的那个水手对我说，他本人以及同来的几个都是经其他水手一致推举出来的代表，他们来是为了向我提出一项要求——我对此不能拒绝，否则就有失公允了。我们被困冰山之间，恐怕很难死里逃生；不过他们担心的是，万一到时候冰山消融，航道畅通无阻——这种可能性也是存在的——而我仍然会鲁莽行事，继续贸然向北行驶，那么，他们可能刚刚庆幸自己脱离险境，却又要立即被带入新的危险之中。因此，他们坚决要求我郑重起誓，一旦航船脱离险境，我必须立刻掉转船头，向南航行。

他们的这番话让我左右为难。我还没有完全绝望，还不想在脱离危险之后立即返航。不过说句公道话，我能因为一己之私而断然拒绝他们的要求吗？即使我想拒绝，他们就能对我听之任之？我犹豫不决，不知道该如何回答。弗兰肯斯坦起初一言不发，他也的确没有力气参与这场对话。此时，他打起精神，双目炯炯有神，两颊因一时激动而涨得通红。他转过身来，对那些人说道："你们这是什么意思？你们要叫船长干什么？你们就这么轻易地放弃自己的既定目标？你们不是把这次航行称为光荣之旅吗？为什么称为光荣呢？绝不是因为在这里航行会像在南方的海上那样一帆风顺，波澜不惊，而是因为行程中危机四伏，险象环生；是因为无论出现什么意外不测，你们都坚韧不拔，无所畏惧；还因为你们时时都处于危险和死亡的包围之中，要求你们勇敢面对，排除万难。正因为如此，它才被称为光荣之旅，才称得上是为世人所景仰的伟大壮举。你们从此会受到人们的欢呼致敬，被誉为人类的造福者，你们的名字也将被世人颂扬，你们将跻身于为了人类的荣光、为了人类的幸福而视死如归的英雄们的行列。可现如今，你们自己瞧瞧，一想到可能会有危险，或者说——如果你们也同意的话——你们的勇气才第一次受到严峻的考验，经受强有力的挑战，你们就畏缩不前，心甘情愿地被世人看作是一群无法忍受天气严寒、畏惧道路艰险的懦夫。一群可怜的家伙，一个个冻得瑟瑟发抖，就这样全都缩到暖和的炉子边烤火去了。唉！要是这样的话，你们当初根本就无须费尽周折，也不必千里迢迢来到这里，陷你们的船长于不义，让你们的船长蒙羞，而你们自己呢，到头来也只是被证明是群胆小鬼而已。噢！做个男子汉，做个顶天立地的男子汉吧。你们应该矢志不渝，坚如磐石。冰再坚硬又岂能同你们心灵的坚强相提并论？坚冰并非不可能战胜，只要你们坚定信念，它就会在你们面前低头退缩。别让你们眉宇之间带着耻辱的印记返回家园，而要作为经过英勇奋战、攻无不克的英雄，作为从未在敌人面前临阵脱逃的英雄凯旋。”

他讲这番话时，慷慨激昂，抑扬顿挫，目光中饱含着崇高的信念和大无畏的英雄气概。你想想，水手们听了他的这番话怎么能不受感动呢？他们面面相觑，默不作声。最后我发话了。我让他们回去休息，好好想一想他们方才听到的这番话，如果他们执意要掉转航向，那我也不会一意孤行，带他们继续北上，不过，我希望他们经过慎重考虑之后，能够重拾勇气。

他们走了之后，我回头再看我的朋友，只见他精疲力竭，瘫软在地，已是奄奄一息了。

结局最终将会如何，我无法预料，但我宁可死去也不愿半途而废，含羞而归，但是我的命运恐怕只能如此了。那些水手并不在意荣耀与名誉，没有精神支柱，他们是绝不会继续心甘情愿地承受眼下这种艰难困苦的。

九月五日

木已成舟：我已经同意，如果我们此行能够死里逃生，就立即返航。我满心的希望就这样被胆小怯懦和优柔寡断给葬送了。我终将一无所获，败兴而归。受到如此不公正的待遇，我可没有那么好的涵养自始至终平心静气。

九月七日

大势已去，我正在返回英格兰的途中。我对个人荣耀以及造福人类已不抱任何希望，同时，我还失去了我那位朋友。可是，亲爱的姐姐，我还是要把这段辛酸的经历详详细细讲给你听。我既已漂向英格兰，漂向你的身边，便没有什么好愁眉苦脸、垂头丧气的。

九月九日这一天，冰层开始松动，一座座小冰山分崩离析、四散开来，大老远就能听到雷鸣般的轰响。我们当时的处境万分危急，随时都有性命之虞，然而众人皆无计可施，只好听天由命。于是，我将更多的关注放在了我那位不幸的朋友身上。他的病情急剧恶化，已经到了完全卧床不起的地步。冰山在我们身后不断崩裂，又被崩裂形成的巨大冲力推向了北方。这时，西边突然吹来阵阵轻风，到十一日，向南行驶的航道已畅通无阻了。水手们见此情形，确信自己返回故土已无任何悬念，个个欣喜若狂，放开喉咙高声欢呼，声音响彻云霄，震天动地，经久不息。昏睡中的弗兰肯斯坦也给惊醒了，问我外面为何如此喧闹。“水手们在大喊大叫，”我说道，“因为他们很快就能回英格兰了。”

“这么说，你真的要返航了？”

“唉，是的，我没法拒绝他们的要求。他们不愿意，我也不能强拉硬拽着他们去冒险，我必须得返航。”

“如果你打算返航，那就回去吧，可我决不回去。你可以放弃自己的既定目标，我却天命所系，不敢轻言放弃。虽然我现在虚弱无力，可那些助我去报仇雪恨的神灵一定会赋予我足够的力量。”说罢，他使出浑身气力想从床上一跃而起，可是他不堪如此用力，猝然倒在床上，昏厥过去。

过了好长时间他才苏醒过来，好几回，我都觉得他命数已尽。他终于睁开了眼睛，可呼吸依然非常困难，无法开口说话。医生给他服了些镇静剂，叫我们不要打扰他。转脸儿，他又告诉我，我这位朋友时辰不多了。

医生既已下了判决书，我也只能暗自伤悲，静静守候了。我坐在他的病榻旁，注视着他。只见他双目紧闭，我还以为他睡着了，可没过一会儿，他气若游丝地叫了我一声，示意我凑近一些。接着他说道：“唉，我已是灯枯油尽了，所剩时间不多了，然而他——我那仇家，那个迫害我的恶魔，可能还依然在世上逍遥自在。沃尔顿，不要以为我在弥留之际依然怒火中烧，依然渴望报仇雪恨——我过去是这么说来着；不过，我一心想要取那冤家对头的性命，我觉得自己这个想法合情合理。在我生命的最后几天里，我一直在反省我的过去，我觉得，我的所作所为是无可指责的。出于一时的狂热，我制造了那么一个有理性的生命，我有义务尽自己的最大努力确保他幸福快乐。这当然是我应尽的义务，可我还有一项义务更为重要，也就是我对自己同胞的义务，这需要我给予更多的关注，因为这涉及更多人的幸福或疾苦。正是出于这样的考虑，我拒绝为我制造的第一个生命再造一个同伴，我这样做是完全正确的。于是他干尽坏事，用心之险恶、秉性之自私，无以复加、令人发指。他杀害了我的至爱亲朋，还不遗余力地试图毁掉那些情感细腻、天资聪颖、幸福快乐的生灵。真不知道他这般疯狂报复，到何时才是个尽头。虽然他过得很悲惨，但是他不该再去加害他人，所以，应该将他除掉。消灭他本应是我的任务，可我没有完成。我以前出于一己之私和其他杂念，曾要求你完成我这件未尽之事，现在我再次向你提出请求，这次完全是出于理智，出于善意。

“然而，我不能要求你为了完成此事背弃祖国、抛弃亲友。既然你很快就要回英国去，你也不会再有什么机会碰到那家伙。不过，这些问题你如何考量，哪些问题你责无旁贷，还是交由你自己来权衡定夺吧。死神的脚步已经临近，扰乱了我的心智，让我无法斟酌思量，无从准确判断了。即便是我认定正确的事情，我也不敢要求你去做了，因为我仍有可能会感情用事，误入歧途。

“他竟然仍在世上逍遥自在、胡作非为，这让我心中很是不安，不过，除此之外，这段时间里，我时时刻刻都在等待自己能够得以解脱，因而是我多年以来唯一感到幸福快乐的时刻。我那些逝去的亲人的身影在我眼前飞来飞去，我得赶紧投入他们的怀抱。永别了，沃尔顿！用平和的心态去寻求幸福吧，千万别雄心勃勃，即便是那些看似无害、一心想要在科学探索领域出人头地的雄心壮志也要不得。我为什么要这么说呢？我自己就是被当年这些远大志向给毁了，遗憾的是，仍不断会有人步我的后尘。”

他说着说着，声音变得越来越微弱。最后，他精疲力竭，沉默不语。约莫过了半个时辰，他还想开口说点什么，可已经一个字也说不出来了。他无力地按着我的手，嘴角的笑意渐渐消逝，然后永久地闭上了眼睛。

玛格丽特，这样一位俊杰英年早逝，叫我如何评说呢？我究竟该说些什么才能让你明白我心头的深切哀思呢？无论我说什么都是那样苍白无力，都不足以表达我此刻的悲痛之情。我潸然泪下，失望的阴云笼罩着我的心田。好在我已起程回返英国，在那儿我会得到些许慰藉。

写到这里，我突然被什么声音给打断了。这声音会不会是什么不祥之兆？正值午夜，微风习习，连甲板上值班的海员也未被惊动。又有声音传来，好像是人说话的声音，只不过嗓音要更嘶哑些，这声音是从停放弗兰肯斯坦尸体的船舱里传出的。我得起身去查看一下。晚安，姐姐。

天哪！当时发生的那一幕太可怕了！现在回想起来我依然觉得头晕目眩。我实在不知道自己是否有能耐将这一幕详详细细描述出来。可倘若我不把这令人唏嘘不已的结局记录下来，这个故事就会显得有头无尾了。

我走进那个船舱，我那命途多舛，却又令人钦佩的朋友的遗体就停放在那里。只见他的遗体旁伏有一个身影，其尊容简直难以形容：此人身形高大异常，身体部位不成比例，面目扭曲畸形、蠢笨粗俗。他俯着身子立在灵柩旁，脸被乱蓬蓬的长发给遮住了，一只巨大的手掌平伸开来，肤色与肤质如同木乃伊一般。听见我走近，便不再发出那令人毛骨悚然的哀号，纵身向窗口跳去。我从未见过如此骇人的脸庞，丑陋不堪，让人作呕。我不由自主地闭上眼睛，努力回想着自己对这个杀人恶魔应履行什么样的责任。我喝令他站住。

他停下脚步，惊诧地看了我一眼，随即又转过脸注视着他那造物主毫无生息的身躯，像是忘却了我的存在。他的每一个表情、每一个举动，似乎都流露出一种难以自抑的狂怒与冲动。

“这又是一个死在我手下的牺牲品！”他大声嚷嚷道，“他死了，我虽是罪行累累，却也算志得意满，而我这作恶多端的一生也就该结束了。噢，弗兰肯斯坦！你是一个多么慷慨大度、舍身成仁的生灵！现在请求你宽恕又有何用？我把你深爱的人相继杀死，连你也没放过，这一切都无可挽回了。唉！他已经死了，无法回答我了。”

他的声音听起来似乎有些哽咽。先前涌上我心头的最初的冲动——履行我朋友的责任，不辜负他的临终嘱托，替他除掉这个冤家对头——此刻却被一股好奇之心连同恻隐之情给搁了起来。我朝这个庞然大物走了过去，却不敢再抬起头看他那张脸。他那副丑相世所罕有，实在是让人毛骨悚然。我想说点什么，可话到嘴边硬是没说出来。这怪物还在语无伦次地疯狂自责。最后，我下定决心，趁他狂暴的情绪稍稍安定之际，鼓足勇气，对他说道："你现在自怨自艾也是多余的了。如果你当初肯听从自己良知的呼唤，念及懊悔之情给你带来的锥心之痛，而不是把自己疯狂的报复行动推向现在这种无以复加的地步，弗兰肯斯坦就不会撒手人寰。"

"你是在说梦话吧？"那恶魔说道，"你以为我当初就毫无痛苦，毫无悔恨之心？他，"那恶魔指着弗兰肯斯坦的尸体，继续说道，"他死的时候可没受什么苦；哦！他这点痛苦比起我处心积虑、苦熬时日实施自己的复仇计划期间所受的痛苦，尚不及万分之一。一种可怕的自私心理驱使着我继续疯狂下去，而与此同时，我的心灵却备受悔恨的煎熬。你难道真的以为克莱瓦尔的痛苦呻吟在我听来会像天籁之音那样美妙吗？我这颗心生来便渴望关爱，渴望同情；虽然苦难与不幸时时揉搓着我的心灵，让它变得凶狠歹毒，充满仇恨，但是它依然无法承受这种剧变给它带来的折磨，这种折磨的切肤之痛是你所无法想象的。

"杀死了克莱瓦尔之后，我回到了瑞士，当时我心碎欲绝，痛苦不已。我对弗兰肯斯坦心生怜悯，这种怜悯接着又转变为憎恶：我对自己深恶痛绝。然而，我发现弗兰肯斯坦——这个既赋予了我生命，同时又给我带来了莫能名状的痛苦的人——居然还敢奢望获得幸福，他让我承受着愈发深重的苦难与绝望，而他自己却在我永远也无法享受的情谊与爱恋中寻求快乐。想到这些我便妒火中烧，然而这些又有何用？我心中不由得涌起贪得无厌的报复欲望。我想起了自己曾发出的恫吓之词，决心将它实施到底。我心里一清二楚，我这么做会给自己招来致命折磨。我痛恨自己的一时冲动，但又无法摆脱它的束缚，我只是欲望的奴隶，并不是欲望的主宰者。就在她死去的时候，不，那时我并不感到痛苦。我抛弃了所有的情感，强抑住一切痛苦，在极度的绝望中胡作非为。从那一刻起，邪念取代了我的善心。我陷得如此之深，已别无选择，只有让自己的本性顺应这种自己心甘情愿选定的处境。实现罪恶的目标成了我心中贪得无厌的一种热望。现在，一切都已灰飞烟灭；我的最后一个牺牲品此刻就躺在那里！”

起初，我被他娓娓道来的不幸遭遇所打动，可我转念一想，弗兰肯斯坦曾说过他能言善辩，巧舌如簧，当我目光再次触及我朋友那毫无生机的躯体时，心中的怒火重新熊熊燃烧起来。“你这无耻之徒！”我说道，“你倒好，自己一手造成了这家破人亡的惨剧，反倒跑到这儿猫哭耗子来了；你将一把火扔到整片房子中，等房子烧光了，自己却坐在废墟上哀叹房屋的倒塌。你这个虚伪的魔鬼！如果你哀悼的这个人还健在，他依然会成为你的报复对象，成为你复仇计划的牺牲品。你之所以在此哀叹，并非是动了恻隐之心，而是因为你百般折磨的这个人已经作古，你再也不能在他头上作威作福了。”

“噢，不是这样的——情况并非如此。”他打断了我的话，“一定是我过去作恶多端才给你留下了这样的印象，不过，我并不奢望能有人同情我的遭遇——我也不可能获得别人的同情。起初，我内心充满了幸福与柔情，我渴望能够得到别人的同情与理解，我渴望能与他们分享对美德的热爱。然而现在，美德在我眼里已成了幻影，幸福与柔情已化为痛苦而又令人厌恶的绝望。既如此，我又凭什么来获取别人的同情呢？我内心的痛苦依然迁延不去，我心甘情愿独自承受这份痛楚。待我命归天国之时，我的记忆中将满是人们对我的憎恶与鄙夷，对此，我将欣然接受。我曾向往过美德、名誉和快乐，这种憧憬曾给我带来慰藉，我也曾希望能与人类结识，希望他们能不介意我的外表，并因我品行良好而关爱我，但我的这些希望只是幻想而已。荣耀、奉献等崇高思想曾经滋润过我的心田，可现如今，我犯下的滔天罪行已让我堕落到连最卑贱的畜生都不如的地步。我犯下的罪，我造下的孽，我那歹毒的心肠，还有我所遭受的不幸，真可谓空前绝后，无人能及。我简直无法相信，以前的我竟也有过超凡脱俗的美好境界，也曾渴望过卓尔不群的高尚情操。可即便如此，堕落的天使还是变成了邪恶的魔鬼。上帝和人类的敌人在困境中尚有朋友和伙伴陪在左右，而我却自始至终形单影只，孤苦伶仃。

“你既然称弗兰肯斯坦为你的朋友，想必你对我犯下的罪行和他遭受的苦难已有所耳闻。不过，他在对你详详细细说起这些情况时，不可能提及我如何在悲惨凄凉中苦熬岁月，如何在痛苦无望中虚度光阴。虽然我毁掉了他的希望，可我并没有因此而满足了自己的欲念。我的欲念依然是那么炽热，那么强烈。我仍然渴望怜爱与友情，可我总是遭人唾弃。难道这里面就没有什么不公平的地方？

整个人类都对我犯了罪，却唯独将我视作罪犯。费利克斯对他的朋友恶语相向，将他赶出门外，你们为什么不恨他？那个乡巴佬竟企图置他孩子的救命恩人于死地，你们为什么不诅咒他？万万不可，这些人都是正人君子，十全十美，只有我这个不幸的弃儿，只因是个怪胎，就该受人唾弃，任人驱赶，遭人践踏。时至今日，只要我一想起所遭受的这种不公正待遇，我就浑身上下热血沸腾。

“不错，我是个恶棍。我杀害了那些活泼可爱、孤弱无助的人，我趁无辜者熟睡之际，卡住他们的脖子，将他们活活掐死，他们可从未伤害过我，也从未伤害过其他任何人。我的缔造者堪称世人典范，值得世人仰慕敬重，可我却给他带来了无尽苦难，对他步步紧逼，直至他殒命黄泉。他此刻躺在那里，面无血色，尸骨冰凉。你恨我，可你对我的恨远不及我对自己的恨那么深。我注视着自己这双作恶多端的手，思量着我这颗谋划出种种邪念的心，盼望着有朝一日，我的双眼再也看不到这双沾满血渍的手，那些痴狂的邪念再也不要萦绕在我的心田。

“不用担心，我今后不会再为非作歹了。我的使命差不多完成了。我已无须杀死你或者其他什么人来完成使命，做完了我该做的事情，我的使命便该由我的自行了断来收场。不要以为我会贪生怕死，犹豫不决，迟迟不敢做此牺牲。我将离开你的船，乘坐载我来此的那块冰筏前往地球的最北端。我将为自己堆起火葬的柴堆，将自己这可鄙的身躯烧成灰烬，这样，我的遗骸就不会给任何心生好奇、心术不正的恶人提供任何线索，帮助他们再造出一个像我一样的生命。我将离开人世，再也不会感受到此刻正在吞噬我的百般苦痛，再也不会遭受那些无法满足，却又在心中时常涌动的情感的困扰。那个赐予我生命的人已经与世长辞，而待我化为灰烬之时，人们很快便会将我俩忘得一干二净。我再也不会看到日月星辰，再也不会感受到清风拂面。光明、情感和知觉都将消失殆尽，这样，我便能寻找到幸福所在了。几年前我第一次看到了人间的万物百态，感受到了夏日那令人愉悦的温暖，听到了树叶沙沙作响和鸟儿啾啾鸣啭——这一切便是呈现在我眼前的整个世界。倘若要我那时死去，我定会伤心落泪，而现在，死亡已成了我唯一的慰藉。累累罪行让我的心灵受到了玷污，极度悔恨让我的精神不堪折磨，除了一死，我还能在哪里找到安宁？

“永别了！我将离开你，你将是我这双眼睛所见到的最后一个人。永别了，弗兰肯斯坦，如果你尚在人世，依然对我怀有复仇之心，那么，与其将我毁掉，还不如让我活着更能满足你的复仇心愿。可那时你不愿这样做，你定要将我毁灭，以免我变本加厉，干出更多惨绝人寰的事情来。然而，倘若你在天有灵，依然在以某种我不得而知的方式感知思考，见我如此肝肠寸断，痛苦万分，定然不会再想取我性命，报仇雪恨了。虽然你已悲惨离世，然而，我的痛苦更是有过之而无不及——悔恨无时无刻不在蜇咬着我的伤口，唯有一死方能永远愈合我心灵的创伤。

“我很快就要离开人世了，”他大声说道，那激动的神情既显得有些悲怆又显得非常肃穆，“我此刻所感受到的一切将化为乌有，用不了多久这些令人五内俱焚的痛楚也将烟消云散，我将昂首挺胸登上那火葬柴堆，在熊熊烈火的炙烤中欢畅淋漓，狂喜不已。灼灼的火光将缓缓熄灭，我的灰烬将随风飘入大海，我的灵魂将得以安息，即便它仍能思考，它也决不会再像这样思考。永别了。”

说罢，他纵身跃出舷窗，跳上紧靠船边的冰筏。转眼工夫，他便被海浪卷走，消失在远方茫茫的黑夜中。

九月十二日

Mary Shelley

Mary Shelley

Mary Shelley

Mary Shelley